中公文庫

鉄の首枷

小西行長伝

遠藤周作

中央公論新社

目次

鉄の首枷《くびかせ》

小西行長伝

一　堺―序にかえて

今日、堺を訪れる者には自由都市として知られた十六世紀のこの街の姿を思いうかべることはむつかしい。大阪を貫く高速道路がきたない大和川をこすと堺市がはじまる。だがそこから大都会の面影は次第に消え、むしろ大阪の衛星都市という印象を受ける。

高速をおりると高いビルの林はなくなり、そのかわり地方都市によく見られる昔風の家に小さなビルがまじった路がつづく。フェニックスが植えられたその道路もこの町の特色を出すというよりは、むしろ趣味のわるい無駄な飾りものとしか見えぬ。かつての貿易都市としての空気は神戸を知っている者の眼には感じられぬし、実際、港に行ってもそれほどの船も停泊していないのである。一言でいえば旅人には堺は旅愁や興趣も与えねば、そこで一泊して歩きまわろうという気分さえ起さぬ街なのである。

第二次大戦の空襲は、かつてまだ残っていたこの街の古い家々や寺を焼き、そのかわり味けないセメントの建物を作った。街のどこを歩いても正確に十六世紀時代の華やかな堺の面影を伝えるものはほとんど残ってはおらぬ。港にはあまたの舟がつながれ、中国に向う船や時には異国からの船も停泊し、豪商の邸がならび、その外廓に濠をめぐらした独立自由の都市の雰囲気はもうどこにもない。のみならず、無趣味な街のたたずまいを見ると、ここが利休をはじめ金田屋宗宅、竹倉屋紹諦《しょうてき》、今井宗久のような茶人が住んだ文化の地とはどうしても思われぬのである。それをわずかに伝える南宗《なんしゅう》寺のような寺を訪れても、これも空襲によって当時の建物の半ばを失って、かつての面影は消えているのだ。

ただ、戦災をまぬがれた北旅籠町の通りが旅人に昔の堺を想像する手がかりとなる。ここだけは格子戸を持った古い家が狭い道をはさんで両側に続いている。昔ながらの香を売っている商家もあれば、先祖代々の看板を出した仏具屋もある。特に北旅籠町にある井上家は鉄砲鍛冶屋敷の面影をそのままに残した家で、現代の住宅からは想像もつかぬほど内部は暗くて寒いが、それでも鉄砲を製造した工房も職人たちの使った吹子《ふいご》もそのまま置かれている。部屋の壁にはそれらの鉄砲を註文した各大名の札が並んでいる。庭は荒れてはいるが昔の繁栄を思わせる倉も一つ残っている。この井上家を見ることで我々はどうにか、かつての堺の商人や職人の活動を偲ぶことができる。

だがそれでも小西行長の一族がそこに住んだ十六世紀の堺を空想することのできるもの

がこの街に二つ残っている。一つは今は工場にとりかこまれ、小さな貨客船が浮かんでいる旧堺港であり、もう一つはさきほど触れた南宗寺のそばを流れる環濠の跡である。

当時の堺の地図は我々の手にはないが、ただ文久版のこの街の大絵図をみると街の北には井上家のある北旅籠町や北半町がみえ、その南端には南宗寺が位置している、それから察すると十六世紀の堺は現在の堺市の三分の一にもならぬ狭さだが、その港は現在の旧堺港と同じ位置にあり、その形もほとんど変っていない。

だから旧堺港の岸にたって旅人は四世紀前、小西一族がここで貿易を営んだ頃のこの港を空想することはできる。褐色の水にまだ石をつんだ船着場が二つ、うち捨てられたように残っているが、それがいつの頃のものか、わからない。だが悲しい声をあげて水鳥が飛んでいる鉛色の港湾の向うに昔と同じ海がひろがっている。

この海から文明十五年（一四八三）、幕府の御用船三隻が南に航路をとり中国（明）に向けて出発した。それらの費用をまかない、その利潤を幕府と共に得ることができたのはもちろんこの堺の商人たちである。三年の後、これらの船が無事に帰還した時は、街の市民たちはこぞって黒山のように集まって迎えたという。

続いて、細川氏がこのあたりを支配した明応二年（一四九三）、ふたたび三隻の船が、永正三年（一五〇六）、一隻が、明に向けて出発し、それぞれ堺に戻ってくる。

遠い中国にたいしてだけではない。この港からは朝鮮との貿易を求めてしばしば高麗にわたる商人も多かった。琉球へ出発する船もあった。合法的な貿易だけではなく、時には倭寇と同じように武装して海に乗り出すものもあった。中国から戻る貿易船には絹、白糸、茶碗、書画、書籍、墨、筆のような贅沢品が満載され、なかでも悦ばれたのは砂糖と薬材である。小西一族のなかにはその薬草をあきなう薬問屋もあった。日本から輸出されるのは銅、硫黄、刀剣のたぐいで、これらを向うで捌くため堺の商人たちのなかには中国の言葉を解すため平戸に赴いてこの言葉を習う者も多かった。

旧堺港の岸壁にたつと、文明十八年(一四八六)、三年の海旅ののち、ここに帰着した幕府の御用船三隻を迎えた市民たちのどよめきや歓呼の声がまだ聞えるようである。

その貿易からの莫大な利潤で堺は当時のいかなる町よりも富んでいた。市街は南と北にわかれ南荘、北荘と呼ばれ、南荘は北荘より繁栄し、その境界の大路には商取引きの市場や湯屋町とよばれる遊び場もあった。それは日本の他の城下町のように領主のための町ではなく、商人と町人とのための町であった。

戦国時代の他の大きな町――それは誰でも知っているように、京都を除いてほとんどが宿場もしくは領主の城を中心にして作られている。まず城があり、城を守るために濠が掘られ、土塁がきずかれ、周囲を家臣団が守り、更にその外側に商人たちが住む。近代的な都市として信長が計画した安土町でさえ、その方法からはずれてはおらぬ。秀吉の大坂でさえ同じである。町は結局、城の附属物にすぎなかったのだ。

十六世紀の堺はそういう意味では日本的な城下町ではない。むしろその周りに城壁をきずき、市民全体を守る場所を町と言ったような西欧的な町である。平安時代の末から鎌倉の初期にかけては熊野街道の宿場にすぎなかった堺は徐々に発展するとやがて応仁の乱で、大内氏が貿易港、兵庫をとるや、それに対抗する細川氏の手で対明貿易の根拠地となった。そしてそのゆたかな収入は堺を商人と町人の自治都市に変えたのである。

商人や町人の町であるため、そこには領主の城はなかった。町の自治はここを訪れた切支丹宣教師ヴィレラが書いているように「ヴェニスのごとく執政官たちによって治められて」いたのである。執政官たちとは町を代表する富裕なる者たちの集まり——即ち会合衆《えごうしゅう》をさす。そしてその会合衆のなかに小西一族の何人かもまじっていたのである。

小西行長が堺のどこで生れたか、どのように育ったかを示す確実な資料は現在までない。彼がいつ生れたかについては確実な証拠はないが『絵本太閤記』には天正七年（一五七九）に彼が二十一歳であったとのべ、のちに朝鮮の熊川城で文禄四年（一五九五）に行長と和議を論じた朝鮮側使者は彼がこの時三十八歳だと語っている（『宣祖実録』）。したがってそれから推量すると、行長は一五五八年頃生れたということになる。その名が史書にはじめて出るのは彼が既に青年になってからであり、宇喜多直家と豊臣秀吉との調停に加わる時からである。

にもかかわらず彼の生き方や行動を見る時、私たちはこの堺の会合衆の生きざまと共通したものを感じるのだ。会合衆の智慧は行長の人生の智慧の根底になっており、会合衆の事の処し方が行長の処し方になっているように思われる。その本質的な一致点を考えると、行長がどのくらい堺で育ったかはわからぬにせよ、彼の発想法や処世術には会合衆だった小西一族の経験や処世術が大きな痕跡を残していると思わざるをえない。

高尾一彦氏や豊田武氏の労作によると文明の頃、会合衆は十人をもって構成され、のちに三十六人に増加したらしいとのことである。三十六という数は月行事三人が当番でそれから十二ヵ月で三十六人という数となるというのが豊田、高尾両氏の説である。

会合衆たちは町の長老であり、代表であったが、彼等は戦乱の富裕な商人であったから、事あれば私兵を集める力さえ持っていた。有名なイエズス会のヴァリニャーノが天正九年(一五八一)、豊後から堺に来る途中、海賊に追われたが、この時、堺の貿易商、日比屋了珪《りょうけい》の部下三百人が銃を手にして守ってくれたというのも、その事実を示している。

だがこうした私兵を持っていたとしてもそれは堺をとりまく下剋上の血みどろな戦いにたいしては蟷螂《とうろう》の斧《おの》に等しいものであった。応仁の乱以後も畿内には平和はこなかった。逆に軍兵の叫び声と村々を焼く火とは絶えまなく続いた。家臣は主君に反逆し、子は父を討ち、力を持った者が力を失った者を放逐する下剋上の時代がはじまったからである。畿内でも支配者、細川氏は四国、阿波から出現した三好氏と争い、その三好氏が勢力を握るや、三好氏とその家臣だった松永氏とが闘いはじめ六角氏がそれに加わる。堺はその毎度、権力者の血みどろな戦いを町の内外で見なければならない。戦う者たちの倫理の要《かなめ》は力であり、力ある者が正義であり、力を失った者が悪である。下剋上のそういう力の倫理が押しつ、押されつしているなかに堺という町は孤立していた。なぜならこの町は武力とは関係のない商人の町だった。貨幣と富がそのエネルギーであって、他の場所のように兵士と剣がすべてであるという町ではなかったからである。

たとえ多少の私兵を持っていても堺の会合衆たちは商人である。富と貨幣の力に依存する商人である。彼等は堺という町が外に拡がる世界とは根本的に違っていることを自覚していた。

海によって富を得た堺。その意味で堺の商人は農村を地盤として成長した土着的な武士や地主とちがい「水の人間」であると言える。彼等はそれぞれ年貢を取る所有地を農村に持ってはいたが、本質的には堺が生活の場であり、海がその活動の場所であった。しかし堺の外で日夜、戦っている武士たちは農村から生れ、農村に土着し、ただ農村を支配することで勢力を張った「土の人間」である。水の人間である堺の住民たちにとって、町の外に生きる者は土の人間だった。水の人間は土の人間と根本的に相なじむことはできぬ。のみならず商人と町人との共同体であるこの町と、農民とその支配者の集団である武士勢力とはその考え方においても対立するものがある。

堺の会合衆はそういう意味でも堺の思考法の代表者だった。堺の市民は「土の人間」たちがこの「水の人間」の共同体である堺に乱入し、これを全面的に支配することを望まなかった。会合衆たちはこの二つの対立した人間群にくっきりとした境界線を引かねばならなかった。土の人間たちの侵略を防ぐために。ここからはお前たちの世界ではないということを宣言するために。

南宗寺のそばを歩く旅人は堺の商人たちのこの強い意志を示す環濠を今日でも見ることができる。今はその幅も狭められ、セメントで両側を固められてはいるが一直線に黒々と環濠は残っている。

文久版の堺大絵図を見る時、なによりも眼を引くのは町の四方をくっきりと囲んでいるこの環濠である。それはもちろん、戦国時代の環濠ではなく江戸幕府以後、堺再興の折、作られたものだが、十六世紀のものとほぼ変りはない。当時ここを訪れた宣教師ヴィレラは、市街の三方は「ふかき堀にかこまれ、常に水みつ」と書き、同じ宣教師フロイスもこの環濠について記述している。その環濠は天正十四年（一五八六）、秀吉の手で埋められた。

町をとりまく環濠こそ、堺の市民と会合衆が土の人間たちとおのれを区別する一線だった。環濠は堺を防備するためと同時に、市民たちの強い意志を見る者に感じさせる。水の人間と土の人間との国境線がここだということを環濠は町の外にいる者たちに教えているのだ。

水の人間と土の人間――後年、小西行長と加藤清正との対立に私たちはこの二つの人間の相剋を感じざるをえない。尾張中村に育った加藤清正は根っからの土の人間である。彼の画像を見るものはそこにあくまでも土の臭い、農村の臭いを嗅がざるをえない。土の人間清正は水の人間小西行長を生涯理解できなかった。たとえ朝鮮戦争における二人の功名争いや心理的暗闘があったにせよ、清正の小西にたいする憎しみは異常なものがある。それは面貌や風習のちがった異民族の憎悪を我々に感じさせる。行長の面貌を伝える肖像画が我々の手もとに残されてはいないが、たとえそれが手もとになくても土の容貌をした加藤清正と根本的に対立した顔を思い描くこともできるのだ。

水の人間たちである堺市民は下剋上とそれに続く戦国時代の悽惨な戦いの渦中で町を守らねばならなかった。商人であり町人であった彼等は土の人間たちのように武器をとって他を侵略し、権力をかち取る欲望はなかった。彼等は自分たちの富の集積場である港と町とが戦火からまぬがれることしか願わなかった。細川、三好、松永たちの大名の戦いに会合衆たちが中立の態度をとったのは当然である。もちろん彼等は時には権力者に反抗的な姿勢を示すことはあったが、それは偽態であって、本心はあくまでも中立であり、戦いの圏外にたって、第三勢力となることであった。時には会合衆は進んで、戦う者たちの調停役をかって出ることがあった。天文十四年（一五四五）、三好長慶が細川氏綱に包囲されるや、会合衆は堺を戦火から守るため、調停に乗り出して成功しているのもそのためである。

会合衆は水の人間の持つ政治感覚で土の人間である封建領主たちの弱点を見ぬいた。その弱点とは堺をもし戦火にさらし、街を灰燼にすれば、当の領主たちは戦費を調達する経済的地盤を失うということである。戦いにあけくれる相手はその都度、兵を養う軍費を必要とする。堺はその軍用金の供給地ともなりうる。したがって堺をたとえ軍事的必要から攻めても、それを焼き払うことは領主たちにとっても得策ではない。

その弱点を会合衆も利用した。三好三人衆が永禄九年（一五六六）、堺にたてこもる松永久秀を包囲した時、会合衆の能登屋、臙脂《べに》屋たちが三好勢に名目的勝利を与える条件で撤兵を要求したことがある。そしてこの要求が入れられぬ時は堺は松永勢に加勢すると威嚇した。三好三人衆はこの申し入れを受け入れたが、それは堺市民の反感を買うのは「将来、軍用金の融通などについて不利になると考えたためである」（豊田武『堺』）。

こうした会合衆の処世感覚で堺はかりそめの中立を得ることができた。町はともかくも戦いの圏外にたち、非武装都市、中立都市として敵味方の緩衝地帯となった。当時ここを訪れた宣教師ヴィレラは「イエズス会通信文」中にこう書いている。

「日本全国のうち、この堺ほど安全な場所はない。敗者も勝者もこの町にくると、すべて平和に生き、相和し、他人に害を与える者はない。街に争いはなく、市民また、敵味方の差別なく、礼を尽して応対している」
「戦いが終ると、敗者、勝者共に堺市内を平和時のごとく安全に通行し、たがいに礼儀正しく相語っている。だがその彼等も市外に五歩出れば、たちまち場所の如何を問わず闘うのだ」

このようなふしぎな町を我々は戦国時代、他に見つけることはできぬ。都の京都でさえ、貪欲な権力者たちによって次々と戦火にさらされている。そういう時代、堺のような中立都市が存在しえたのは奇蹟だが、しかし、その平和な街は領主たちが莫大な利潤をあげる堺の港を温存したいためであり、もしその港に収益あがらず、商人に富の蓄積がなければ他の町と同様、軍馬に蹂躙されることも明らかだった。そこに中立都市、堺の限界があり、この限界を会合衆たちも感じていた筈である。

小西家はその会合衆に加わる堺の富裕な商人一族である。既に書いたように家の系譜も明らかでないし、いつ頃から、どのようにしてここに住みついたかもわからぬ。

今日、その規模は縮小され、往時の盛大さはないが堺史誌に欠くべからざる開口《あくち》神社の文書は天文年間における小西家の活動をわずかに我々に伝えてくれる。天文六年（一五三七）、石山本願寺が細川勢によって破壊された堺の坊を再建する計画をたてた時、小西宗左衛門なる者が酒、竹木を整えてこれに力を貸したため本願寺に招かれているし、更にその翌年、この宗左衛門は堺が大内、細川の争いで跡絶えさせられていた明との貿易を再興するための本願寺の尽力に対して木屋宗観と石山に礼に来ている。本願寺は堺から経済的資力を仰ぎ、堺は本願寺の畿内における政治的権力を利用して、たがいに助けあっていたのである。小西宗左衛門が本願寺と堺との相互扶助に重要な役割を示した会合衆の一人であったことがこの文書でわかるのだ。

この小西宗左衛門が行長とどういう関係にあるかはわからない。小西一族は小西党とよばれるほどあまたの縁者を持っていたと推察されるからである。宗左衛門が石山本願寺門徒であったとするならば、それにたいし、当時フランシスコ・ザビエルからもたらされた基督教にも敏感な小西の一員がいた。行長の父ともいわれる隆佐がそれである。天文十九年（一五五〇）の暮、九州布教ののち、ザビエルが瀬戸内海を渡って都にのぼろうとした時、その途中、ある人から堺の豪商、日比屋了珪の父に宛てた紹介状をもらった。この好意を受けて京にのぼることができたザビエルは堺の繁栄にも注目し、マラッカ総督ペトロ・ダ・シルヴァに商館をこの町に置いて東西貿易の地にすべきことを勧告している。

ザビエルは都にのぼり、更に日本最大の仏教大学のある比叡山を訪れることを熱願していた。日比屋了珪はその願いを実現するために当時、京にいる小西隆佐に紹介状を書いた。その紹介状をたずさえたザビエルを小西隆佐はおのれの従僕一人をつけて坂本に案内させた。小西一族が基督教と接触したのはこれがはじめてだった。

ザビエルが天文二十年（一五五一）に日本を去ったのち、永禄二年（一五五九）に宣教師ヴィレラたちが豊後から堺に来た。ヴィレラは一度、京にのぼったが二年後、堺にくだり、四年間ほど滞在した。その時、日比屋了珪の家族と四十人の市民たちとが洗礼を受けている。

隆佐の洗礼の時期は我々には正確にはわからない。シュタイシェン神父の『キリシタン大名』によると隆佐は行長と共にこれから二十二年後の一五八三年に大坂城で高山右近の感化を受けて改宗したと書いているが、一方、フロイスの一五六九年六月一日付の書簡は既に「隆佐は当地方における最も善良な基督教徒だ」と明言している。フロイスは永禄八年（一五六五）、松永久秀が将軍足利義輝を殺し、京の宣教師を追放した時、隆佐によって三箇まで手あつく保護されながら逃れたことがある。またそれから三年後、安土の織田信長に布教の自由を求めて京に来たフロイスを安土まで送り、知人の家に泊らせ、自分の息子に世話をさせたのもこの隆佐である。したがって我々は一五六五年から一五六九年までの間に隆佐とその家族たちが受洗したと一応は推定することができる。

小西隆佐の受洗の動機は何であったか。宣教師たちを手厚くもてなしたとは言え、我々は日比屋了珪や隆佐一家を必ずしも宗教心に溢れた堺商人だとただちに断言はできぬ。逆に当時の堺商人は現世的で快楽主義者の多かったことは石山本願寺の蓮如上人ものべているし、このフロイスでさえ「堺に建てられた教会では一ヵ月の間、日夜話をきく者が絶えなかったが、これは他国者で市民ではなかった。市民は傲岸で罪ぶかく神の尊くきよき話を聞く資格はない」と歎じているくらいである。

おそらく日比屋了珪や隆佐の受洗の場合も最初は純粋な宗教的求道心からではなく、商人としての功利性から発していたと考えるほうが妥当である。堺商人たちはやがて実現するかもしれぬ南蛮貿易の利益を敏感に感じていた。ザビエルは堺が東西貿易のよき港となるとマラッカ総督に書き送っている。ザビエルを世話した日比屋了珪がその日のために手をこまぬいていた筈はない。南蛮と堺との貿易をなめらかにするためにはまずおのれたちが受洗することが便宜だと彼が考えなかったとは言えぬのだ。それは九州の大名が南蛮船の入港による利をえるため宣教師たちを厚く保護し、時には自分も洗礼を受けたのと同じ心理である。もともと彼等は貿易商人として異人には馴れている。水の人間として土の人間よりも精神の柔軟性がある。自分の土地にしがみつき、その風習や生活をまもり、ともすれば排他的な土の人間とちがって彼等堺の水の人間にはより合理的な面があったのだ。

同時にこのことは日比屋了珪や小西隆佐が受洗した時勢の背景をみるとわかる。それは織田信長が尾張から次第に群雄を撃破しつつ京に攻《のぼ》ってきた時期である。了珪はともかく、京に住む隆佐は茶人で堺出身の豪商、今井宗久のように信長の天才的軍事才能を知っていた。フロイスを通してこの英雄が仏教を嫌いそのために基督教宣教を許すという宗教政策をとりはじめていることにも気づいていた。信長が畿内を統一すれば必然的に堺がそれまで頼っていた石山本願寺の勢威は衰えるであろう。そしてそれに代って南蛮貿易や鉄砲をもたらす宣教師の布教は更に信長から歓迎されるだろう。この見通しが貿易商人である隆佐になかったとは絶対に言えないのだ。当時の宣教師たちはともすれば自分たちに味方するものを過大評価するが、フロイスがどうほめたたえようと隆佐が彼等を手厚くもてなしたことと、その宗教心とは必ずしも結びつきはしまい。

いずれにせよ、小西隆佐は彼の妻子と洗礼を受けた。もし行長がこの時、父と共に受洗したとしても、その年齢からみて彼がこの異国の宗教を心から理解したとはどうしても私には思えぬ。父が便宜的な改宗者ならば、子はその父や母に従って受洗したにすぎぬであろう。西欧の基督教の家庭に生れた子供と同じように彼は自分の思想的な悩みからこの宗教に帰依したのではなく、おのれの人生的な解決をこの基督教に見出したのでもない。率直にいえばこの時期、本当の意味での信仰はやがてそれが本物となる日がくるまで行長にはなかったのだ。だがいずれにしろ彼はこの日、父と同じように神とかかわりあってしまったのだ。その日洗礼を受けた彼はさほど神を問題にしなかったかもしれぬ。だが神はこの日から彼を――アゴスティーニュ（アウグスチヌス）の霊名をもらった彼を問題にするのである。

こういう考え方は小西行長を最初から敬虔な信仰者とみる人には反対を受けるかもしれ

ぬ。だが基督教の信仰というものは多くの場合、長い人生の集積をさすのであって、普通、考えられているように改宗、もしくは受洗した日から一挙に心の平安や神への確信が得られるものではあるまい。神はその人の信仰が魂の奥に根をおろすまで、陽にさらし雨をそそぎ、さまざまな人生過程をあたえられる。行長が父と共に受けた便宜的な洗礼の水はこの日から彼の人生の土壌に少しずつしみこんでいくのだ。彼はそれを知らないしそれに気づいていない。人生の出来事の意味はその死の日まで誰にもわからない。その死の日まで——そう、行長もその死の日までこの受洗の意味が何だったか、一度、神を知った者を決して離されぬことを知らなかった。行長の生涯を調べれば調べるほど、我々は神が彼の人生にひそみ、その人生の最後に彼に語りかけられたことを感じるのである。

それはともあれ、細川、三好、松永たち近畿の群雄をたくみに操り、中立と自治とを保ってきた堺が過信におぼれはじめた時、遂にその傲りが破れる日が近づいてきた。晴れていた空が翳りはじめたのである。永禄八年(一五六五)、松永久秀が将軍義輝を殺し京を占領すると、その弟、義昭は岐阜の織田信長を頼って、永禄十一年(一五六八)、救援を求めた。信長の精鋭部隊は義昭を擁して近江六角氏を亡ぼし京に侵入した。久秀はその大軍に怖れをなしてくだり、三好氏もまた二派に分裂して京を捨てた。さしたる抵抗なく都に入った信長は十月、摂津、和泉、奈良に軍用金(制札銭、家銭《いえせん》)の調達を命じた。堺にも二万貫という割当てが行われたのである。

堺の会合衆三十六人はただちに協議した。かつて松永、三好が争った時、それを調停した能登屋、臙脂《べに》屋が中心になり、その対策を協議した。信長に屈従するか。堺の誇りを守るか。京にいる小西隆佐たちとはちがい堺の会合衆は今井宗久たちを除いて信長の実力をまだよく知らなかった。畿内の眼からみればこの男は美濃の一梟雄《きようゆう》にすぎなかった。会合衆たちは今日まで市の内外で攻めあう群雄を巧妙に制禦してきた経験と自信がある。京を捨てた三好三人衆も三好政康を中心にしてふたたび兵をたてなおし失地恢復を狙っている。彼等の軍費は堺が供給すればよい。のみならず信長にも弱点があると会合衆たちは見ぬいていた。信長の背後には武田信玄の大軍がそれを威嚇している。また堺と縁のふかい石山本願寺もまた信長から五千貫の矢銭《やせん》を課せられて、それを恨みに思っている。中国の毛利もまたその石山を助けるであろう。都を占領し将軍を擁立したとは言え信長には堺を攻める自信はあるまい。

会合衆たちは強硬派と和睦派にわかれて談合したが遂に強硬派が結論を出した。信長の課税には拒絶の返事を与えることである。同時に三好三人衆に援助を与えることである。彼等はただちに近隣の貿易商末吉一族の支配する平野の町に「織田上総介、近日馳せ上り候」といった書出しからなる檄を発して同盟をむすび、同時に街の防備にとりかかった。市民たちは街をかこむ環濠を深くして、櫓《やぐら》をあげ、浪人を集めた。

信長の要求に反抗したのは堺のみである。見透しは一応あたり、信長はその反抗に沈黙した。彼は将軍にただ堺に代官をおくことを求めただけで、そのまま岐阜に引きあげたからである。堺の中立はまた救われ、会合衆たちは愁眉をひらいた。

だが誤算はそのあとからはじまった。信長の弱みを過大視した三好三人衆は敵側にまわった松永久秀が岐阜に信長をたずねた留守に堺に結集し、あけて翌年正月、京都を急襲、将軍義昭を囲んだのである。

急をきいた信長は折からの大雪をおかして京に進軍した。文字通り雪の進軍である。三好三人衆の軍勢は惨憺たる敗北を喫し、本国の阿波に遁走した。頼みとした三人衆が壊滅した以上、堺はもはや街を守る武力的背景を失った。堺が集めた浪人の雇兵だけでは信長には手も足も出ない。街は混乱に陥り、市民たちは家財を持って逃走する。フロイスはこの日の堺の模様を次のように描写する。「いずれもわが身、家族、財産の安全を求めて、ここかしこに逃れ、その途中、掠奪にあった」(フロイス、松田毅一・川崎桃太訳『日本史』)。

信長は堺の反逆をきびしく詰問した。街も焼き払い、老若男女を撫切《なでぎ》りにすると威嚇した。堺は遂に長い自治の誇りを棄てて屈さねばならなかった。

フロイスによればこの時、信長は麾下《きか》の重だった将校五人を派遣して降伏条件を示したと言う。堺は先の二万貫の課税を出し、今後、三好の者どもに一味せず商人が私兵を持たぬことを約束させられた。信長は更に会合衆をふくむ商人に莫大な年貢を課した。この莫大な年貢に堺は十人の代表者を尾張、安土に送り、軽減を哀願したが、怒った信長はこの使者たちを獄に投じた。二人だけが堺に逃げたが、これも斬首され、堺、北ノ口で曝し首にされた。

この苛烈な処置はおのれの経済力に自信を抱いていた堺を震えあがらせた。群雄たちをあやつって自立と中立を保っていた自治都市、堺の限界がここではじめて露呈された。その上、彼等はこの時、同じように矢銭を課せられそれを拒否した尼崎の運命も見ねばならなかった。信長は同じ年の二月二十九日に尼崎を攻め、ことごとく町を焼き払ったのである。

信長がこの時、堺の秩序を恢復するために派遣した五人の将校のなかに秀吉が加わっていたかどうかわからない。『絵本太閤記』には天正七年、信長が中国経略のため中国に派遣した羽柴秀吉と、宇喜多直家が使者として送った小西行長とが会見した時、

「永禄十二年、堺荘官《しようかん》、信長公に背き籠城の結構候いし時、君未だ木下藤吉郎と申し、堺の津へ入来《じゆらい》ありしを、某《それがし》その時十一歳、御茶の給仕に罷《まかり》出《い》で、我は見知り奉りたれど……」

そう行長が言ったと書いてある。これはもちろん、事実とは考えられぬが、いずれにせよこの信長との対決で堺市民は群雄割拠の時代が次第に天下統一に向う足音をはっきりと聞いた筈である。もう堺は従来の会合衆による自治都市ではなくなった。信長の直轄地として、その臣、松井友閑《ゆうかん》に従う町になった。機をみるに敏な商人たちも信長の天下統一を

予想して、これに款を通じた。信長もまたこの堺の港を訪れ、伊勢の九鬼氏に作らせた鉄船六隻を見ている。秀吉もまた堺に来たことは疑いない。行長の父、小西隆佐もこの時、政治の動きがどうなるかを、いち早く計算したのだった。

註　第一章の「堺」については、多くの研究に依ったが、特に豊田武氏の『堺』に教えられることが多かったことを附記する。

二　商人から軍人へ

〈行長、二十二歳から二十五歳〉

こうして永禄十二年（一五六九）、その威嚇の前に屈した堺の商人たちはやむをえずこのあたらしい英雄、信長に款を通じた。自治都市としての誇りと独立性を失った今、彼等は自分たちにとって最も有利な支配者と結びつかねばならぬ。天下が畿内の小群雄たちの錯綜した争いから、その統一をめざす実力者の時代に変りつつあることを彼等も認めざるをえなくなったのだ。

だがその最終的な支配者に誰がなるのかはまだ決まっていない。信長か。それともその信長に今や敵意を燃やしつつある石山本願寺か。あるいは甲府の武田信玄か。それとも西国に大勢力を持つ毛利が進出してくるか。堺の商人はさしあたりそのなかから本願寺と毛利と信長の三勢力を選ぶ。一応本命となるのは自分たちの町を屈服させた信長である。しかし、その信長とて確実に安定した賭けの対象とはならない。今日の支配者が明日の敗者となるきびしい現実を堺はこれまで幾度となく目撃してきた。そして石山本願寺は毛利と結び、その信長を討とうとしている。

危険な賭けのなかで堺の商人たちはともかくも信長に骰を投げた。彼等は信長と自分たちを結ぶ線を一つには鉄砲という近代的武器を供給することと、もう一つは武器ならぬ茶や茶器によって引いたのである。

鉄砲は天文二十二年（一五五三）の頃から堺では製造されていた。今日でも我々は既に書いたように堺の町の井上宅でこの堺の鉄砲鍛冶屋の工房をそのまま見ることができる。暗い工房には吹子や煙の出し口があり、ここで多くの職人が裸になって働いたにちがいない。堺の職人たちは種子島から鉄砲を持ちかえった橘屋又三郎から製法を学んだと言われている。堺は信長に軍資金と共に鉄砲を供給し、それはやがて天正三年（一五七五）の長篠の戦いで武田王国の壊滅をもたらすことになる。

商人たちはまた信長の茶道具にたいする欲望を充した。茶器は既に戦国の領主たちにとって土地と同じ価値のあるダイヤモンドに変りつつあった。信長は堺の名器を買い集め、そのすぐれたものを戦功をたてた家臣に恩賞として与えるようになった。

商人たちのうち今井宗久や津田宗及、千宗易などが茶の湯を通じて信長の寵を得ることに成功した。とりわけ薬種商を営む今井宗久は永禄十一年（一五六八）、信長最初の上洛の折に人に先がけて信長に接触し、所蔵する名器を献上し、そのかわり堺近郊五ヶ庄の代官職と同庄の塩・塩相物の徴収権を得ている。堺商人と信長家臣団とは茶会というサロンを通じてたがいに知りあい、交流しあうようになった。信長自身も堺を通過する時こうした商人たちの宅に寄りその接待をうけ、彼等を安土城の茶室びらきに呼んだ。

　行長の父、小西隆佐がそうした信長に款を通じようとした堺商人の一人であったことは疑いない。京に住む彼が今井宗久のように直接的に信長と交渉を持ったかは疑わしい。彼は今井宗久や津田宗及に立ち遅れたようである。しかし少くともその家臣団、とりわけ、この頃から頭角をあらわした羽柴秀吉と少しずつ接触していたことは、その後の彼の動静から窺えるからである。

　だが隆佐は果して今井宗久のように信長に全面的な骰を投げたか。この慎重すぎるほど慎重な男はこの時期まだ信長の天下統一に全面的信頼をおいていなかった。「信長の代、五年、三年は持たるべく候。……左候て後、高ころびにあおのけに転ばれ候ずると見え申候」と信長と毛利との調停交渉に当った安国寺《あんこくじ》恵瓊《えけい》はのちにそう書く。信長の倨傲、その自信過剰は恵瓊だけではなく彼を見た者に「あおのけに転ぶ」不安を起させた。京に住んだ小西隆佐がその危険に気づかぬ筈はない。「日本においては人の世のはかなさとその流れの速さを思わすものはあまりに多い」と書いた宣教師フロイスを切支丹の彼は知っていた。信長もまたその速き流れに巻きこまれるかもしれぬ。

流れの速さのなかで隆佐は選ぶことの危険を知っていた。まだどちらの側にもつく時期ではない。第一、彼の一族のなかには小西宗左衛門のように石山本願寺の信徒であり、その恩顧を受けている者もいる。信長の横暴を憎む石山本願寺の背後には中国の毛利の強大な勢力が控えている。いずれは信長もこの本願寺と勝敗を決し、毛利と対決せねばならぬ。それまで結論を出さぬことだ。じっと待つことである。堺の商人が伝統的にとった中立という狡猾な処世術を隆佐もまたその血液のなかに持っていた。彼は一方では親信長派の堺商人の茶のサロンを通して信長の有力家臣たちと親しくしながら、他方では石山本願寺と毛利からも決定的には離れはしない。なぜなら彼の持船は毛利の支配圏にある瀬戸内海をいつも通過していたからである。

隆佐がこの時に思いついた方法は、強大な二大勢力にはさまれた弱小領主たちが当時とった処世術と同じだった。弱小領主たちは家名と所領を守りつづけるためには合戦の場合、二大勢力の一方だけに味方することをやめ、一族を二分して両陣営にそれぞれ参陣する時があった。信州真田氏のように父と子とが敵味方にわかれたような例さえ少くない。こうして一方についた者が敗れても、他方に味方した者が恩賞によって祖先伝来の家名と所領を守りえたのである。

隆佐もまたこれと同じ方法をとる。彼は長男如清《じよせい》と共に信長に款を通じ、その要求に協力することを惜まない。しかし信長の将来の大敵にもいざという場合に備えて手をうっておかねばならぬ。彼は幸い、瀬戸内海を往復する持船から中国の情報を集めることができた。そのさまざまな情報のなかから彼は備前の梟雄《きょうゆう》、宇喜多直家に眼をつけた。

宇喜多直家――備前、美作の領主、浦上宗景《むねかげ》の家臣だったにすぎぬこの陰謀家は次第に術策をもって封内の諸豪を倒し、やがてその主君、宗景まで讃岐に追い払い所領を奪った男である。妙善寺合戦のほかはほとんど男性的な戦いを行わず、罠をかけ謀殺を行うという女性的な方法で備前、美作をおのれのものとした男である。

隆佐は一方では信長陣営に接近し、他方では宇喜多直家の動向をじっと見ている。やがて信長と毛利とが遂に対決せねばならぬ時、この直家の動物的な勘がどちらに転ぶかを知りたかったのである。直家の動きが二大勢力の決戦を占う目安になることを隆佐は予感していたのだ。隆佐が次男を直家の城下町、岡山に住まわせた理由を我々に伝える資料はないが、我々はこの慎重な男が意味なくそのようなことをしたとは思えない。

隆佐の次男――後年の行長――『絵本太閤記』によれば岡山に住む魚屋《なや》弥九郎の養子になったという話は有名だが、別には呉服商人の養子となったともあり定かではない。ついでであるが松崎実氏はこの魚屋弥九郎なる人物は堺の商人、納屋助佐衛門の一族ではないかと推定されている。けだし納屋氏はまた魚屋とも称した。魚屋とは豊田武氏の御教示によると倉敷業のことである。

だが我々にとって、隆佐がその次男をどのような形で岡山に住まわせたかは問題ではない。我々に興味のあるのはこの事実から浮かびあがる隆佐の処世術である。彼はすべてがはっきりと決定づけられるまでは選択をしない。同じ堺商人でも今井宗久のように信長一辺倒にはならなかった。この慎重な性格がのちに信長の死後、彼をして今井宗久を追いぬく幸運をもたらすのである。

彼が慎重すぎるほど慎重でも無理なかった。事実、永禄十二年（一五六九）、堺と共にその威嚇の前に屈服した石山本願寺もその翌年の元亀元年（一五七〇）、一度、敗退して阿波に退いた三好党の京都奪還を助け、遂に信長と戦うことを決意したからである。信長はその時、浅井、朝倉の同盟軍と戦い、また伊勢長嶋の一揆に悩まされている最中だった。

この元亀元年から天正二年（一五七四）までは信長にとって最も苦しい時期である。本願寺の顕如の決意に応じ、近江、伊勢、北陸四国の一向宗徒たちは蹶起し、その団結力と戦意の前に信長軍も長期の戦いを強いられた。更に武田信玄は信長の同盟軍、徳川家康を三方ヶ原に撃破して三河を侵そうとしている。

それら苦しい時期、堺の商人たちはその軍資金と鉄砲の生産とによって信長を助けた。特に天正三年（一五七五）の長篠における武田の騎馬戦術と信長の鉄砲戦術の戦いは後者に決定的な勝利と天下統一の大きな足がかりを与えた。信長は勢にのり、一度、和議した本願寺とふたたび翌年、戦端を開くこととなった。

この結果、小西隆佐の予想通り信長と中国の毛利とが戦端を開く日がようやく近づいた。

石山本願寺はそれまで彼等と同盟していた浅井、朝倉を失い、更に信長を脅かす武田の滅亡にあって、遂に毛利元就の孫、輝元に救援を求めざるをえなかったからである。天正四年（一五七六）の夏、織田、毛利の両軍は最初の戦端を開く。毛利輝元は児玉就英《なりひで》の率いる三島水軍を大坂に派遣し、石山本願寺に食糧を入れた。これを妨げようとする信長の兵船三百艘は二倍の毛利水軍に火矢、炮烙《ほうらく》をあびせられて木津川の河口で惨憺たる敗北を喫した。

毛利水軍の実力をこの時、信長ははじめて知った。近代的なこの男は土における戦いと共に水における戦いの重要性を知ったのである。彼の持つ水軍は九鬼嘉隆を主軸とするものだったが、それだけでは毛利が制海権を持つ瀬戸内海を制圧するには不足だった。水軍の必要は信長の武将たち——特にやがて中国征討を命ぜられる秀吉も痛感したのである。

惨憺たる木津川での敗北を喫した以上、信長はやがての毛利との決戦に備えて水軍の強化を感じた。だが信長の将兵はその大半が土の人間であり、水の人間ではない。彼等は船の操り方も水路も知らない。水の人間にして、戦う能力のある者の出現を信長の家臣たちもひそかに待っていたのである。

我々はこの頃、父、隆佐の命令で岡山に居住していた魚屋弥九郎が宇喜多直家の城中に自由に出入りし（『備前軍記』）、その軍用金も調達し（『絵本太閤記』）はじめていたことを知っている。シュタイシェン神父は彼が既に直家の家臣になっていたと書いているが日本側の資料にはそのような記述はない。いずれにしろ、弥九郎は宇喜多家に深い接触を保っていたようである。

岡山市史編纂部の『宇喜多直家墳墓考』に直家の木像写真がのっている。田舎くさくしもぶくれの顔であるが決して陽気ではない。その顔には信長の鋭さも秀吉のような個性もない。木像から窺える印象はこの男が中国地方の一群雄以上の力量ではないということだ。直家が岡山城主、金光宗高を滅ぼしてこの地に城を築いた天正元年（一五七三）の頃は、岡山も「人家アリトハ見エジ」と『吉備前鑑』に書かれたほどの寒村だった。移城と共に彼は領内の領民をここに移住させて大いに町の発展を計ったが、それとて信長の作った安土の町にもとより比ぶべくもない田舎町であろう。そのような町に次男を住まわせた小西隆佐の意図については既に簡単にふれた。隆佐は次男、弥九郎が宇喜多直家と接触することを望んでいたろうが、しかしそれは備前の梟雄にすべて賭けたからではない。直家の力量がどの程度のものかは隆佐もよく見ぬいていたのである。やがて行われる信長と毛利との対決では宇喜多直家の帰趨が大きく物を言うことを隆佐は予感し、直家が小さいながらもキャスティングボートを握ることを知っていたからにすぎない。

直家もまた隆佐と同じように信長と毛利との二大勢力のはざまにあって選択に迷ってい

た。天正五年（一五七七）、信長は遂に中国征討を決意し、羽柴秀吉を将として播磨《はりま》に軍を進めさせ、一方、明智光秀、細川藤孝に命じて丹波、丹後に進撃させる。『備前軍記』によればその年の十一月、はじめて秀吉と直家とは上月《こうづき》の城をめぐって戦う。備前の小土豪どのみ争っていた直家はこの時、絢爛たる装備を身につけた秀吉軍を眼のあたりに見るのである。大会戦こそ両者の間には行われなかったが、直家は実力のあまりに大きな差を骨の髄まで感じたに違いない。十二月三日、上月城は陥落し、彼は岡山に逃げかえった。

彼の動物的な勘はこの戦いで織田、毛利の最終的な対決のいずれに軍配があがるかを、予知した。その後の彼の挙動は文字通りカメレオン的となる。毛利から出兵を求められれば一応は応じ、家臣こそ差し出すがおのれは病と称して出陣しない。やがて秀吉軍に申し開きをする口実は作っておくのだ。そのくせ彼は播州に在陣する信長の長男、信忠に密使を送り、毛利を裏切ることを申し出る。更にこの直後、さきに陥落した上月城を毛利軍が逆襲包囲するや、厚顔にも病いえたと称し、小早川隆景の陣を訪れてその勝利を賀すのである。

自分の運命を行動に賭けなかった男。謀殺と毒殺と裏面工作でのし上った男。しかし女性的な勘だけは人一倍、鋭かった男。その男はその後もしばらく洞ヶ峠的な態度を続けたのち、遂に秀吉に和睦を乞う決心をする。播州でも毛利側の別所氏が守っていた三木城が落ちたと聞いた時である。

『備前軍記』や『絵本太閤記』はこの時、直家が秀吉に送るべき使者を家臣と協議したのち、領内に住み、「軍用金を調達し、町人ながら城中を心のままに往来」していた二十二歳（『絵本太閤記』によると二十一歳）の商人、魚屋弥九郎（小西行長）を選んだと記している。だがこの講談風な記述は必ずしもそのまま信ずることはできない。一国の運命を左右する講和を領内の若い商人に托するのはあまりに無謀だからである。秀吉とて信長から派遣された中国征討軍の司令官である。そのような未知の商人を通じての和平の取りきめに応ずる筈はあるまい。

我々はこの宇喜多直家と秀吉との談合の背後に小西隆佐の存在を感じる。隆佐がその一人である堺商人は長い間、群雄たちの争いの調停役をやってきた。三好と松永との争いを和に導いたのも堺の会合衆である。その血液をうけて隆佐がこの時、かねてから接触していた秀吉に何らかの形で連絡しなかったとは考えられぬ。秀吉ももとよりこの和平交渉の前から、隆佐の次男が宇喜多領内にいることを熟知していたであろう。彼にとっても戦わずして宇喜多直家を味方につけ、岡山に進駐するほうが得策である。ひそかな裏面工作が宇喜多側はもちろんのこと、秀吉、隆佐側からも行われていたと我々は考える。

いずれにしろ天正七年（一五七九）九月、小西弥九郎はこの和平の使者として平山に在陣する秀吉の前に伺候する。

「秀吉、『汝が云う所、一理なきにあらず。されども浮田家、備前美作《みまさか》の領主なれば、臣下に人なき事はあらじ、何ぞ腹心股肱《ここう》の輩を使者とせずして、汝ごとき匹夫、偽りを以て人に対する町人を用いぬる直家が腹中、偽心ある事顕然たり。我よく汝を見知ったり、有りの儘に申さば此降参承引すべし。偽らば軍勢を差向け微塵《みじん》になさん』と、声を励し呵《しか》りければ、さしもの弥九郎大に驚き、席を下って低頭し、しばらく言句も出でざりしが……」

『絵本太閤記』に描かれたこの会見の状況はあまりに芝居げたっぷりで現実味にうすいが、それはむしろ両者狎れあいの演出だと思えば納得もいく。あるいはそこには『日本西教史』がのべる若年の頃の「倨傲な性格」の弥九郎の姿も見ることができるかもしれない。

我々が和平工作の蔭に小西隆佐という影の人物を感じるのは、その後、秀吉が隆佐を側近として近づけているためである。たんなる側近というより自らのブレインの一人として登用している事実は、隆佐の能力をこの天正七年九月の岡山への平和進駐で認めたことを裏づける。そしてこの出来事は隆佐にとっても毛利を見棄てて織田にすべてを賭けたことを意味している。そして小西父子はこの時から織田につながる羽柴秀吉に身をあずけ、運命を共にせねばならない。「秀吉、弥九郎が器量抜群なるを心中に甚だ感じ」（『絵本太閤記』）たが、弥九郎が「はげねずみ」と信長にからかわれた小さな、猿のような男をどう見たかは我々にはわからない。

和平条件の一つには直家が人質として嗣子、八郎を差し出すことも加えられた。八郎は幼少であったため秀吉はこれを養子とし、やがて一門衆に入れた。

宇喜多直家の講和を一応、聞き入れた頃の秀吉には悩みがあった。水軍の不足である。前年二月から彼は一度は織田につきながら寝返りをうった播磨の別所長治を三木城に攻めた。その折、彼は城を孤立させるため、周辺の神吉、志方の両城を陥し、その補給をたつため明石と高砂の間にかけて番所を設けて毛利の船が食糧を運ぶのを妨げようとした。だが水に馴れた毛利の船は紀伊の一向宗徒たちの応援を得て巧妙に海上から糧秣を三木城に搬入した。秀吉はこの時もおのれの水軍の弱さを痛感したのである。彼の将兵は「土の人間」たちから組織され「水の人間」に欠けていたのである。

のみならず彼は三年前の天正四年（一五七六）七月の木津川口で信長がかり集めた三百艘の兵船が二倍の毛利水軍に惨憺たる敗北を喫した事実を知っていた。信長はその後、九鬼水軍に兵船の増強を命じたが、瀬戸内海の制海権はまだ毛利に握られている。

瀬戸内海では讃岐塩飽《しあく》諸島に宮本、吉田、妹尾の小豪族たちが、小豆島には寒川氏、直島には高原氏などがそれぞれの要衝を根拠地として船を動かしていた。

この頃、秀吉は安芸能美島の乃美宗勝、あるいは毛利水軍の中核をなす村上武吉を味方に引き入れようと試みて失敗している。水軍はともかく、中国征討に必要な海上輜重部隊を作ることも彼にとっては必要だったのである。

彼の家臣たちはそのほとんどが「土の人間」によって構成されている。仙石権兵衛（秀久）のように一時、海上部隊の指揮を命ぜられた部下もいたが、この権兵衛も美濃の出身で、必ずしも「水の人間」とは言えない。

秀吉が隆佐の子、弥九郎を必要としたのは「その器量抜群なるを心中に甚だ感じた」からだけではない。平山の陣屋での会見で彼はこの傲岸不遜の青年が麾下の「土の人間」たちとちがった「水の人間」であることを一目で見ぬいたからである。

信長や家康や他の武将とちがい譜代の家来を持たずに出世した秀吉は周知のように身分家門にかかわらず能ある者を抜擢した。信長にもその傾向があったが、その信長が眉をひそめるほど秀吉は有能なる青年を麾下に入れた。加藤虎之助（清正）がそうである。石田三成も伊吹山麓の寺の小僧だった時、秀吉から小姓に取りたてられた。だがこれらの家来たちは「土の人間」であって、陸上戦闘の訓練は既に受けているが、海戦いや海上輸送には馴れてはいない。秀吉は、弥九郎を必要としたのである。

一方、隆佐にとっても次男を秀吉の幕下に入れることは今までとちがった関係を織田家と結ぶことになった。おのれの子を秀吉に差し出すことで堺の他の商人たちより更に強い絆が彼と秀吉との間に生れたのだ。やがてそれは信長の信任あつかった今井宗久にかわり彼が堺の代官となるという結果になるだろう。堺が信長に征服されてから会合衆たちは経済的援助、鉄砲の供給、茶のサロンを通じて織田家と接近したが、そのなかでその子弟を軍人として参加させたのは、小西隆佐のみであった。この慎重な男は遂に骰を投げたのだ。商人から軍人への転向。しかしこの時代はまだ戦う者とそれ以外の者との区別は、のちにくらべればまだ曖昧な下剋上の風が残っていた。農民も時には武器をとって戦いに参加したし堺のような商業都市でさえも豪商は海賊の掠奪に備えて多少の私兵を所有していた。岡山の商人、弥九郎が秀吉の麾下に加えられ、軍人に変身することは必ずしも奇異な出来事ではなかった。十八世紀の仏蘭西青年、ジュリアン・ソレルにとって軍人（赤）になるか、聖職者（黒）になるかのいずれかが出世の道であったように、二十二歳の弥九郎にとっても秀吉の軍人となることが織田の武力に屈した小西党を再興するただ一つの方法であったにちがいない。

　この時、彼や隆佐にとってかつて入信した基督教はどのような意味を持っていただろうか。それを知る資料は国内はもとより宣教師たちの書簡にも見当らない。見当らぬということは一面、小西父子にとって信仰はこの時期、まだ眠っていたということを示している。この時代には、基督教の宣教師たちは現代のそれのように愛と戦争の矛盾という問題に悩まなかったように思われる。むしろ彼等は伝統的に「聖戦」なるものを肯定していた観すらある。聖戦とは異教徒にたいする基督教徒の戦い、あるいは正なる立場に基づいた戦いを意味する。切支丹大名たちが戦いによって人を殺すことに疑いをはさまず、宣教師がそれを非難しなかったのは、後者が政治の外にあって中立を保ちつつ布教を行おうとする方針であったためでもあるが、更にその根底には必ずしも戦争否定の強い意志が上司から出ていなかったからでもあろう。軍人になること、武器をとって戦うことと信者であることとは小西弥九郎のなかにさしあたって問題ではなかった。それよりも栄達の赫《かが》かしい二文字が彼の脳裏に焼きついていたのだ。

宇喜多直家が秀吉に屈した天正七年（一五七九）、『絵本太閤記』は彼の年齢を二十一歳（『宣祖実録』からの逆算によると二十二歳）と書いている。その時、同じ秀吉の幕下にあった加藤虎之助は十八歳であり、石田三成は二十歳である。三成はこの中国征討の折、秀吉への諸将の奏聞を取りつぐ奏者を勤めていた。一方、清正は直家軍の守る上月城や別所方との戦いに加わり、敵将、垂井民部を討ちとるという功を立てた。

ほぼ年齢のちがわぬこの三人は平山の秀吉の陣営で顔をあわせたかもしれぬ。奏者の三成は司令部付の士官、清正は福島正則と共に土と汗とによごれる最前線の将校であり、そして小西弥九郎行長は堺商人をバックにした海上輸送隊の主計士官候補生だったと言える。彼等はそれぞれの資質、能力のちがいを若者たちの敏感な嗅覚でさぐりあったであろう。三人の間にそれぞれ引きあうものと反撥しあうものとがなかったとどうして言えよう。実戦経験者の十八歳の清正が戦うことのない司令部付の石田三成にどういう感情を持ったか、そして土の人間としての清正が商人出身のくせに自尊心の強い行長をどう見たかも推測できる。やがて反目し、憎み、争わねばならぬこの三人の宿命の岐路はこの時、既にはじまっていた……。

商人から軍人への転身。秀吉はこの小西弥九郎をとりあえず宇喜多直家の嗣子八郎秀家の麾下に入れ、高松城攻略までの小規模な戦闘のなかで訓練していく。

だが陸上での戦闘では「水の人間」である弥九郎行長はその能力をまだ発揮することができない。彼はその点では最前線で鍛えた体質的にも日本陸軍の原型ともいうべき加藤清正にはるかに劣っている。彼が商人から軍人になってのち最初の戦《いくさ》である冠山《かむりやま》城の攻略は天正十年（一五八二）四月、開始された。彼は秀家軍に加えられてこれに参加したが、(註二)『中国兵乱記』や『備前軍記』には清正の華々しい戦ぶりを記述しても行長の名は載せてはいない。清正は禰屋《ねや》一族のたてこもるこの城の侍、武井将監や秋山新四郎を討ち取っているが、そのような陸の白兵戦は行長の得手ではなかった。

もし彼にそれに続く高松城水攻めの戦場がなければ多分、行長はいつまでも海上の物資輸送の任につくか、主計将校としての仕事しか果せなかったであろう。だが秀吉が高松城の周辺に巨大な人造湖を作り、水攻めを試みた時、行長ははじめて船を操る水の人間としての能力をわずかにみせることができる。彼は秀吉の下知で浅野長政と共に三島水軍が海上で使う戦法を城攻めに適用する。船と船との戦いで相手にうちこむ火矢や炮烙《ほうらく》のかわりに彼等は数艘の船に大筒、小筒をおき、そこから城に小規模な砲撃を加える。更に海賊たちが筒鍾を使って敵の船腹をつき破る作戦を適用して熊手を城壁にかけてそれを破ることも試みる。作戦は敵に心理的な威嚇を与えただけで決定的な被害は与えなかったが、この作戦は瀬戸内海水軍の戦法を陸の城に使ったという意味で行長は秀吉麾下の将校とちがった能力を少しはみせることができたのだ。のちに彼はこの戦法を秀吉の雑賀《さいが》、根来攻めに際しもっと大規模に使うのである。（註二）

少しずつ、こうして彼は商人から軍人に変っていく。そして秀吉も行長が彼の家臣団のなかで数少い水軍の指揮者に成長することを望み、その活用の道を考えはじめる。行長が他の一門のなかでも新参者であったにかかわらず、いつの間にか加藤清正をはじめとする子飼の家臣と同じスピードで出世していくのもそのためである。

高松城の水攻めは功を奏し、城内は日ましに糧食、弾薬ともに乏しくなっていった。城主、清水宗治はこの戦国時代には珍しい節操ある人物であり、やがて部下将兵の命を救うためにこの人工湖上で自刃する。もちろん、その時、本能寺の光秀反逆のこと、信長の横死を宗治は知らない。

宗治は自決の前日、城兵に命じて城中を掃除させ、武具を銘々、持口に飾らせ、註文帳をおき、当日の朝、念仏を唱えて城の虎口から船に乗り、秀吉の陣前に漕ぎ出させるや、そこで切腹した。おそらくこの光景を加藤清正も石田三成も小西弥九郎も目撃したであろう。

三成や清正にとって――特に清正のような男の眼には――この清水宗治の自決は闘う者の最終的な美しさとうつった。この時期には忠義、忠節の武士道的な思想は江戸時代のように完成はされていなかったが、男らしく死ぬことと勇気をもって死ぬことは既に軍人の美意識にもなっていた筈である。屈辱の縄目を受けるより自刃することが闘う者のより高い道と考えられ、まして宗治のように城兵を救うために一人、切腹する行為に秀吉側も礼をもってこれを見ているほど感動したのだ。

だが城をかこむ秀吉軍のなかで味方と共にこれを目撃したであろう小西弥九郎だけは少くとも基督教の受洗者だった。彼の信仰はまだ眠ってはいたが、少くとも自決がこの宗教で禁じられていることは知っていた筈である。なぜなら基督教では神が人間に与えたもうた命を自分で断つことは、十字架を背負って苦しみのすべてを味わおうとしたイエスと離反することだと考えるからだ。

弥九郎行長が清水宗治の自決の光景を眺めながら何を考えたかは、いかなる野史さえも語っていない。しかし商人から闘う者に転向してまだ三年にもならぬうちに、彼は軍人であることと切支丹であることとの矛盾を、考えねばならぬ場面にぶつかった。軍人である限りやがて自分にも清水宗治と同じ運命が来ぬとどうして言えよう。その時、この節操ある武将のように敵味方が讃える死に方を行長はできない。おそらく清正などが蔑むにちがいない屈辱の縄目にも耐えねばならぬのである。この問題はおそらくこの時、彼の胸中を去来したにちがいない。もちろん彼にはやがて京の六条河原で鉄の首枷をはめられ、信者として宣教師にも会わされず、はずかしめられた死をとげねばならぬ自分の死を、この清水宗治の最期から予想することはできなかっただろうが……。

註一　池永晃『中世界を代表する俊傑・小西行長』による。
註二　フロイス、松田毅一・川崎桃太訳『日本史』による。

三　主計将校の孤独

〈行長、二十五歳から二十八歳〉

「早朝のミサを行うため、服を着替えていた私に向い、やがてやってきた切支丹が、宮殿（本能寺）の前で騒ぎが起り、重大事件と思われるから、しばらく待つようにと言った。やがて銃声が聞え、火があがった。次に喧嘩ではなく、明智が信長に叛いて彼を囲んだという報せがきた」（「キリシタン宣教師カリオン神父の手紙」松田毅一訳）

人間の一生には一度はまたとない好機が来る。そういう俗的な言葉を笑う者も、天正十年（一五八二）六月二日の本能寺の変の報を備中高松城で幸運にも毛利側より先に得た秀吉を考える時はこれを否定することはできぬ。

「殿が天下とらるる好機が到来」

参謀だった黒田官兵衛が秀吉の耳もとにこの時、そう囁いた。この智慧者にそう言われなくても秀吉も瞬間、同じ思いをしたにちがいない。

同じ思いは秀吉麾下の家臣たちの心にも起ったであろうが、ここに家臣たちとはやや事情を異にしながら胸震わせたであろう一人の商人がいる。弥九郎の父、隆佐である。既に書いたように彼の秀吉にたいする急激な接近は宇喜多直家の信長への帰属から急速に深まっていた。この岡山の梟雄を秀吉に帰順せしめる蔭の存在となった彼は、秀吉が播磨網干郷の英賀《あが》に塞を築く時、その監督のために赴く（「網干郷文書」）ほど実際的な支援までするに至っていたのである。

秀吉がもし信長にかわって「天下をとれば」その恩恵に浴するのは秀吉直属の家臣や麾下に加わった武将たちだけではなかった。武将たちがたがいに戦功によってその恩賞を求めるように堺の商人たちの間にも眼にみえぬ暗闘があった。

隆佐たち堺豪商は既に信長に款を通じ、それぞれの功績によって利益を得ようとしていた。そのうち最も信長に親しいグループはたとえば今井宗久や津田宗及のような茶人たちであり、彼等はそれぞれ信長の信任を得ていた。隆佐はその慎重さのあまり、信長に接近することに遅れ、このグループの圏外にたっていた。言いかえれば今井宗久、津田宗及たちは小西隆佐にとっては遅れをとったライバルだったのである。

今井宗久が信長に近づいたのは他の堺商人よりも早い。堺が信長の威嚇にあう前から彼はわざわざ美濃を訪れ、松島という茶壺を献上するなど将来の布石をうっていた。ために信長が京に上るや、摂津欠郡五ヶ庄、その他の代官職を任命され、塩の徴収権を与えられるなど織田政権を支援する堺衆の代表者となったのである。事実、浅井、小谷城の合戦の折に鉄砲、火薬を羽柴秀吉に調達したのも、この今井宗久である。

津田宗及は津田宗達の息子、一時は石山本願寺側について織田側に与《くみ》しなかったが、やがて今井宗久などと共に茶会を通じて信長と接近、信長が堺を訪れた折、その接待を勤めたほどである。

隆佐がこの親信長グループとどれだけの関係があったか我々には資料がない。だが天文二十三年（一五五四）から天正九年（一五八一）までの今井宗久の『茶湯書抜』を見ても織田信長やその重臣たち主催の茶会に小西隆佐はそれほど出席はしていない。

それは隆佐がこの年間、いつ「あおのけに高転びする」やもしれぬ信長にすべてを賭ける決心を持つまでには至っていなかったことや、あるいは今井宗久、津田宗及のような信長密着グループからはじき出されていたことを暗示しているようである。はじき出された彼がようやく接近の糸口を見出したのは羽柴秀吉によってであった。

天正十年（一五八二）六月三日。たしかにそれは秀吉にとってと同じほどに小西隆佐にも幸運な日だった。秀吉はその翌日、高松城主、清水宗治を自決せしめ、講和した毛利氏の動きを一日、窺うや、六日、急に高松をたち、折からの暴風雨をついてすさまじい速度で姫路に引きかえす。世にいう「中国大返し」である。

姫路についた秀吉は堀秀政に「このたび大博奕《ばくち》を打ってお目にかけよう」と豪語する。明智光秀を討ったのち、天下をとるという宣言である。

小西隆佐はこの秀吉にすべてを賭ける。彼は自らの予感に自信を持っている。彼は早くから宇喜多直家の動きによって毛利、織田の勝敗が決まると考え、その予感を的中させたが、この時も秀吉勝利に疑いを持たなかったであろう。

もしそうなれば信長グループの今井宗久、津田宗及たちの堺商人は後退し、秀吉を支援した自らの進出がはじまる。この希望が隆佐の脳中を去来したにちがいないのだ。

隆佐がこの予感に震えた時、その次男、弥九郎も幸運に恵まれたのである。彼が秀吉の家臣となってわずか三年。その主人は今、天下の覇者となるべき機会を思いがけず掌中に得たのだ。弥九郎はその主人の幸運についていけばよい。秀吉は「土の人間」ではない「水の人間」であるこの若者を今、必要としているからだ。栄達の階段は今、たやすく眼前におろされた。戦いらしい戦いもせず、死命を賭けた戦場で功績一つたてないでこの若者は今この階段をのぼろうとする。

だがすべての幸運がそうであるように、この栄達の道は同時に彼の不幸になる。秀吉の近習たち「土の人間」の嫉妬はこの時からはじまるのだ。とりわけ、今日まで最前線にたち、命をかえりみず秀吉のために働いてきた加藤虎之助（清正）や福島正則のような青年将校たちは自分たちと同じように死命を賭して戦わなかった者の掌中に同じ幸運や栄達が入ることを決して悦ばないであろう。土の人間たちは往々にして偏狭である。清正と行長の対立は眼に見えぬ形で種まかれている。

秀吉が備中高松から姫路に雨中をついて戻り、ここで兵を集めて山崎に待つ明智光秀軍めざして進撃した七日から十三日の間、その直属部隊に加藤虎之助や福島正則が加わったことは確かである。山崎の合戦で加藤虎之助が光秀軍の進藤半助と一騎討ちをやったことも知られている。福島正則もこの戦に加わっている。だが小西弥九郎がこの戦に参加したという記述は甚だしく疑わしい。

のみならず、山崎の合戦後、清洲の会議でリーダーシップを握った秀吉がその後、反目する柴田勝家を亡ぼすまでの戦記に我々は小西弥九郎の名を一度も見ることはできぬ。一方、加藤虎之助の名は天正十一年(一五八三)二月の伊勢攻めにおいても亀山城の佐治新介の臣、近江新七との一騎討ちや賤ヶ岳の合戦の折の山崎将監との組み討ちなどで華々しい功名を残しているし、福島正則も有名な「七本槍」の一人として三千五百石を恩賞として与えられるほどの手柄を立てている。

これら山崎の合戦や賤ヶ岳の戦いに小西弥九郎が加わらなかったとすればそれはなぜか。彼の名が見えぬのはなぜか。池永晃氏はその労作のなかでこれらの戦いに行長が秀吉近習として活躍したと書いているが、我々はその確実な資料を持たない。

周知のように行長資料に関しては彼が関ヶ原の戦いで西軍方に与《くみ》したためにそのほとん

どが抹殺されたが、にもかかわらず切支丹大名として彼を過度にほめたたえる切支丹宣教師側の資料にさえもこれらの戦いに彼が加わったとは書かれておらぬ。我々はこの時期、小西弥九郎が宇喜多秀家と共に中国にとどまったのか、それとも秀吉の近習としてその幕下にあったのかもほとんど知ることができないのだ。

だが、ここにこの曖昧な時期における弥九郎の動きをかすかに暗示するただ一つの文書がある。それは天正十年（一五八二）十二月に、姫路から取り寄せた材木船が其方の手前にまだ来ないそうだがどうしたか、と問いあわせた一通の手紙である（「紀伊壱岐文書」、豊田武『堺』による）。豊田博士はこの文書から其方というのはあるいは堺を指し、「行長はこの頃、もはや堺に引きあげ」ていたのかもしれぬと推測されている。

もちろん我々には其方が何処かはつかむことはできぬ。しかしこの手紙が書かれた天正十年十二月といえば秀吉が柴田勝家の義子、勝豊を長浜に包囲し、更に信長の子、信孝（神戸）を岐阜に攻めた時期だとは知っている。それゆえこの手紙は少くとも小西弥九郎が秀吉のいた長浜や岐阜に遠い海近い地点にいたことを示しているのだ。同時に材木船という言葉で小西弥九郎が加藤虎之助や福島正則などとはちがった活動――つまり輜重部隊の指揮官をやっていたことも我々に教えてくれるのである。

事実、この推測を裏うちするように秀吉はまた後年の九州進攻に際しても小西弥九郎を実戦部隊ではなく輜重部隊の指揮官として使っている。天正十四年（一五八六）八月十四日に黒田孝高《よしたか》（官兵衛）、宮木宗賦、安国寺恵瓊宛の七箇条の指令でも、「兵糧のことは小西弥九郎に命じ赤間関まで運ばせる」と言っている（桑田忠親『豊臣秀吉研究』所載）。

一方、秀吉は山崎の合戦以後、九州進攻までの間に決して毛利側の動きを閑却していたわけではなかった。「中国大返し」の前々日、彼は安国寺恵瓊の外交的手腕を利用して毛利、吉川と講和条約を結んだが、彼等の動向は無視できなかった。彼のこの時の当面の宿敵、柴田勝家はそのころ毛利家の客分として備後の鞆に亡命していた足利義昭の重臣に書状を送り、毛利軍の援助を得て北と西から秀吉を攻めることを提案していたからである。

そのような微妙な時期、秀吉が瀬戸内海の情報を集めやすい堺商人、小西隆佐やその次男、弥九郎を活用しない筈はない。資料こそ我々の手には残っていないが、秀吉が同じ近習でも加藤虎之助や福島正則とちがった任務を弥九郎に与えたとしてもふしぎではない。少くとも弥九郎は秀吉に従って実戦に参加はせず、瀬戸内海に近い何処かにあって輜重部隊と情報収集の役を行っていたと我々は確信をもって推測する。

輜重部隊の指揮官は多くの場合、実戦部隊の将校には尊敬の対象にはならぬ。主計将校を幼年学校や陸士出将校たちがむしろ軽侮の眼で見たのは日本陸軍の伝統である。いわば幼年学校や陸士出身の加藤虎之助や福島正則には、生命を賭けた戦場にも出ずに輜重部隊の指揮をとる主計将校弥九郎が軍人として考えられなかったとしても当然であろう。のちに加藤清正は行長のことを「あれは商人だ」と吐きすてるように言う。清正にとって軍人とは白兵戦の猛者でなければならず、敵と一騎打ちをした経験者でなければならなかったからである。事実弥九郎行長はその生涯、一度も清正が数多く経験したような白兵戦も一騎討ちも行ったことはなかった。

賤ヶ岳の戦いのあと秀吉の戦いは徳川家康を相手に弥九郎行長を必要としない陸戦である。小牧・長久手の戦いに加藤清正は尾張、加賀井城を攻め、城主、加賀井重宗を戦死せしめる功をたてる。だが弥九郎行長の名はこの戦いにも記載されぬ。秀吉は水軍指揮者としては既におのれの麾下に加わった九鬼嘉隆のほうを活用する。もちろん、陸戦が主体であるこの戦いでは九鬼嘉隆もさしたる活躍はなかったし、敵を心理的に威嚇させる効果があっただけにすぎない。

輜重部隊の指揮官であることが前線将校たちの軽侮を受けることぐらいは小西隆佐も弥九郎もよく承知していたであろう。にもかかわらず直接戦闘に加えられなかった事情は秀吉がまだ彼を必要としなかったためであるが、それは形式的にも切支丹信徒として当人には幸福であった。なぜならこの時代の切支丹宣教師たちにとって戦争が神学的に肯定されるのはそれが「聖戦」である場合のみだったからである。神の正義を具顕する戦いを神学者たちは「聖戦」とよんでそれを認めた。

切支丹の武将たちが基督教の愛の教義と戦争との矛盾についてどれほど苦しんだかはふしぎに資料がない。にもかかわらず彼等がこの問題に悩まなかったという証拠もない。だがこの時期の宣教師たちが切支丹大名の戦争を「聖戦」として肯定したのは簡単にいえばその勝利によって布教の範囲が拡がり、教会が力を得、そのために改宗の機会が日本人に多く与えられると考えたからである。この時代の宣教師たちは現代の懐疑多き宗教家とはちがい、甚だしく現実的で政治的な部分があった。たとえば彼等がのちに「日本占領計画」を立案し、日本が基督教国になるためにスペインによる占領を考えたことは慶応大学の高瀬弘一郎氏などの研究によって最近、知られた事実である。

ともあれ、輜重部隊の指揮官と主計将校として実戦に参加しえなかった小西弥九郎にその機会が遂に与えられた。

秀吉は小牧山の戦いが一応終るや、天正十三年（一五八五）三月、かねてから考えていた一向一揆との戦いを開始し、弥九郎行長にも出陣を命じたからである。信長に反抗し、小牧の戦いでは家康側についた根来寺の僧徒と雑賀衆にたいする徹底的な掃討である。

一向一揆の戦いは必ずしも宗教戦争だけではない。それは「侍」と「農民」との全面的な闘争でもあった。「諸国ノ百姓、ミナ、主ヲモタジトスルモノ、多クアリ、百姓ハ王孫ノ子孫ナレバナリ」。農民たちは気概を持って侍に反抗したのである。

下剋上の風潮は侍と農民との境界を曖昧にした。農民たちは武器を持ち、名主、領主と争うことで自分たちの力を再認識した。この自覚は「百姓ハ主ヲ持タヌ王孫」という意識に転換する。信長はこの意識を弾圧し、侍による、侍が農民を支配する天下統一を夢みた。この彼の夢に農民が反撥しない筈はない。一向一揆のエネルギーの裏には宗教的闘争と共に侍対農民の烈しい対立がひそんでいる。

秀吉の天下統一はこの信長の夢の継承にほかならぬ。彼もまた侍による、侍が農民を支配する秩序の恢復を狙っていた。やがて彼がきびしい検地と刀狩りと農民制約の指令をだしたのはその具体的な政策のあらわれなのだ。

だが秀吉にとって一向一揆鎮圧がそのような農民支配の政治的意図を持っていたにせよ、切支丹大名である小西弥九郎や高山右近にとっては別の意味がそこにあった。即ちそれは異教徒との戦いなのである。一応は切支丹である彼等はかねてから宣教師たちがこれら一向一揆の仏教徒が勝利を得れば「勝ちほこった僧兵が畿内の基督教教会をすべて破壊するかもしれぬ」と怖れているのを知っていた。右近はもちろん、小西弥九郎にとってもこうした宣教師の危惧はおのれの戦争参加を正当化するに充分な理由になったにちがいない。行長はまだ本当の信仰に目覚めていなかったが、目覚めなかったがゆえに、たやすく自らの行動を正当化できたのである。切支丹の彼にとってほとんど初陣ともいうべき、この根来寺の僧徒、雑賀の一揆との戦いはまさしく「神の正義を具顕する聖戦」となったのである。

聖戦。異教徒との戦い。かつての十字軍の将兵のように高山右近も小西弥九郎も、この戦いの意味をそれ以上に考えはしない。彼等が本当の基督教の意味を理解するのはもっと後になってからであり、神はこのような時、決して人間には語らない。神が本当に語るのは右近が秀吉にやがて追われ、行長が関ヶ原の戦いにやぶれて鉄の首枷を首にはめられる時なのである。

「当（一五）八五年の聖週間の水、木、金曜日に秀吉は先遣隊として三万の兵を堺に近い和泉国、岸和田城に送って自分（の到着）を待つようにと命じ、聖土曜日には大坂をたち、正午には十万人を越すと言われる大軍を率いて堺を通過した」

とフロイスは書いている。この宣教師で歴史家であった神父は堺を通過した秀吉軍の華麗な行進をいきいきと描写したのち、行進の後方から黒い馬にまたがり、白い着物に濃紅色の短い道服をまとい、緋色のビロード帽をかぶった秀吉が通ったが、そのそばに小西隆佐が秀吉と何か「言葉をかわしながら」歩いていったとのべている。

この戦いには秀吉のそれまでの戦いとは本質的に違う一面がある。それは従来「人を殺すことは好かぬ」と言い、城攻めにおいて信長のような徹底的な虐殺を敢行しなかった彼が、人も動物もことごとく火と鉄とにゆだねよと厳命した。一揆方の千石堀城では弟秀長および三好秀次に命じ、敵の城中の火薬庫に火をかけ戦闘員のみならず、老幼婦女五千人を焼き殺しにしたのである。今日でもその焼け残った跡の残る城跡に立つと、信長以来、一向一揆がどれほど武将たちを苦しめていたか、「侍による、侍の支配する」天下統一に百姓たちの反抗がどれほど妨げになっていたかを考えさせる。秀吉はあたらしい秩序を創るために、最後の強烈な決着《けり》をこの大虐殺の敢行でつけようとしたのである。

フロイスによれば根来寺のあと雑賀攻めにおいて最も主要な太田城が残った。秀吉はここでも高松城や冠山城と同じ戦法——彼の得意とする土木工事と水攻めとを実行した。しかも、その規模においてはこれら二城の比ではないほど大規模な湖水を城の周囲に作ったのである。城の周囲六里を堤でかこみ、紀ノ川の水をここに引いたのである。和歌山市郊外の鳴神、西和佐出水と黒田を結ぶ線がこの人造湖の規模である。秀吉は小西弥九郎に命じ、この大人造湖に船を浮かべ城を攻撃することを命じた。

この時、秀吉以下、数万の将兵は堤の上からこの小西弥九郎の戦いぶりを「まるで桟敷から芝居をみるように見物した」とフロイスは書いている。

「(小西) アゴスティーニュは、多くの十字架の旗をかかげた船 (を率いて) 入って来た。そして (敵の城にむかって) 進出し、土居近くに達したが、船からは土居 (の中) が見えず、城中の者が身を守ろうとして放った火、鉄砲、矢、石、その他の火器の一斉攻撃を上方から浴びることになった。一方 (小西) の軍勢は船にモスケットなど大筒の鉄砲を多量に搭載していたので、それが大いに効力を発揮して、敵を少からず悩ませた。

……我等の主は (小西) アゴスティーニュが戦死をまぬがれ、更に彼の兵士の損失がわずかなものに留まるよう、執成《とりな》し給うた。兵士たちは網をかぶることによって実に巧みに消火に励んだが、煙や焔が物すごく船舶を掩ったので、二度といわず羽柴（秀吉）も既に船は焼滅し、兵士らは戦死したものと信じ込んだほどであった。

もはや兵士たちは疲労したので羽柴（秀吉）は戦闘を中止して引き揚げるようにと命じた」

フロイスのこの描写はこの二、三時間にわたる戦闘の情景を眼に見えるように伝えてくれるが、我々がこの記述で興味のあるのは、この小西弥九郎の戦いぶりを秀吉以下全員が堤の上から観戦したという部分である。「桟敷から芝居をみるように」この戦いを見物した将兵のなかにはもちろん、加藤虎之助清正や福島正則たちも加わっていたにちがいない。弥九郎の父隆佐もまじっていたかもしれぬ。秀吉はこの戦いで毛利水軍の総動員を命じ、小早川隆景に全船のこらず動員して岸和田に集結し、船大将、中村、仙石、九鬼の指示に従うことを指令していたが、小西弥九郎はそのうち船奉行の地位を与えられていたのである。

水上輜重部隊の指揮官としてこれまで直接戦闘には出なかった男が今、眼前ではじめて戦いぶりを見せる。それは清正や正則たち前線将校だった者には恰好の見ものであった。フロイスは書いている。「武将たちはたがいに顔を見合せながら、今まで日本でこれほど、見ごたえのある戦闘に臨んだことがない、と語りあった」。

この武将たちの言葉にはフロイスがどう考えようと我々に皮肉な刺《とげ》を感じさせる。戦を知らぬ商人出身の男がどのように戦うかを彼等は多少の侮蔑と好奇心で見物したからこそ「たがいに顔を見合せた」のであろう。土の人間が水の人間に持つ嫉妬と冷笑。生命を賭けて戦場を駆けまわってきた現地将校が主計将校に抱く侮蔑感。そうした眼のなかに小西弥九郎は曝される。彼は戦う。しかし決定的な打撃を敵に与えることはできない。なぜならこの太田城は水攻め一ヵ月後に陥落したからである。フロイスでさえ「敵を少からず悩ませた」と書くだけでそれ以上は語っていない。兵士が疲労したので秀吉は退陣を命ずる。清正や正則たちはおそらくうす笑いをうかべながら引きあげる弥九郎を見たであろう。

商人から軍人に変りながら優れた戦士にはなりえなかった小西弥九郎。彼にもし堺という町と父、隆佐というバックがなければ秀吉もあれほど抜擢はしなかったかもしれぬ。堺の町を行進する秀吉のそばに隆佐が一人、ついていたと言うフロイスの記述はこの点、非常に象徴的である。秀吉子飼の近習将校たちがおのれだけの努力で出世していった時、弥九郎は父や兄や堺という一種の共同体の後押しをたえず受けていたのだ。しかも商人から軍人に変りながら徹底的な軍人にはなりえない男。軍人でありながら同時に商人としての任務をたえず秀吉から命じられる男。そういう男がおのれの腕一本で功績をたてていく加藤虎之助ら近習たちからどういう評価を受けたか想像するに難くない。

そういう状況のなかでこの秀吉軍のなかに切支丹の高山右近がいることは彼にとって救

いであった。おそらく山崎の合戦にもそれに続く幾つかの陸上戦にも参加しなかった弥九郎行長は今日まで戦場でこの高槻の青年城主と顔を合せることはできなかったにちがいない。二人がはじめて交際を結んだのはいつ頃からか確実な資料はない。シュタイシェンは、天正十一年(一五八三)に大坂城でこの両者は知りあったと書き、海老沢有道博士は、この頃、右近邸で行われるイルマン、ロレンソの説教に小西弥九郎も参加していたとのべている。天正十一年の八月、イエズス会のオルガンティーノが右近たちの世話で大坂城を訪問した時、秀吉は奥の間で小西隆佐と右筆の安威了佐だけを交えてこの南蛮神父と歓談した事実がある。

二人の接触がその前からはじまっていたにせよ、この根来、雑賀の戦いで右近が弥九郎にとって救いであったことは我々にはたやすく推測できる。近習出身の青年将校たちと肌があわず、その無言の侮蔑をたえず感じている弥九郎にとっては、同じ切支丹であるという理由だけでもこの年上の右近に友情を求めたことであろう。

高山右近――秀吉の幕僚のなかでこの高槻城主はたしかに特異な存在だった。彼は一時の感情や功利的な動機で受洗した初期の切支丹大名とちがい、基督教の信仰を平生のおのれの全生活の規準として生涯、守りつづけた侍である。彼は自分が信仰者であることを秀吉やその家臣のなかで言葉にも態度にも、はばからずあらわした。某日、秀吉麾下の武将たちが猥雑な話をしていた時、その一人がふと右近の存在に気づき、あわてて同輩たちに眼くばせをすると、ただちにその猥雑な話はやんだというほどだった。

秀吉麾下の武将たちも右近を切支丹であるゆえに侮ることができなかった。なぜならこの男が山崎の合戦でどれほど勇しく闘い、賤ヶ岳や小牧の戦場で誰にも引けをとらなかったことを皆知っていたからである。

小西弥九郎行長が右近とはじめて戦場を共にしたこの時、彼の信仰はまだ眠っていた時期である。行長の洗礼は幼い頃であり、受洗動機は必ずしも純粋でなかったと我々は想像する。

だが戦場で鍛えあげた年齢の近い秀吉近習出身の将校のなかでともすれば「商人」として侮られた彼がおのれの友を探したとしてもそれはふしぎではあるまい。同じ切支丹の受洗者であるという理由だけでも高山右近は他の者よりは小西弥九郎に親近感を感じさせたであろう。右近の周囲には既に少数ではあるが、切支丹グループともいうべき侍たちが集まりはじめていた。信長の娘をもらい秀吉麾下の有力な武将だった蒲生氏郷がそうである。氏郷ははじめは右近の信仰を敬遠したがこの雑賀、根来の戦いの頃はその感化を受けて熱心な信徒になっていた。秀吉の参謀だった黒田官兵衛もそうである。

領主であった頃の右近の思想はおのれの領国に「神の国」を実現することだった。宣教師を招き、領民を改宗させ、教会を建てた彼の治国方針はたんにその熱烈な信仰のあらわれだけでなく「神の王国」を少くとも自らの領地内に創りあげることだったのである。やがて明石に転封された時、彼の「神の王国」実現の悲願はますます烈しくなる。彼は寺をこわし、領民に改宗を命ずるという強い態度さえとる。秀吉はその危険を感じる。「神の王国」と「秀吉の王国」とは対立せざるをえないからだ。秀吉にとってはこの日本に自分が支配する以外の国が――たとえそれが神の王国であっても許すことはできぬ。やがて秀吉が右近を追放せざるをえなかったのは、たんに切支丹弾圧という宗教政策以上に、この二つの王国の対立感を感じたからなのである。

我々はこのことを第五章で詳しく考えよう。ともあれ、この天正十三年（一五八五）の根来、雑賀の戦いで行長は同じ宗教を共にする右近や蒲生氏郷を陣中に見出した。フロイスによれば太田城水攻めの時、行長はクルスの旗を船にかかげて仏教徒たちを攻撃したという。クルスの旗をかかげたというのは彼が右近や氏郷と共にこの戦いを古い基督教のいう「聖戦」だと解釈したことを意味する。異教徒たちの手から畿内の全教会を守る戦いだという気持はこれら切支丹の将校や武将にはたしかにあったであろう。

だが先に述べたようにこの戦いは右近や氏郷にとってさえもそれまでの戦いとは違う一面があった。「人を殺すことは好かぬ」と主張していた秀吉が千石堀城でたてこもる戦闘員のみならず五千人に近い非戦闘員まで焼死させたからである。一向一揆がたんなる城攻めや領主間の戦いとちがって思想戦であることを秀吉は痛感していた。それは一向宗による百姓王国を願う者たちと、侍による、侍の支配する王国を具顕する彼との決定的な闘争だった。秀吉が人も動物もことごとく火と鉄とにゆだねよと命じたのはそのためである。もちろん千石堀城の戦いには高山右近は加わっていない。彼の軍隊は根来寺を攻撃したからである。根来寺は真言宗新義派の本山だが、僧侶たちは自らの手で寺に火をつけこれを燃やした。彼等は争って深い一つの井戸に身を投じて自殺を計ろうとした。フロイスの記述によれば、この時、右近は部下に命じてその一人を救い、着物や食料を与えたという。

だがそれにしてもこの戦いは武士対武士の戦争ではなく武士対百姓の戦いであるゆえに多くの非戦闘員を殺傷せざるをえなかった。右近や氏郷や行長はこのような事実をどう受けとめただろうか。我々にはそれを知る資料がない。この場合だけではなく軍人であることと切支丹であることの矛盾を切支丹大名たちがどのように解釈したかは切支丹資料にはほとんど触れていない。我々が推測できるのは彼等が根来や雑賀の戦いを聖戦と考えたであろうということである。少くとも右近の場合、「神の王国」をこの地上に創るためのやむをえざる過程と考えたのである。彼の領主としての治政方針はおのれの領土のなかに「神の王国」の具顕を計るということだったからである。「神の王国」のために異教徒と戦わねばならぬという感情が右近をしてこの破壊や非戦闘員の焼死に眼をつぶらせたであろう。しかし彼が軍人であることと切支丹であることの矛盾に悩まなかったともいえない。我々はこれから二年後、秀吉の命令にもかかわらず、軍人であることを放棄して切支丹だけの道を選ぶにいたった彼の心情にその矛盾を見つけるだろう。

小西弥九郎行長の場合——この矛盾はどう彼の人生に痕跡を与えたか。この時期、それはまだ曖昧である。その人生を彼と共に追うにしたがって、それは少しずつ解明されるかもしれない。

四　危険なる存在

〈行長、二十八歳から三十歳〉

根来、雑賀攻めをおえて、侍による、侍の百姓支配に決定符を打った秀吉は九州、関東、四国、奥羽などの制圧には絶対の自信を持っていた。三河の徳川家康の反抗だけが悩みになっていたものの、この家康さえ掌握できれば、他の地方群雄の制圧は彼我の動員兵力や軍備の比較からみて、圧倒的な差のあることを熟知していたからである。

日本国の征服は彼にとって第一段階にすぎなかった。周知のように日本を制圧したのち、彼はそれをステップとして果すもっと広大なる野望を夢のように抱いていたからである。不幸にして情報不足と誤った認識から生れたこの誇大妄想ともいうべき夢は更に軍を進めて朝鮮を先導にして大陸に侵入することにあった。野望がいつ頃から徐々にその心に芽ばえたかはわからない。かつて信長が中国地方制圧の暁はそれを秀吉に与えようと言った時、自分は唐天竺《からてんじく》がほしいと答えた話や、その信長も宣教師フロイスに大陸侵攻を洩らしていることからみると信長の夢を継承したものかもしれぬ。

ともあれ天正十三年（一五八五）六月、彼はまず第一ステップを果すため四国の制圧を企てた。土佐を本拠とする長曽我部は敗戦を覚悟で果敢に反抗した。だが兵力、兵備ともに秀吉精鋭軍にはあまりに見劣りがする長曽我部軍はたちまちにして敗走、秀吉にとってははじめから勝敗を予想できた戦いだった。彼にはこの四国征服も、かつての中国征伐で一応は帰順させた毛利軍の消耗を計り、その実力を見るチャンスにすぎなかった。同時にここを制圧することで瀬戸内海の絶対支配権を確立することが本当の目的だったのである。

あっけないほど簡単に片づいた長曽我部征服のあと、彼は北陸の佐々成政《さっさなりまさ》を攻める。成政ももちろん彼の相手ではない。この作戦も成政がかつて小牧の戦いで気脈を通じようとした徳川家康を孤立させるための一手段にすぎぬ。家康との正面決戦を避けている秀吉は三河の雄の手足を次々ともぎとるため、一応は帰伏はしたが反逆の可能性もある毛利を四国攻めで充分消耗させ、次に佐々を討ったわけである。

天正十三年はこのように秀吉にとっては目まぐるしいほど忙しく、権力者としての地位をかためた年でもあった。彼は関白に任じられ、姓を藤原に改める。関白に反抗する者は同時に朝敵である以上、家康もこの既成事実の前には首を垂れざるをえぬことを見通していたであろう。

四国、北陸のこの両戦に小西行長が何をしたかは、わからない。大村由己《ゆうこ》の「四国御発向并北国御動座記」をみてもこの輸送指揮官の名は見当らぬからである。おそらく行長は四国征伐の折も海上輸送の任務を与えられて活動はしたが、直接戦闘には一度も加わらなかったであろう。北陸の佐々攻めでは参戦の機会さえ一度も与えられなかったと思われる。なぜなら、この戦いは海上輸送を必要とせぬ純粋な陸戦であり、倶利伽羅《くりから》峠を中心とした小規模な局地戦しか行われなかったからだ。

にもかかわらず、この翌年の天正十四年（一五八六）、いささか奇異なことが起った。行長は抜擢されて小豆島、塩飽諸島および播磨の室津の支配を委せられたからである。

十四年の夏、秀吉はかねての構想にしたがい、畿内、北陸、四国の国分け、国替えを行った。前記の大村由己をみると秀吉はおのれの近習や股肱の武将に瀬戸内海に面した地方を分割し、たとえば淡路は脇坂安治と加藤嘉明に、讃岐は仙石秀久に、播磨は福島正則、中川秀政、高山右近に与えた。だがそこに小西行長の名はみえない。

しかし『肥後国誌』や切支丹側の文献によれば行長はこの時、既に小豆島、塩飽諸島を所領としていたと言う。一体、それがいつのことなのかを確証する資料は我々にはない。シュタイシェンは秀吉と宇喜多との講和における行長功労の恩賞として、直後に与えたと書いているがこれはまったく疑わしい。

だが翌年の天正十五年（一五八七）、秀吉に追放された切支丹大名の高山右近が行長の手で瀬戸内海のいずれかの島か、小豆島に匿われたことが切支丹資料に記述されている以上、これらの島々は行長の所領であったことを示している。さまざまな事情からみて天正十四年の秀吉のこの国分け、国替えの折に、行長ははじめて領主としての地位を得たのであろう。

だが時期がいずれにせよ、その支配地が知行一万石ほどの瀬戸内海の小島と港であったにせよ、この抜擢は我々にはふしぎに思える。なぜなら、天正十四年に恩賞を与えられた近習たちはいずれも早くから秀吉の股肱となって数々の苦しい戦いに加わった者たちである。中川秀政や高山右近は天王山での明智光秀との戦いで抜群の働きをなし、仙石秀久は信長時代の淡路島占領や今回の四国攻めに功をたて、福島正則や脇坂安治は賤ヶ岳で眼を見はらすような功名をあげている。これにたいし主計将校として、輸送部隊の指揮をとったにすぎぬ行長がいかに宇喜多家の帰伏に功があり、太田城水攻めに加わったとはいえ、小豆島や塩飽諸島、そして室津まで支配権を附与されたのはやはり格別の抜擢だと言わねばならぬ。余談だがこの時期、彼と年齢の差もそれほどなくあれだけ戦功をたてた加藤清正でさえ三千石にすぎなかった。清正が行長の抜擢をどのような思いでみたか、想像に難くない。たんなる主計将校、輜重士官として蔑んでいた行長が自分より秀吉に遇されたことは決して清正に愉快ではなかった筈である。

いずれにせよ行長にたいする秀吉のこの思惑は一体、どこにあったのか。謎をとく一つの手がかりはその同じ年に彼が行長の父である小西隆佐にたいしてとった処遇である。

宣教師フロイスはこの年の堺について次のような書簡をインド管区長ヴァリニャーノに送っている。「堺市においては切支丹にとって大いに悦ぶべきことが起った。同市の領主（奉行）が関白殿の怒りにふれて職を奪われ、奉行が二人おかれ、これに代ったが、一人は異教徒で、他の一人は隆佐と称し、切支丹の名をジョウチンという人である」（イエズス会『日本年報』）。

このフロイスの書簡のうち「同市の領主が関白殿の怒りにふれ」という部分は、信長以来の堺の代官だった松井友閑が不正事件を起し、罷免されたという『多聞院日記』の記述と合致する。

松井友閑に代って堺の代官となった奉行は日本側の記録によれば石田三成であり、切支丹側の文献によれば三成と小西隆佐の二人である。この奉行としての二人の地位については、豊田武、アルヴァレスの両氏の間に多少の意見の食いちがいがあるが、朝尾直弘氏はその論文「織豊期の堺代官」のなかで小西隆佐は三成と同等の地位にある奉行だったと推定している。いずれにせよ、隆佐は秀吉の利益を計るために堺の代表者に任命されたのである。今や、彼は今井、津田など他の豪商を追いぬき、遂に堺の代表となりえたのだ。信長時代は同じ会合衆には遅れをとり、出しぬかれたこの男は、長年、忍耐づよく手をうち、秀吉に接近し、秀吉に骰を投げ、ようやく他の豪商たちに差をつけることができたのだ。

武将たちの競争と同じように堺商人たちにも眼に見えぬ暗闘があったが、その暗闘に、今、隆佐は勝ったのである。

堺の代表者として父の隆佐が、瀬戸内海の諸島と室津の領主に子の行長が、同じ天正十四年に抜擢されたのは秀吉が自己の野望のために二人を一体《ブロック》として使おうとしたことを意味している。彼はさしあたって貿易港、堺と瀬戸内海とを結ぶ海上通商と保安の任務を小西父子に与えたのであり、現代的な言葉で言えば父親は通産省の高官に、子は運輸省と海上保安庁の責任者の一人に抜擢されたのだ。抜擢の理由は言うまでもない。秀吉はやがて行う朝鮮や大陸攻略の前進基地として九州を考えており、その攻略には軍兵、兵器、兵糧の海上輸送が必要であることを知っていたからである。行長が瀬戸内海の島々の領主に任ぜられたのもその布石のためである。

小西父子ももちろん自分たちが秀吉からこのような格別の地位をなぜ与えられたかを充分知っていた。なぜなら秀吉は天正十三年（一五八五）九月、関白になった直後、家臣の一柳市介に大陸侵略の意志を朱印状の形ではっきり公表したし、翌年の三月、在日本イエズス会副管区長のガスパル・コエリュが大坂城で秀吉に謁見を許された時（その斡旋者は高山右近や小西隆佐たちだった）、この宣教師に朝鮮と中国との征服計画を語り、充分に艤装した欧船二隻の斡旋を家臣たちの前で依頼したからである。謁見には高山右近も隆佐も同席したが、大坂城をくまなく案内した秀吉は私室において、九州を占領した時は右近と隆佐とに肥前国を与えるつもりだと冗談のようにコエリュに語っている。

言いかえればこの天正十四年には他の家臣と同様、隆佐や行長も秀吉の今後の当分の行動が朝鮮と大陸征服という大目的のための準備であることを既に熟知していた。そしておのれの栄達もその大目的と不可分に関係しており、自分たちはこの大目的のためのそれぞれの歯車にすぎぬことも承知していたにちがいない。

だが歯車であることは自分の意志を棄てることである。なすべきことと、やらねばならぬことは、すべて大坂の城塞の暗い部屋で猿のような顔をした男が決定する。それに忠実に従う時、栄達が約束され、それに逆う時は破滅か、死が与えられる。歯車となった秀吉の家臣たちがそれをどう考えていたか、わからない。切支丹である高山右近や小西父子がこの権力者の意志と自分の信仰がいつか対立する日のくることを予感していたかどうかもわからない。この点、我々が注意するのは秀吉が大坂城で前記の宣教師コエリュと会談した際、もし大陸の征服が成功すれば、その時は彼の地に「切支丹の教会を建て、中国人たちを皆切支丹になるよう命じた後に帰国しよう。また日本の半分もしくは大部分を切支丹にさせよう」と語ったという切支丹側の報告である。このあまりに現実離れのした甘言をコエリュや通訳のフロイスが信じたかどうかは別としても、同席した隆佐や右近が悦んだ筈はない。なぜなら、彼等はこうした際の秀吉の大袈裟な表現を知りすぎるほど知っていたし、その真意が大陸侵攻に必要な軍船を宣教師の斡旋で手に入れることだけだと見通していたからである。むしろ彼等はこの甘い言葉をコエリュに囁く秀吉の心境がいつ変るかもしれぬことを怖れていた。秀吉が宣教師たちを自分の野心や治政に利用できる限りは許し、利用できない以上は冷たく棄てるであろうことを右近も隆佐も熟知していたからである。秀吉の利益と宣教師の行動が一致する限りはこの権力者は切支丹に寛大であろう。だがこの二つの歯車が少しでも狂った場合はどうなるだろう。

少くとも隆佐や右近の見通しでは秀吉の寛大な感情は九州進攻までは変るまいという点で一致していた。なぜなら老獪なこの権力者が切支丹大名や信徒の多い九州に無駄な反抗を起させる拙策を採る筈がないからである。偶然にも九州ではその切支丹大名の有力者大友宗麟が薩摩の島津義久に圧迫され、秀吉に救援を求めていた。秀吉が宗麟を助けることは当時、衰退した切支丹大名の勢力に梃子を入れることであり、それは宣教師にとっても右近や隆佐にとっても当面悦ぶべきことであったにちがいないのだ。

だが九州を占領したあとはどうか。それは右近にも隆佐にも予想できなかった。もし大陸侵攻に宣教師たちが協力するか、あるいは宣教師の助力による海外貿易がこの権力者に莫大な利益を与えるならば、切支丹は保護され、布教の自由は認められるかもしれぬ。右近や隆佐は、おそらく後者の穏和な方法を熱望していたであろうが、彼等も権力者の道具にすぎないのだ。いずれにしろ、すべてはこの小さな「決して立派とはいえぬ容貌の」（フロイス）男が決めるのである……。

こうして天正十五年（一五八七）、秀吉は九州に大軍を進めた。口実は島津に突きつけた九州和平案の条件に義久が応じなかったためだが、そんな口実など彼にはどうでもよかった。また島津との戦いの帰趨について苦慮する必要もなかった。「太刀も刀もいらず、手つかまえたるべく候」とこの時、彼が豪語したように彼我の実力の差はあまりに明らかだったからである。

島津攻略が副次的な目的とするならば、この作戦の真の狙いはやがて敢行すべき大陸侵攻の予行演習だった。兵糧の調達や道路の整備、大陸侵攻基地としての博多の再興、すべてそれらはこの作戦を利用した大陸遠征への準備だったのである。

秀吉の思惑とは別に宣教師たちはこの九州作戦を「聖戦」とみた。彼等を保護した大村、有馬の切支丹領主たちは既に竜造寺隆信によって衰微せしめられ、大友宗麟もまた島津のため圧迫されていたからである。秀吉の力を借りてこれら切支丹大名たちの勢力をもりかえすことは宣教師たちにとってもこの上ない悦びにちがいなかった。宣教師たちが秀吉麾下の切支丹武士、とりわけ高山右近の軍勢に祝福を与えたのは、この戦いが同じ信仰を持つ者を助ける聖戦とうつったからである。右近の兵はこの時、七百人の動員しか行われなかったが、クルスの旗をたてて出陣した。

秀吉も、クルスの旗をたてた兵士を軍勢に加えることは大村、有馬のような九州の切支丹大名や数多い九州切支丹信徒を協力せしめる上で効果あるぐらい承知していたであろう。彼はこの九州制圧に関して二つの異なった宗教勢力を味方に加える必要性を痛感していたからである。異なった二つの宗教勢力——一つは九州に当時、多くの信徒を獲得していた一向宗であり、今一つは切支丹である。一向宗にたいしては信長時代から血みどろの戦いを続けねばならなかった秀吉にはこれを今更、敵にまわす愚を行いたくはなかった。彼が出陣に際し本願寺光佐（顕如）に随行を命じたのは九州門徒にたいするデモンストレーションだったが、果せるかな、工作は功を奏し、一向宗門徒は進んで秀吉軍の薩摩出水の上陸作戦に協力している。今一つの宗教勢力、切支丹にたいしては切支丹側資料は他ならぬ小西行長が大村、有馬の領主たちの帰順工作を秀吉から命ぜられて功あったと述べている。行長はこの作戦の途上、長崎（大村領）、口ノ津（有馬領）に寄っているのである。

九州作戦は小西行長にとってはじめてその能力を秀吉から問われた戦いだった。勝敗の決まっている島津征伐は二十万の大軍を動員したにせよ副次的なものだったし、真の狙いである朝鮮と中国大陸侵攻演習の大作戦ではおびただしい兵糧や馬糧を畿内から九州に運ぶことが重要課題だった。天正十四年（一五八六）の十二月、軍勢三十万人分の兵糧米と二万頭分の馬糧とが尼崎と兵庫とに集められた。島津征伐だけには不必要な多量の兵糧は明らかに次の朝鮮と大陸侵攻のための準備であり、その調達には畿内の豪商が動員された。

堺奉行の小西隆佐も石田三成、大谷吉継たちのこの前代未聞の大作戦に必要な軍需品や兵糧の補給に当った。出動を命ぜられても軍勢に兵糧や武器が足りぬ武将は秀吉から供給をうけた。隆佐たちが集めたこのおびただしい兵糧や軍需品は兵庫、尼崎から瀬戸内海をへて赤間関（下関）まで昼夜兼行で輸送され、その指揮をとったのが行長である。隆佐と行長とは文字通り一体となって九州作戦の立役者となった。

今まで戦闘の背後にあって華々しい功をたてるチャンスのなかったこの輜重隊長がこの時ほど重要視されたことはない。彼を軽蔑していた加藤清正も福島正則もこの作戦には行長ほどの活躍を見せてない。のみならず秀吉は輜重輸送の任務が終っても行長には次々と新しい仕事を与えた。

それはまずやがての朝鮮上陸のための玄界灘渡航計画の立案とそしてこの九州作戦中に帰順の意を表した対馬の宗氏に朝鮮国王の朝貢を交渉させる任務である。行長がこうした特殊任務を秀吉から命ぜられたのは、おそらく秀吉家臣団のうち最も朝鮮通と見なされていたからであろう。元来、小西家は堺の薬種問屋と言われているが、当時の薬草のうち最も貴重なものは朝鮮人参であり、したがって小西家の持船がたびたび渡航した可能性はありうるし、隆佐や行長が当時の日本人のなかでは朝鮮について一番、知識を持っていたと思われていたからである。

切支丹である彼はまた秀吉の命をうけ、大村、有馬の領主と接触した。同じ信仰を持つ領主たちの説得に当るためである。

これらの任務が終ったあと、息つく暇もなく行長は直接戦闘部隊に加えられた。島津軍の総帥、島津義久は既に降伏条件を認めていたが、これを肯んじない川内の平佐城がまだ抗戦を続けていたため、彼は加藤嘉明や九鬼嘉隆、脇坂安治らの秀吉水軍に参加し、この城の攻撃に当った。

だが輸送司令官や外交交渉では堺の「水の人間」としての才能をみせた行長も実際戦闘では清正のような能力はない。城主桂忠昉《ただあき》の死守するこの平佐城は行長たちの攻撃には屈しなかった。城はようやく島津義久の説得で降ったのである。

九州作戦は部分的な島津側の善戦はあったが二ヵ月にして終った。秀吉にとっては朝鮮と大陸に侵攻する基地の確保がみごとに完了したのである。六月七日に筑前の筥崎《はこざき》に凱旋した権力者はここで論功行賞ともいうべき九州国分けを諸将に言いわたした。行長には何らの恩賞はない。一年前、秀吉は宣教師コエリュを大坂城で謁見したさい、戯れのように「九州を征服したのちは肥前をここにいる高山右近と小西隆佐とに与えるつもりである」と語ったがこの国分けでは右近にも隆佐にもあれほどの活躍をした行長にもなにも与えられていないのである。(行長に関する恩賞は切支丹側の資料のなかには、「九州南西の沿岸地の頭となった」という記述もあるがこれは信じられぬ。）

宣教師コエリュに切支丹の右近と隆佐とを肥前に封じようと言った秀吉の気持はその場の思いつきだったのか。我々には半ばそうであり、半ばそうでないものも含まれているようにみえる。一年前、この発言のあった状況では、秀吉の構想には朝鮮、大陸侵攻には九州切支丹大名たちをできるだけ利用しようという考えが含まれていたにちがいない。これら切支丹大名は海外との交流にも馴れており、また彼等の親しい宣教師を通して南蛮船の使用や秀吉軍の弱点である水軍の補給も考えられたからである。その意味で九州切支丹大名の抑えとして同じ信仰をもつ右近と隆佐とを肥前におくことは軍事面と経済面との要《かなめ》になったからである。

この構想が今、なぜ変ったのか。国分けでは切支丹大名では黒田如水（孝高）のみが豊前におかれ、有馬、大村のような土着大名の知行だけがわずかに認められたことはどう考えればいいだろう。この国分けは秀吉の切支丹にたいする気持が変化したことをはっきり示しているのだ。

九州作戦は秀吉麾下の切支丹家臣たちにとっては「聖戦」でもあったが、同時に「不安な戦」でもあった。秀吉の頭には信長以来のあの一向一揆の執拗な抵抗の思い出がある。信心や信仰にもえた庶民たちが団結した場合、権力者にどのような反抗を示すか信長も秀吉も嫌というほど知らされた筈である。そのなまなましい記憶が九州切支丹の実体や宣教師の過半数の動きをその眼で見ることによって秀吉に蘇らなかったか。今まで利用できるゆえに寛大だった基督教に彼が一向宗門徒にたいすると同じ疑惑と嫌悪を感じないか。こうした不安は作戦に参加した切支丹武将たちの心に当然、起った筈であり、彼等は秀吉の一向一揆の記憶が切支丹の上に再現しないことを切に願った筈である。

我々は秀吉がこの九州で切支丹について何を見たか、確実な資料を持たぬ。だが秀吉の随行には本願寺光佐や一向宗の実力者、下間頼廉《しもつまよりかど》が加わっている。島津攻略にこの一向宗門徒の協力があったことは既述した通りだが、これらの門徒たちはまた反切支丹であることも事実である。彼等の切支丹宣教師にたいする感情は当然、秀吉の耳にも入ったであろう。切支丹門徒の社寺破壊や南蛮船の奴隷買いは当然、訴えられたであろうし、更に不幸なことには大村純忠から植民地のような形で委託統治されていた長崎と茂木とのイエズス会領も九州に来た秀吉の眼には一向一揆の武装地域を連想させたであろう。兵を進めるにつれ、秀吉の切支丹認識には大坂に在城している時とは別の――おそらく右近や隆佐や行長たちの怖れていた要素が、次から次へと加わっていったのだ。

切支丹家臣たちにとって「聖戦」でありながら同時に「不安な戦」は六月七日の筥崎凱旋まではまず何事もなく終った。秀吉はまだ切支丹には何の指示も命令もくださなかった。それは嵐の前の静けさに似ていたが行長たち切支丹家臣もまだ何も予感していなかったのである。

（事実、この一ヵ月半前、行長は長崎から宣教師コエリュやフロイスやデ・モウラや平戸に停泊中のポルトガル船員たちを乗せて八代に赴き、彼等を秀吉に伺候させているが、その時も秀吉は前年、コエリュにのべたと同じことをくりかえした。）

七日以後、秀吉はかねてから構想していた博多復興計画を行長や長束正家ら五人に命じた。長年の戦乱で荒廃したこの貿易港を堺と同じように再興し、大陸に向う基地にもするためである。行長がこの委員に任命されたのは九州に送られたおびただしい兵糧、馬糧と都市再興に必要な資材を水路で運送させるためであろう。復興する博多には神谷宗湛や島井宗室のようなこの町の豪商のみならず堺の富商も住む計画も立てられていた。

宣教師コエリュは筥崎を訪れ、博多に教会を建てる許可を秀吉に願いでてこころよく許された。そこまでは何もなかったし、何も起らなかった。周知のように切支丹にたいする秀吉の禁止令はそれから七日目に出たのである……。

宣教師コエリュはポルトガルのポルトに生れ、一五五六年、イエズス会に入会して元亀元年（一五七〇）に渡日、その後、九州の布教長として、大村領に滞在、天正九年（一五八一）には巡察師ヴァリニャーノの下で日本副管区長となっている。

我々はこのコエリュに秀吉が突如として切支丹禁止令を突きつけた理由を詳しく分析す

る能力を持たない。それは多くの学者によって議論されてもいるし、また松田毅一博士の『秀吉の南蛮外交』のような名著に詳述されているからである。今日、慶応大学の高瀬弘一郎氏の研究などによって当時の宣教師たちにはスペインによる日本占領によって日本を基督教国にする計画を持っていた者のいたことは判明したし、それがたとえ宣教師たちの烈しい布教情熱から出たとしても秀吉たち切支丹ならざる日本人の眼には日本植民地化とうつったのは当然である。筥崎を訪れたコエリュが武装したフスタ船を所有し、それを誇示するように秀吉に見せたことは、大坂城でくりかえし、くりかえし「日本にいるバテレンの意図することは基督の教えを説き、これをひろめること以外に(目的が)ないことを認め、称讃する」とこの宣教師に自分の寛大さの理由を説明し、将来を警告した秀吉の気持を甚だしく傷つけたにちがいない。この気持は当然、長崎や茂木を教会領にしているイエズス会のあり方に疑惑を持たせ、かつての武装した一向一揆の団結を秀吉に連想させたのである。のみならず、このコエリュを通じ平戸にいるポルトガル船を博多に回送せよとの秀吉の要請を船長モンテイロが航海上の危険を理由に鄭重に拒絶したことは、博多を貿易港に復興しようとするこの権力者の夢を傷つけたにちがいない。

そうしたさまざまな理由がそこに列記できるが、直接には秀吉がもはや朝鮮と大陸の侵略に宣教師の援助を必要としなくなった気持が作用している。切支丹宣教師たちは彼にとってもはや利用価値がなくなったのである。まず軍事的にはコエリュのフスタ船を実際に目撃した秀吉はこの二百トンに幾門かの砲を備えたアジア製の櫓漕の船が日本の軍船にそれほど勝っていないことを知った。

また侵攻基地に考えた博多湾が南蛮船を入れるに不可能であり、船の操作が日本人たちには到底不可能だとポルトガル船長に聞かされた秀吉はその購入の斡旋を宣教師に依頼する必要なしと認めたにちがいない。その上、彼がその反乱を危惧した九州土着の切支丹小名連合体が国分けによってもはや怖れるに足らざるものとなったこともある。要するに秀吉が基督教と宣教師に従来、寛大であったのはそれが九州占領と大陸侵攻に役にたつと認めたからであったが、今、その利用価値が失われ、怖れるものがなくなった以上、むしろ弊害のほうが浮かびあがり、これを追放することに踏み切ったのだ。

六月十九日の夜、秀吉は右筆の切支丹、安威五左衛門（了佐）と小西行長の家臣一名をフスタ船にいるコエリュに送り、海岸に連行させて詰問、あわせて二十日以内に全宣教師の退去を命じさせた。同時に博多に近い宿舎にいた高山右近に基督教を棄てるか、否かの詰問状を出した。

こうして秀吉麾下の切支丹家臣たちにとって「聖戦」であると同時に「不安な」九州進攻は遂に怖れていた結果を生むにいたった。六月十九日、コエリュが詰問を受ける前日、この秀吉の決定は切支丹の家臣たち――少くとも小西行長には、はっきりと伝えられたにちがいない。

コエリュはこの追放令が出るや、長崎に急使を送った。長崎は不安に襲われ、宣教師たちは教会の品々を船につみこみ平戸に送らせた。コエリュ自身も秀吉に六ヵ月の帰国猶予を乞い、平戸に赴いて、続々と集まってくる同僚たちと度島《たくしま》で事態を協議する緊急会議を開いた。席上、フロイスとコエリュは強硬案を提出し、日本の切支丹領主を集めて秀吉に反乱させ、イエズス会はそのための軍資金や武器を集めることや、スペイン軍を日本に導入し、軍事要塞を作ることなどをのべたが否決された。

一方秀吉麾下の切支丹家臣側についてはこの追放令直後の情勢について確実な資料がない。資料がないのみならず、我々には解きがたい幾つかの謎がそこにある。

その謎の大きなものはこのきびしい秀吉の処置が切支丹家臣のうち、高山右近にのみ集中したように見えることである。信仰を棄てて余に仕えるか、否かという二者択一の命令は右近に突きつけられているが、行長や黒田孝高や蒲生氏郷、牧村政治《まさはる》たちにも同じほどのきびしい詰問がなされたか、どうかは我々には確実にはわからない。フロイスによれば秀吉は全切支丹に棄教するよう強制し、拒否する場合は宣教師と共に国外に追放すると威嚇したが、実際にはただ、二、三の諸侯に棄教を勧告したにすぎず、黒田や小西のような人物には教えを棄てるようにしむけることはなかったという。そしてこの矛盾した処置が一時は混乱し、動揺した宣教師側に安心感を与え、日本にひそかに残留することさえ考慮させたとフロイスはのべている。

フロイスの言うことがもし事実ならば、おぼろげながら秀吉がこの切支丹追放令でとった処置のからくりが我々にも想像できる気がする。老獪なこの権力者は、神のことは知っているが人間をあまり知らぬ宣教師が誤解したように、たんなる怒りによってこの処置をとったのではなかった。政治家である彼はわが身に利益になることと不利益になることの区別は当然、冷徹に計算した上で手を打った筈である。

秀吉は九州征伐の過程で大坂城にいた時には気づかなかったある危険を予感しはじめていた。それはもし切支丹禁制を行えば宣教師たちが九州切支丹領主たちを連合させただちに反抗的姿勢を示すかもしれぬということである。（事実、そのような計画は前述した通りコエリュやフロイスによって立てられた。）そしてそのような事態が生じた時、高山右近が宣教師たちの最も頼りとなる人物であり、反乱の中心に置かれるかもしれぬということである。なぜなら右近だけが切支丹家臣のうち利害得失を離れて宣教師の味方となる人間であることを秀吉はよく知っていたからだ。

これが秀吉をして筥崎の国分けの際、右近をはじめの計画通りに肥前に封じなかった理由であり、追放令の犠牲と生贄にした最大の事情でもあった。右近は九州作戦終了後、秀吉にとって「危険なる存在」になったのだ。危険をはらむ存在は早く除去せねばならぬ。十九日の夜、博多近くの右近の陣に詰問の使者が送られたのはそのためである。

だがフロイスの記述は逆に読めば蒲生や黒田や行長は右近にくらべ切支丹対策に関して

は「危険なる人物」ではなかったということになる。言いかえればこれら三名は秀吉の害になる可能性を持たぬ程度の信仰者だということである。事実、蒲生氏郷はその後、棄教している。行長の場合は、六月十九日の夜、フスタ船で眠っているコエリュを引きだしたのは彼の家臣である。秀吉の威嚇の前にはただちに屈服した行長とやがて明石の領地を信仰のためすべて棄てた右近とを比べる時、秀吉が信者としての小西父子を甘く見ていたことは容易に推測できる。我々がこの幼年洗礼者のアゴスティーニュ行長の信仰がこの頃まで便宜的、功利的なものであったことをくりかえしのべてきたのも一つにはそのためである。六月十九日の秀吉の追放令はある意味で麾下の切支丹家臣たちにとって自らの信仰をためす踏絵であったが、少くともその踏絵を前にして敢然と首をふったのは右近だけだったのである。

いずれにしろ宣教師側の解釈とはまったく反対に秀吉は冷徹な計算の上に右近のみに踏絵を突きつけた。宣教師追放令も充分、おのれの利害損得を考慮した上で実行した筈である。でなければこの当日の朝、筥崎の陣所に招かれた博多の商人、神谷宗湛や島井宗室に秀吉がまるで何事もなきかのごとく、

「茶ヲノマウカ」

と晴れやかに誘わなかったであろう。

五　最初の裏切りと魂の転機　〈行長、三十歳の頃〉

高山右近はこの時、三十六歳である。

陰暦六月十九日の暑い夜、秀吉の陣営から詰問の使者が来た時、彼は驚愕よりも、むしろ来るべきものが来た、という気持を持ったろう。九州作戦の間、彼はたえず秀吉の切支丹認識が変ることを危惧していたからである。

右近は秀吉麾下の他の切支丹家臣と共に、宣教師たちが関白を刺激しないよう、関白に好ましからざる疑惑を持たせぬよう、たえず気をくばってきた。「日本にいるバテレンの意図することは基督の教えを説き、これをひろめること以外にないことを認め、称讃する」とくりかえし宣教師たちに言いつづけた秀吉の意図は彼にわかりすぎるほど、わかっていた。求められざる限りは政治に介入しないこと、ただ純粋に布教だけを行うこと――

これが秀吉が宣教師たちに要求したただ一つのことだった。その要求を守る限りでは権力者は宣教師に寛大であろう。彼等は保護もされ、安全に守られるだろう。右近たち切支丹家臣はそれを知っていたのである。

にもかかわらず、これら切支丹家臣の危惧を気づかぬ宣教師過激派のグループが九州にいた。副管区長コエリュ、前日本布教長のカブラル、そしてフロイスなどポルトガル人グループがそれである。彼等は巡察師ヴァリニャーノや、都教区長オルガンティーノたちイタリア人グループの穏健派とは異なり、日本を植民地化して布教を行う考えさえ持っていた。

不幸なことに過激派グループの代表ともいうべきコエリュがこの九州作戦の間、秀吉と一番、接触している。秀吉を最も刺激し、疑惑を持たせるこの宣教師が秀吉と二度も会見したことは右近たちには不幸だったのである。

前述したようにコエリュは海賊の攻撃を防ぐために武装したフスタ船を持ち、筥崎にいる秀吉を訪問した。武装した船を宣教師が私有していることは、純粋布教のみを望む秀吉には不快と疑惑を持たせる無神経な行動である。右近や行長は不安にかられ、コエリュに、この船は関白に贈るために作ったものであると申し出るように忠告した。だがコエリュはこの意見を聞かない。聞かないのみならず、無思慮にも船を博多湾上に浮かべ、関白にそれを誇示した。

あまりにも無神経なコエリュやフロイス。彼等は秀吉の怒りを予感さえしていなかった。右近は六月十七日に彼等の楽観主義を警告したほどである。しかしその警告も無視された。事態は六月十日から十七日の間に急激に悪化していったのだが、その悪化さえコエリュは気づかなかったのである。

怖れていたことが遂にやってきた。運命の十九日の夜、博多郊外の宿舎で関白の使者を迎えた右近は来るべきものが遂に来たという気持で、使者の口上を聞いたであろう。

口上は追放のための口実にすぎぬ。秀吉は右近の高槻、明石領における宗教政策を責め、寺社を毀し、家臣に改宗を強制したことを非難した。結論は信仰を棄てるか、明石六万石の領有を放棄するかであった。

口上は口実であってもその背後には秀吉と右近との治政方針の根本的な対立がかくれている。秀吉は中央集権化の確立のためにも戦国時代の領主の領民の私有を極力、排除する必要があった。家臣たちに恩賞として与える国分け、国替えもその家臣がそこに根をおろし、領民を絶対的に私有するという一時代前の形ではなく、いわば「総督」や「知事」のように秀吉から委任統治を托しているにすぎないとの観点に立っているのである。「知行は一時、百姓は永久」という考えは百姓が他国に気儘に移住することを許さぬ反面、それを支配する領主がそこに土着化することも認めない方針の上に成立している。したがって領主が切支丹であるからと言って、領民にその宗教を強制することなどは権力の濫用であるとみなし、身分ある者（二百町、二千貫以上の知行人）が切支丹になることは「許しをえねばならぬ」が、それ以下の身分賤しき者は本人の自由だという宣言を六月十八日に布告さえしている。

一方、切支丹の右近にとっては領土を持ち、領民を支配することは「神の国」の地上における具顕だという考えがあった。この頃の基督教の国家観は王たる者の義務は神の教えと栄光とをおのれの支配する国にあらわすことだという考えから成立していて、この思想は宣教師たちから右近もたびたび聞かされていたであろう。信仰に忠実で真面目そのものである明石の領主がおのれの信じる理想の「神の国」を領内に実現しようと考えたとしても、それはふしぎではない。彼がもし「神社仏閣を毀ち、領民に切支丹信仰を命じた」としても、それは彼等の幸福がそこにあると素直に考えたからである。重だった家臣が切支丹になる誓紙を右近に差し出した時、彼は「秀吉から全国を賜わったより嬉しい」と語っているのもその気持からである。高槻を領有していた頃、彼とその父ダリオとは教会をたて宣教師を招き住民の貧者の葬式にさえ列席してその棺をかつぎ、寡婦や孤児にたえず慈善を行ったとフロイスは書いている。そのフロイスの言葉に誇張があったとしても、右近の領内政策の基本方針が「神の国」の地上実現にあったことはうかがえるのだ。

中央集権を狙い、領主の土着支配をあくまで排除しようとする秀吉と、おのれの信仰から領土に「神の国」を創ろうとした右近とは、ここで根本的に対立した。真面目すぎるほど真面目な三十六歳の領主が秀吉のこの意図を早くから見通していたとは我々には思えない。秀吉自身も無用な摩擦を避けるため、この領主政策や宗教方針を九州作戦完了まではは明らかにしなかったからである。だが切支丹対策の必要性に迫られた彼はここではじめて、はっきりとおのれの意図を布告したのだった。

来るべきものが来たという気持で関白の使者の詰問を受けた右近は、ほとんどためらうことなく答えた。信仰は棄てぬ。領地は秀吉に還すという回答である。同席していた異教徒の友人は右近に曖昧な答えをするよう忠告したが、右近は毅然としてこれを拒んだ。切支丹資料によれば、関白はこの返答を予想しなかったとみえ、再度、翻心して自分に仕えるよう説得の使いを送り、妥協案として今後も切支丹である以上は、明石領は没収するにしても肥後に国替えを命ぜられた佐々成政に帰属するよう提案したが、右近は考えを曲げなかったという。

たしかに右近にとってこの返答は曲げることができなかった。彼にとって領地、領民を持つことは「神の国」を地上に具顕することに他ならなかったからである。おのれの出世欲や家門の栄達などから領主になることを望んだ他の武将とちがって、右近はこの時代には珍しくおのれの思想に生き、おのれの主義に殉じた侍である。秀吉がその「神の王国」の具顕を政策として許さぬ以上、彼はもはや領主である意味を失ったと思ったにちがいない。返答は明瞭であり、その意志は固かった。

当時の領主、大名のなかで、この右近ほど領土執着のない侍は見当らぬ。なぜならこの追放令のあった天正十五年（一五八七）から九年前、当時、荒木村重に属していた彼は村重の信長反乱という突発事件にあい、切支丹を保護する信長と主人の村重への義理との間に苦しんだ結果、領主としての地位を棄て、僧侶のように切支丹信仰のみに生きようとして家臣団に別れを告げたこともあったからである。

その苦しい思いを九年前に味わった右近はもはや二度と権力者の道具、一つの歯車になることは耐えられなかった。領主という名誉や栄達も結局は秀吉という大権力者の野心を遂行するために与えられているにすぎぬ。彼はこの六月十九日の夜、それをはっきり知ったのである。権力は肉体を奪えても自由は奪えない。彼はおのれの信仰の自由を選択した。彼は日数ある切支丹大名のうち、右近ほど純粋な信仰で生きた者を我々は他に知らない。彼は日本人的であるというより、むしろ新しい西洋人的な自我を持った男である。

「右近殿は使者をかえした後……大刀小刀を捨て、自ら関白の前へ出て、かねて久しく、かかる事態に備えていた言葉をのべ、基督教についての所信をのべようとした。しかし家臣やその場に居合せた友人たちは引きとめ、そうすれば激怒した関白に殺されるであろうと阻止された。それは右近殿にとっては有益でも、他の切支丹をますます苦しめる機会を暴君に与えるものだと言った」（プレネスティーノ「ローマ・イエズス会文書」）

これらの友人たちのなかに黒田、蒲生、そして小西行長がまじっていたかどうか、は記述されていない。しかし、この場面の描写は右近という侍の烈しい性格と同時に、同じ切支丹でありながら彼ほどの勇気のなかった他の武将たちの心の動きをいきいきと我々に伝えてくれる。博多郊外の右近の宿舎。そこにはゆらぐ燭台をかこんで不安な面持をした切支丹大名たちがつめかけている。興奮した右近は殉教を覚悟で秀吉の陣営に赴き、おのれの信念を披瀝しようとする。それを必死で引きとめる者たち。「それは右近殿にとっては有益でも、他の切支丹をますます苦しめるのだ」というのが彼等の言い分である。同じ切支丹でも信念を貫こうとする者と信念なき者との劇的な対立がはっきり窺える場面である。この右近の宿舎での信念なき者のなかに行長もまじっていたことを、ほとんど確信に似た気持で我々は考えるのだ。

なぜなら……行長は黒田孝高や蒲生氏郷たちと同じようにその前日、秀吉に既に妥協していたからである。彼等の妥協の理由は、秀吉の布告のなかに百姓たちの切支丹信仰は自由だが、それ以上の者は許しを求めねばならぬという箇条があり、また領主たるものは切支丹信仰を領民に強制してはならぬという項目があったからだろう。つまり言いかえればこれらの二項目を守る限り、秀吉は自分たちの信仰を認めるのだ、と彼等は解釈したのである。

おそらく、この夜、右近の宿舎でこれら妥協派の切支丹家臣は右近に以上の二項目を認めることで秀吉に従うよう説得したにちがいない。しかしそのような妥協は領主たる者は

「神の国」を地上に実現する義務があると考える右近には納得いかぬものだったであろう。説得工作は失敗し、十九日の夜はあけた。

朝がきた。右近は家臣たちに自らの決意を披瀝した。「余の一身に関しては、いささかも遺憾に思うことはない。ただ、汝等にたいする愛ゆえにのみ、悲哀と心痛をおぼえるばかりである。余は汝等が余のために戦いにおいて共々、うち勝ってきた大きな危険に生命を賭したことを忘れず、その功に報いたいと望んでいる。にもかかわらず現状では汝等は余の手から現世の報いはできぬから、限りなく慈悲ぶかいデウスが、その栄光の御国において永遠、完全なる報いを汝等に厚く与えることを……信じている」と（プレネスティーノ「ローマ・イエズス会文書」）。家臣たちはこの言葉に号泣し、髪を切って共に追放の苦しみを味わいたいと誓った。右近はただ三、四人の者だけを連れていくことを明らかにした。

切支丹資料のおかげで、十九日夜から二十日朝にかけて、我々はこのように右近については劇的な状況を見ることができる。だがその切支丹資料も行長の心の動きや行動については何も語ってはくれない。語ってはくれないが、このような状況で関白の威嚇に屈した彼や蒲生氏郷など他の切支丹家臣のうしろめたい気持や自蔑の感情が、どんなものであったかは想像することはできる。

いかなる場合でも弱い人間は自己弁解をする。この時も行長や氏郷たちは「誰かが残らねば」――日本では宣教師や信徒たちはことごとく国外追放になり、それを保護する者がいなくなると右近に弁解し、おのれの妥協を正当化したであろう。にもかかわらず彼等は右近の烈しい行為の前に、それができぬ自分にうしろめたさと恥ずかしさとを同時に感じたにちがいないのだ。そしてその良心の補償のためにも彼等は右近を保護せねばならぬと思うようになる。

うしろめたさを償うために彼等は右近のために「その武士の大部分を扶養することを引き受け……その夜のうちに金銀を彼に送った。……右近殿は一同にかくも深い愛を感謝すると共に、これを必要としないとのべ、その僅かを受けた」。

右近が博多湾上のわびしい孤島に逃れ、それから瀬戸内海の淡路島に逃れることができたのは、おそらく小西行長のひそかな援助によってであろう。一方、右近追放の報を受けた彼の所領、明石は驚愕と混乱の渦に巻きこまれた。家臣たちの家族は家財道具を運ぶ馬車や手押車や小舟をさがすため、深夜まで明石の城下をむなしく走りまわった。右近の弟、太郎右衛門は教会を訪れ、自分たちは兄のこの行為を悦び、名誉と思っていると司祭たちを励ました。教会に別れを告げた父子は一族と共に右近の逃れた淡路島に向い、長い流転の旅の第一歩を踏みだしたのである。

先ほども述べたように右近事件が小西行長に与えた衝撃、不安、心の動揺についてはこの事件を比較的、詳しく報じている切支丹資料も触れてはいない。しかし、その後の行長の行動を一つ一つ見ると、我々にもこの幼少に洗礼を受けて右近ほどの烈しい信仰を持てなかった男の性格やこの時の怯えや苦しみが読みとれるのだ。今まで書いてきたように行長には神をほとんど問題にしなかった長い時期があったが、神はいつも彼を問題にしていた。神はこの右近追放を踏み台にして行長にもおのれの内面を見るよう仕向けたのである。

右近追放の直後、九州の教会は大部分、閉鎖され、破壊された。イエズス会が大村純忠から委託されていた長崎、茂木、浦上も没収され、狼狽したこの地方の宣教師は船で平戸に逃れ度島《たくしま》で緊急会議の結果、ともかくも可能な限り日本滞在を引きのばすことを決定した。

秀吉の命令は畿内にも及んだ。有名な京都南蛮寺をはじめ、畿内の全教会は次々と倒された。右近が追放された今、畿内の宣教師たちの頼みの綱は、九州から堺に帰還した小西行長だった。京にいた都教区長のオルガンティーノと大坂のセスペデス神父、プレネスティーノ神父、コスメ修道士、堺のパシオ神父たちは、ともかくも行長の所領である播州の室津港に集まった。行長の保護がほしかったのである。

だが行長は堺から動かない。彼は怯えていた。それだけではない。この室津の信徒たちまでが行長の意向を受けてか、宣教師たちの宿泊を拒絶し、一日も早く退去せよと迫ったのである。まもなく堺から行長の命を受けて弟がやってきた。これ以上の助力は自分に不可能だから、すぐにも立ち去ることを伝えるためである。まもなく秀吉が大坂に凱旋することを知っていた行長は、その怒りを怖れていたのである。

万策つきた宣教師たちは、ともかくも殉教を覚悟したオルガンティーノと二人の日本人信徒を残して室津港から九州に去ろうとした。その時、淡路島から右近の父ダリオと弟の太郎右衛門をのせた船があらわれた。行長とはちがって彼等は宣教師たちを励まし、慰め、生涯、信仰を棄てぬことを誓ったのである。

勇気ある右近一族と弱い行長とのこの対照的な行動。それは必ずしも切支丹宣教師の筆の誇張ではあるまい。オルガンティーノのみならず、フロイスもまたこの時「行長は宣教師たちに冷たかった」と書いているからである。

たしかに行長は怯えていた。彼の信仰は今までたびたびくりかえしたように真実、心の底に根をおろしたものではなかった。六月十九日の夜、蒲生氏郷などと共に関白の威嚇に屈服した彼は今、自分も右近と同じ運命をたどることがこわかったのである。そのくせ彼は毅然たる右近――この勇気ある信仰者に転び者が殉教者に感じたようなうしろめたさと恥ずかしさを感じていた。そのくせ自分の領地である室津に宣教師が集結することを怖れ、これ以上、宣教師たちの悲劇に巻きこまれたくなかったのだ。

室津に二人の日本人信徒と残留したオルガンティーノは行長を説得するため、この室津に来た切支丹商人の日比屋了珪に手紙を托した。了珪は既にふれたように小西家と親類関係になっていた堺の豪商で、その父はフランシスコ・ザビエルがはじめて堺に来た折、京にいる行長の父、隆佐に紹介状を書いた。

怯えた行長は了珪が持参したこの手紙さえ受けとらない。むなしく了珪はふたたび室津に戻り、その旨を神父に報告した。

オルガンティーノはふたたび了珪に言伝《ことづ》てを頼んだ。もし行長が室津に来ぬなら、自分が堺に赴き、隆佐とお前とに会おう。そして切支丹として告白の秘蹟を受けぬ限りは堺を立ち去らぬつもりだと言う言伝てである。

堺にふたたび戻った了珪からこの言伝てを聞いた行長は烈しく迷い悩んだ。オルガンティーノが堺にくれば事態は一層、悪化し、自分に累が及ぶだろう。彼は河内岡山の領主だった結城ジョアンの伯父ジョルジ弥平次を伴ってオルガンティーノに九州に去るよう説得するため、遂に室津に赴いた。

今日、室津には行長や切支丹の名残を留めるものは何一つない。オルガンティーノがその時、どこを宿舎にしていたか、この神父と行長と何処で烈しく議論したかわからない。にもかかわらず、かつては栄え、今日はわびしい漁港となったこの町は我々の主人公の再改宗の場所なのである。

神父と行長との間には激論がかわされた。おそらくオルガンティーノは秀吉の怒りと宣教師の安全を主張する行長にふたたび信仰の決意を促したのであろう。にもかかわらず行長の動揺は消えない。神父は遂に自分は九州には決して戻らぬと宣言した。自分は殉教を覚悟でふたたび京に戻るか、大坂に帰るつもりだと語った。この言葉を聞くと行長は泣きはじめた。彼は右近を思い、今、オルガンティーノ神父の不退転の決心におのれの勇気なさを感じたのである。一言も答えず行長は部屋を去った……。

この時、行長が泣いた、という切支丹側資料の報告は我々の胸をうつ。その時のこの男の心情が手にとるようにわかるからである。

六月十九日のコエリュ詰問と右近追放事件からこの日まで彼が苦しまなかった筈はなかった。いや、この男も右近とは別の形で苦しんだ筈である。関白の威嚇の前に屈した自分の不甲斐なさへの慚恥や自蔑の念と、秀吉への怖れとを交互に嚙みしめながら、悶々と九州から堺まで引きあげてきたのである。彼が秀吉に威嚇された時、どの程度の約束を強いられたかはわからない。しかし彼がオルガンティーノにこの時、おのれの罪の告白（基督教信者の行う告悔の秘蹟）を求めたという記述をみると我々にはある疑惑さえ起るのである。「転んだ」とまでは言えなくても、それに近い妥協を関白の前でしたのではないかという疑惑である。いずれにしろ彼は六月十九日、負けたのだ。その負けた苦しみを行長はその日以来、嚙みしめ続け、そのために泣いたのであろう。

「行長は連れてきた結城弥平次ジョルジと三時間、一室にとじこもった」

結城弥平次ジョルジは先にも書いたように河内の小名で小牧山の合戦で戦死した結城ジ

ヨアンの伯父である。天正九年（一五八一）のイエズス会『日本年報』には「彼は日本のうち最古参の最もよき切支丹の一人」と書かれている。

三時間の間にこの二人が語りあったことは、はっきり言えば秀吉にたいする裏切りである。秀吉の眼をかすめ、秀吉をだまし、いかにオルガンティーノを自分の領内にかくし、切支丹信徒たちをひそかに助けるか、その経済的援助はどうするかを彼等は議したのである。

この時、淡路島の高山右近はオルガンティーノの急を聞いて、今は行長の家臣となっている三箇マンショと室津に舟で向っていた。京都の切支丹信徒代表もこの宣教師を近江にかくすために駆けつけてきた。

右近は室津に到着するや、行長たちに向って我々が今日まで行ってきた数々の戦争がいかに無意味なものであったか、そして今後、行う心の戦いこそ苦しいが、最も尊い戦いなのだと熱意をこめて語った。それは地上の軍人から神の軍人に変った右近の宣言であり、彼は今後、どんな権力者にも仕えないことを誓ったのである。

こうして行長と右近たちは協議の結果、次のことを決めた。オルガンティーノと右近とは小豆島にかくれること、小豆島は行長の領地であり、切支丹の三箇マンショが代官であるから、二人の住居はあくまで秘密にされ、誰も近づかぬようにすること。神父と右近とは二里はなれて別々に住むが、万一の場合はこの室津に近い結城弥平次の新知行地に逃げることなどである。

　だが右近やオルガンティーノにとってはもちろんのこと、行長にとってこれは危険な冒険である。既に国外退去命令の出た宣教師を集合地の九州ならぬ小豆島にかくまい、その援助をするのは明らかに秀吉にたいする反逆だったからである。

六月十九日事件以後、あれほど弱く、卑怯で、怯えた行長が今、このような危険に身を曝すようになった心情には、秀吉の野心の傀儡《かいらい》にはもうなりたくないという気持が含まれていたにちがいない。思えば彼は今日までの栄達を、この大坂城の権力者の人形であることによって、その道具となって働くことで獲得してきたのだ。

　しかし秀吉の野心は止まることを知らない。朝鮮や中国大陸侵略という夢のようなプランさえ自分たちの前に示されている。堺出身の行長はこの野心が無謀なことを、その時から感じていた。誰かがどこかでブレーキをかけねばならぬのだ。少くとも彼はこの野心の道具になることはやめようと思ったのである。

　右近が永遠の神以外には仕えぬと室津で語った時、行長は友人とはちがった「生き方」をしようと決心した。それは堺商人がそれまで権力者にとってきたあの面従腹背の生き方である。表では従うとみせ、その裏ではおのれの心はゆずらぬという商人の生き方である。その商人の生き方を行長はこれから関白にたいして行おうとするのだ。関白をだますこと。関白に屈従しているとみせかけて、巧みにだますこと——それがこれからの彼の生きる姿勢になる。切支丹禁制に屈服したように装いながら、宣教師をかくまうことは秀吉を「だます」ことだ。それはある意味で裏切りであり、反逆でもあった。しかしその「生き方」を行長はこの夜、遂に選んだのである。やがてその彼は朝鮮侵略においても秀吉を「だまし」、和平工作を行うにいたるようになるだろう。

身のほど知らぬ反抗。無謀な裏切り。いや、必ずしもそうではなかった。行長は関白の弱点を知っていたからである。言うまでもなく秀吉の弱点——それは国内には通じているが、国外には暗いという点である。「土の人間」出身の秀吉やその家臣団は日本の国内については調べあげ、知りつくしてはいる。だが国外の情勢や事情については行長のような「水の人間」ほどわかってはいないのだ。宣教師たちを助けるためには行長にはこの秀吉の弱点を利用するよりほかにはなかった。

資料には書かれていないが、関白をだますというこの重大な行動に踏みきった室津で、オルガンティーノ、行長、右近たちがこの秀吉の弱点と宣教師の救済との方法を論じなかった筈はない。

右近はともかく、オルガンティーノや行長は関白の望む南蛮貿易が今日まで宣教師の介入なくしては成立しなかったことを知っていた。それまで南蛮船で渡来したポルトガル商人たちは日本通の宣教師の話をまずきき、その忠告で取引きを行ってきたからである。オルガンティーノの属するイエズス会は南蛮船の生糸貿易に投資し、その利益で日本布教費をまかなっている。

秀吉は今、その宣教師を国外追放し、彼等をぬきにして南蛮貿易の利益を独占しようとしている。しかしそれを可能ならしめてはならぬ。宣教師がおればこそ、ポルトガル商人との貿易も円滑に成立するのだという事実を関白に知らしめねばならぬ。そうすればやがて関白は嫌々ながらも切支丹布教を黙認し、一時は追放しかかった宣教師の滞在を許すかもしれぬ。行長やオルガンティーノがこの方法を協議したことはほとんど確実といっていい。

資料的にはまだ解明されてはいないが、この行長、オルガンティーノの対策はその後、宣教師が関白にたいしてとった作戦でもある。自分たちの援助や仲介なしでは南蛮船の商人は日本人と取引きをしない事実を秀吉にわからせるよう宣教師たちは日本滞在を続けるためにもマニラやマカオの教会に手をうったに違いない。この工作はとりもなおさず、面従腹背の方針を決心した行長が秀吉と戦うただ一つの武器でもあった。

無言の、そして眼にみえぬこの宣教師対関白の闘いは、今後学者たちの努力で少しずつ明らかになるかもしれない。我々はとりあえず二つの事実をあげよう。まず天正十六年(一五八八)、秀吉は、長崎に入港したポルトガル船から生糸の買占めを行おうとした。生糸投資による収益が日本イエズス会管区の財源であると知ったからである。この財源をとめるために秀吉は二十万クルザードという大金をだして生糸のすべてを買いとろうとしたのだ。

皮肉にもこの時、この交渉を命ぜられたのは行長の父、隆佐である。隆佐がこの交渉役に選ばれたのは秀吉の老獪な智慧だったか、それとも他の商人では不適格だったからか、わからない。だがポルトガル商人たちには不満きわまるこの交渉が成立したのは、隆佐が宣教師の協力を得たからである。秀吉は思い知らされたのだ。更に、天正十九年（一五九一）には鍋島直茂や森吉成の代官が「宣教師ぬき」でポルトガル船から直接に金の買占めをしようとする。ポルトガル人たちはあくまでもイエズス会の仲介を主張してこれを拒否した。秀吉はまた負けたのである。

生糸買占め事件に小西隆佐が交渉役になったという事実の背後には秀吉に宣教師たちの存在意義と価値を再確認させようとする行長たちの計画を我々に感じさせる。果せるかな秀吉は少しずつ折れはじめた。最初は教会の破壊やイエズス会所領の没収を命じていた彼は宣教師の哀願を入れ、その出航を一年まち、更にそれが有耶無耶に葬られた理由や事情は今日でもよく分析されてはいない。だがおのれの威信に関するこの宣教師追放の不首尾を秀吉が黙認したことは、その背後にそれだけの理由がなければならぬ。明らかに秀吉はマニラやマカオとの貿易では、これら宣教師の援助がなくては実行できぬことをさまざまな角度から知りはじめたのであろう。彼もおのれの弱点に気づいたのだ。

関白がどこまで、この裏面にある工作を嗅ぎつけていたかはわからぬ。その工作に行長や隆佐が一枚、嚙んでいることに気づいたか、どうかも我々にはわからない。しかし、いずれにしろ嵐は一応去ったようである。関白は宣教師たちの残留を公然とは認めなかったが黙認という形をとりはじめる。行長たちは勝ったのである。

一度は平戸に集まった宣教師たちはふたたび天草、大村、五島、豊後に秘密裡に散っていった。彼等はこの潜伏期間を日本語の習得にあて次の飛躍に備えた。小豆島にかくれたオルガンティーノも変装して扉をとじた駕籠にのり、信徒たちを励ましに歩きまわった。

室津で行長がオルガンティーノの決意の前に泣いたことは彼の生涯の転機となった。その正確な日付は我々にはわからぬが天正十五年（一五八七）の陰暦六月下旬から七月上旬であったことは確かである。ながい間、彼は神をあまり問題にはしていなかった。彼の受洗は幼少の時であり、その動機も功利的なものだったからだ。にもかかわらず彼はこの日から、真剣に神のことを考えはじめるようになる。そのためには高山右近という存在とその犠牲とが必要だったのである。

今日、室津には行長をしのぶ、一つの碑もない。室津の人もここが行長の魂の転機となった場所だとは知らぬであろう。

六　欺瞞工作のはじまり

〈行長、三十歳から三十二歳〉

右近やオルガンティーノ神父を小豆島にかくまったその瞬間から行長は二重生活者になった。面《おもて》には秀吉に服従するふりをしながら、心では自らを守ることをおぼえた。

思えば彼と父、隆佐――つまり小西一族の出世はそれまで秀吉に従属し、秀吉に忠実であることで獲たものである。秀吉の栄達と小西一族の出世とはたがいに支えあい、たがいに依りあってきた。小西一族は秀吉のために働き、秀吉も彼等を堺の一豪商から引きあげた。かくて父の隆佐は大坂城のブレインの一人に任ぜられ、堺奉行の地位にのぼり、子の行長は小さいながらも瀬戸内海の島々を支配する領主にとりたてられた。

だが、九州作戦が終った時から、その均衡が破れた。両者を支えあっていた支柱に罅《ひび》が入ったのである。次第に翳《かげ》りはじめる行手の空を見て不安そうに足をとめる旅人のように隆佐も行長も秀吉と共に進むことに危惧を感じはじめた。その政策や野望にそのまま従うことに怖れを抱きだしたのである。

彼等は秀吉の性格がわかってきた。相手が利用できる時は寛大だが、利用できなくなった時は冷酷にこれを棄てるという権力者特有の性格である。この性格はそれまでかくされていたが権力を握るにしたがって関白のなかに次第に露骨にあらわれてきたものである。隆佐も行長もこの秀吉の性格を九州作戦終了後の宣教師追放に見、高山右近事件に見ることができた。秀吉の栄達のためにあれほど粉骨砕身した右近が敝履のように棄てられた時、他の武将と同じように隆佐も行長もおのれも「棄てられる」日がいつか来るのではないかと不安を感じたであろう。

小西父子の場合も今日まで秀吉が自分たちを引きたててきたのは一族の持つ水上輸送力と財務能力と、そして堺という貿易都市を背景にした財力によるものだと彼等はよく承知していた。水上輸送力があるゆえに行長は瀬戸内海諸島の管理権を与えられ、九州作戦に有効に使われた。財務能力と堺をバックに持つゆえに隆佐は大坂城のブレインに昇進し、堺奉行に抜擢された。

だが九州作戦が終了したあと、秀吉が命じた博多復興の命令は堺商人のみならず、小西一族にとって、暗い予感を与えた。

南蛮貿易はともかく、琉球、朝鮮などとの近隣諸国の貿易で博多や兵庫を抑えていた堺を関白は見棄てるのではないかという予感である。もし、その予感が当るならば、秀吉が政治の中心とした大坂が商業都市としても進出してきた現在、ただ一つの拠りどころである貿易を博多に奪われることは堺商人たちに大きな打撃だった筈である。

だがそうした思惑を無視して筥崎に凱旋した秀吉は長らく戦火に荒廃していた博多の復興を命じた。その構想のなかでは復興した博多は対朝鮮・大陸作戦の前進基地になる筈であり、やがて彼が占領するこれらの国々や東南アジア諸国との貿易中心地になる筈だった。堺にとっては強力なるライバルとなる貿易都市が、今、関白の命令で作られることになったのである。

資料の欠如はこの時の堺商人たちの不安感を我々に伝えてくれない。しかし博多の町づくりは彼等を動揺させたことは明らかである。堺奉行の小西隆佐にとっても子の行長にとってもこの博多の町づくりは必ずしも手放しで悦ぶべきことではなかった。果せるかな、秀吉はこの復興都市に博多商人と堺商人とが共に居住する区域を作らせたが、その前後から眼にみえて博多商人を優遇しはじめている。神谷宗湛や島井宗室のような博多商人は九州作戦の直前から秀吉に接近しようと試みていたが、筥崎や博多の茶会で親しく伺候することができ、天正十五年(一五八七)十月の有名な北野大茶湯にも招かれて宗湛は九州から聚楽第に駆けつけている。林屋辰三郎教授はこうした博多商人の優遇のかげには「すでに利用しつくした堺にかわって、博多を重視し、やがて朝鮮・大明への構想を練っていた秀吉が浮かび上がる」と言われているが、この指摘は同感である。堺から博多へという秀吉の移り気はやがてあの隆佐とは別の意味で堺商人の代表者であった利休の断罪によってもはっきり窺える。さまざまな素因はあっても、利休が死を命じられた時、秀吉は堺の利用価値をもはや認めなくなったといっていい。利休の死の背後には昔日のように堺を必要としなくなった秀吉の計算がかくれているのだ。

時勢の流れに敏感すぎるほど敏感だった隆佐や行長がこの秀吉の移り気に気がつかなかった筈はない。秀吉から棄てられぬために、自分たちが生きのびるための手を打たねばならぬ。彼等はその準備にとりかかった。

その不安と危懼のなかで思いがけぬことが生じた。九州の一角に一揆が起ったのである。九州作戦完了後、三ヵ月にして肥後の国衆たちが、あたらしい支配者である佐々成政《さつさなりまさ》に背いた。

九州国分けでこの地の新領主に任ぜられた佐々成政は、地元の国衆を刺激するなという秀吉の指図にもかかわらず、手痛い失敗をしてしまった。彼は国分けを強いられた土豪、国衆たちの不満を鎮めるかわりに、支配地に検地を強行した。田地面積、収穫量、作人を調査した「指出《さしだし》」の提出を命令した。

本領安堵の約束を信じていた国衆たちはこの強制に反抗した。肥後は元来、支配者にたいして反抗する気質の国である。彼等は成政の命令を、認められた自分たちの権利侵害とみた。隈府の隈部《くまべ》親永《ちかなが》が反乱を起し、他の国衆たちもそれに呼応した。燎原の火のように一揆は肥後から筑前に、筑前から肥前の一角にまで及んだ。成政の手におえぬと見ると秀吉は小早川秀包《ひでかね》を将として筑後、肥前の諸将にこの鎮圧を命じた。八月から翌年閏五月までの十ヵ月間、戦いは各地でくり展げられ、国衆はよく戦ったが遂に屈服せざるをえなかった。

関白から失政の責任を詰問された佐々成政は尼崎に幽閉されやがて自決を命ぜられる。成政は秀吉にとってかつて柴田勝家と共に、あるいは徳川家康と共に自分に矢を向けた相手である。それらの罪をすべてまとめて自決を命じたのかもしれぬ。

秀吉の国分け、国替え処置には、不用な武将、危険な大名を次の作戦に消耗さすために作戦予定地に近いところに置くか、あるいは治政困難な遠隔地に移して、その失政を理由にこれを滅ぼすという方法がよくみられる。毛利軍を九州作戦で出血させたのもそのためである。のちに家康を三河、駿河から関東の荒廃地においたのもその失政を狙っていたためである。

成政の場合も九州の肥後という一揆の起きやすい地に移封されたのは秀吉のこの意図のためだとは資料的に断定しがたい。しかし、少くとも、九州作戦後の九州国分けはやがて行うべき大陸侵攻派遣部隊をそこにおくためであったから、成政もその目的にそって肥後に配置されたことは確かである。秀吉はかつてこの男が家康と結んで自分に反旗をひるがえしたのを忘れなかった。忘れていなかったゆえに関白が成政にかつてその男と組んだ家康のいる三河、駿河からは遠い肥後においたのであろう。そして国衆を当分、刺激するなと指示したのも、これら国衆を大陸侵攻の先遣部隊に温存しておきたかったからであろう。にもかかわらず成政にはこの意図が見ぬけなかった。

このことは成政を自決せしめた後、その軍隊や武器装備をそのままにするように、大坂から送った検使団に命じていることでもわかる。成政は自決させても秀吉にはその兵力や武器は捨ててはならぬものだった。

一揆が鎮圧されると大坂から検使団が送られた。検使団にはやがて、その肥後の領主となる加藤清正と小西行長の二人も加えられている。検使団は隈本につくと皮肉にも改めて肥後国の検地を行った。成政の自決はおそらく、この検地施行中に清正や行長の耳に入ったであろう。まがりなりにも切支丹の行長がこの武将の自決をどのような思いで耳にしたかはわからない。我々に推測できるのはこの事件で「役にたたぬ者は容赦なく切る」という権力者の性格を行長が見ねばならなかったということである。関白の政治の世界では役にたつことが善であり、役にたたぬことは悪である。行長はこの秀吉の方針を宣教師追放、右近の処罰、そして更に佐々成政の自決ではっきりと認識した筈である。

もはや役にたたぬ成政は自決させたが、その兵力や武器は有用である。秀吉は成政の兵力と武器をそのままにした。後任領主に与えるためである。兵力、武器を与える以上、後任領主は何も有力武将でなくてもよい。それゆえ、関白は信頼できる直参家臣のなかから、大陸侵攻に有能な者をここに知行しようとした。加藤清正がまず抜擢されたのは、この男が彼にとって最も信じられる子飼の直参であり、幼少から陸戦経験で叩き上げた第一線将校だからである。『絵本太閤記』によればこの抜擢には秀吉の正妻で清正を我が子のように可愛がっていた北政所の推挙があったと言われる。

肥後の北半国、二十六万石を清正の知行地とすると関白はこの直参家臣とはまったく違った能力を持った小西行長を南半国の支配者として頭にうかべた。清正が陸戦将校ならば、後者は輜重、輸送の能力を九州作戦で示している。大陸作戦にはおびただしい兵力、兵糧を海をこえて経由地、朝鮮に運ばねばならぬ。そのためにも行長を肥後の南半国におくのは悪くない。のみならず天草の切支丹国衆たちを抑えるには、まがりなりにも同じ信仰者の者がいい。秀吉の計算と北政所に対抗する淀君の口ぞえで、行長は塩飽、小豆島など瀬戸内海諸島の小領主の地位から二十五万石の大名に抜擢されることになった。

秀吉はこの頃、行長の面従腹背の生き方に気づいてはいなかった。こうして肥後の国はほとんど同年輩でありながら水と油のようにあい合わぬ、違った資質と性格の二人の男が背をあわせて支配することになった。一方は「土の人間」、他方は「水の人間」。清正が日蓮宗の熱狂的な信者ならば、行長は切支丹である。二人はこれまで長い間、秀吉の麾下にありながら決して結びあうことはなかった。清正は行長をひそかに軽蔑し、行長は行長で清正に近よらなかった。秀吉は二人の対立した感情に気づいていたが、気づいておればこそ、彼等を競《きそ》わせるために肥後で隣りあわせにしたのである。

破格の抜擢がなぜ自分に与えられたかを行長はもちろん知っていた。彼は複雑な気持で国分けの朱印状と目録を受けた。彼はまたしても秀吉の野心の道具となることを命じられたのである。その道具となる限り彼の身分も生命も栄達も保証されるにちがいない。しかし道具であることは自分自身を棄てることに他ならぬ。彼はその点、同時に同じ名誉を与えられた清正のように手離しで純粋に悦ぶことはできなかった。清正の場合はひたすらに秀吉の道具となることを生き甲斐としていたからである。

天正十六年（一五八八）六月十三日、清正は大坂を舟出して二十二日、豊後の鶴崎に着き、同二十七日隈本に入った。

同じ六月十三日、二十五万石の新領主の行長も大坂を発ち、二週間の旅ののち、肥後の宇土に入った。清正が隈本に入った翌日である。フロイスは行長がこの時、小豆島にかくした右近や、その右近やオルガンティーノ神父をかくまうことを共に画策した切支丹の結城弥平次を供につれたとのべている。滅亡した佐々成政の家臣は清正と行長に仕官することを許され、その武器もゆずり渡された。行長はとりあえず領内の隈荘の代官に弟の隼人をおき、矢部城は結城弥平次にまかせた。

宇土についてまもなく、行長と右近とは肥前、有馬領にいるコエリュ神父をたずねた。行長が肥後南半国の領主に任ぜられたニュースは、追放令によって意気阻喪した宣教師たちにとって大きな悦びであったにちがいない。だが行長や右近のコエリュ訪問の目的は宣教師たちがその悦びのために行きすぎた行為をとらぬよう警告を与えることにあった。イエズス会日本通信は六名の召使しか連れなかった右近が数日、コエリュたちのもとに滞在して、今後の切支丹問題について語りあい、神父たちに人目をひかず、服装を変え、反抗を起さないよう忠告したと伝えている。

佐々成政の悲劇を見ている行長には、国衆を刺激することと、宣教師たちの行きすぎとを何よりも警戒せねばならなかった。コエリュやフロイスのような過激派がふたたび関白に反抗的な行為を企てれば一応は切支丹追放令を不問にした秀吉の怒りはふたたび燃えあがり、徹底的な迫害が行われるかもしれない。行長はのちに宣教師たちが自分の所領地となった天草の上津浦にささやかな教会をたて、志岐、栖本、大矢野に伝道所をつくることは許したが、それ以上の活発な活動は当分、望まなかったにちがいない。野史のなかには当時宇土で行長が切支丹の信仰を強制し、神社仏閣を破壊したようにのべているものもあるが、これは信じがたい。

かつての右近とは違って同じ切支丹大名でも行長はこの九州のおのれの所領に「神の王

行長軍は九月、兵を動員して海路、袋ノ浦に上陸し、富岡の志岐麟仙を叩こうとした。輸送指揮官の弱点である実戦の拙劣さがここでも露呈した。先遣部隊はほとんど全滅状態になり、指揮者の伊知地文太夫は戦死し、敗兵は宇土に逃れた。事態はますます悪化し、天草は五人衆たちの連合軍の意のままになった。行長はピンチにおちいったのである。

これより先、行長と同じように肥後北半国に入国した清正は佐々の家臣三百人を召しかかえるや、彼等から一揆の事情をきくと、まだ抵抗の姿勢を示す伊津野将監を玉名郡、小森に攻めてただちにこれを制圧している。

そのような清正には、行長の天草における敗戦はおのれの優越感を満足させ、相手への軽蔑を抱かせるに充分であったろう。清正にとって行長は実戦をほとんど知らぬ主計指揮官にすぎず、後年、彼が侮蔑をもって口に出したように「商人の子」にほかならなかった。その「商人の子」がさしたる戦功もなく、ただ兵員、兵糧の輸送と父、隆佐の能力で、自らをぬき出世したことは決して愉快ではなかったにちがいない。

一方、行長はやむをえずその清正に援軍を頼まねばならなかった。自分を軽蔑しているこの同僚に救いを求めるのは彼にとって屈辱的な行為だったが他に方法はなかった。

ふたたび袋ノ浦に十月十三日上陸した行長軍は志岐麟仙のたてこもる志岐城を囲んだが、相変らずこれを抜くことはできなかった。一方、清正はこれを静観しつつ川尻から坂瀬川附近に上陸し、志岐城に近い仏木坂で、五時間にわたる白兵戦を行い、敵軍を撃破した。

この折、清正は志岐軍の猛将、木山弾正と一騎討ちを行い、これを突き刺している。清正にとっては誇るべき、行長にとっては無念な戦いだった。

志岐を落したのち、清正、行長の連合軍は本渡の本渡城に拠る天草種元を攻め、その頑強な五日間の抵抗を制圧し、他の国衆たちの降伏を促して作戦を終了した。

この戦いは行長にとって別な意味でも不利だった。天草の五人衆たちは彼と信仰を同じくする切支丹だったからである。切支丹が切支丹と戦う時はそれはもはや「聖戦」ではありえなかった。天草における行長の戦いぶりはその実戦能力のなさもあったが、この同じ信仰者と争わねばならぬというためらいが感じられる。清正の敏速な行動にくらべ、行長の戦意がみうけられぬのはそのためである。そのような躊躇も清正にとっては戦う気力のない「商人の子」とうつったにちがいない。天草の反乱は清正の行長にたいする侮蔑の感情をかえって深め、両者の溝を更に深めたようである。佐々成政の失敗にはあれほどの厳罰をもって臨んだ関白はふしぎに行長のこの手落ちに懲罰を与えていない。理由は明らかである。成政はもはや関白にとって不用になった存在だが、行長はまだ必要だからである。大陸侵攻作戦の輸送指揮官として彼を使わねばならぬ。だからその前に朝鮮を帰順させる交渉をもこの男にさせねばならぬ。役にたつ限り、それを利用するのが関白の方針である。

九州作戦の準備を開始した天正十四年（一五八六）六月の頃、秀吉は対馬の宗義調《よししげ》に書状を送り、この作戦の終る頃は準備のなり次第、朝鮮出兵を行うことを告げ、その時は従軍するように命じていた。

我々には秀吉の大陸侵攻の真意が何処にあったか、わからない。たんなる征服欲なのか、それとも屈服させた日本の領主たちの力をこの侵略で消耗させて豊家の安泰を計ろうとしたのか、あるいは貿易上の利益を狙ったのか、我々には見当がつかない。見当がつかぬのは彼の海外認識があまり甘く、その計画は幼稚だったからである。秀吉麾下の諸将、文官たちも、九州作戦までは関白のこの計画が実現性のないものと見ていたことはその後の彼等の動揺、狼狽、画策などを見ても窺えるのである。

いずれにせよ、突然に指示を受けた対馬は混乱と不安の渦に包まれた。山多く、耕地少く、漁業と製塩以外になすべきことがない対馬は朝鮮側からみても「四面みな石山にして、土は痩せ、民は貧しく、煮塩、捕魚、販売にて生活す……産物は柑橘《かんきつ》、楮《こうぞ》のみ」（『海東諸国紀』）であって、日本よりも朝鮮との通商にのみすがり、それによって生きてきた島だからである。対馬海賊は長い間朝鮮と密貿易を行い、時には対馬をすてて彼の地にわたって帰化し、場合によってはその沿岸をかすめることもあった。もっとも朝鮮も一四一九年、飢饉のため大挙して沿岸を掠奪した対馬海賊に報復するための、一万七千の大軍を送って対馬を征伐したこともあったが、伝統的方針としては懐柔政策を長い間、採ってきている。

彼等は対馬を朝鮮の属州と考えていたからである。島主の宗氏は代々、朝鮮国王からその島主としての権利を認める図書を授給され、経済的な援助を仰いでいた。十五世紀のはじめから、宗氏は朝鮮から毎年、米、豆などの支給を受け、この頃から日本の貿易商人の船は、朝鮮の指定した薺浦《せいほ》（熊川）、富山浦（釜山）、塩浦（蔚山《ウルサン》）の三浦の町に入ることのみを許され、したがってこの三つの町に定住する日本人の数も三千人を越すようになった。宗氏はこの三浦に代官を派遣し彼等から税金をとりたててきた。

このように日本本土よりは朝鮮に依存し、朝鮮側がおのれの属州と考えていることを容認してきた宗氏は彼等との貿易を失うことを最も怖れた。一五一〇年、三浦で日本人が反乱を起したため、一時、対馬との通商は跡絶えたが、一五四七年からふたたび貿易が復活し、釜山のみを指定港として年間、二十五隻の船を出すことが認められた。その二十五隻の船が更に三十隻に増えたのが秀吉の時代である。

こうした対馬と朝鮮との長い間の関係をまったく無視して秀吉の宗氏にたいする命令がくだされた。周章狼狽した宗氏は一方では関白の威嚇に屈しながら、他方では朝鮮を敵にまわすことはできなかった。一年の間、宗氏の重臣は苦慮討議した揚句、妥協案をつくった。天正十五年（一五八七）、つまり一年後、宗氏の重臣、柳川調信《しげのぶ》、柚谷《ゆたに》康広らは薩摩、川内に在陣する関白に伺候し、出兵のかわりに調（貢物）と人質とを朝鮮に求める案を示した。秀吉の朝鮮にたいする認識は毛利や島津を相手にした時と同程度であったから、この宗氏の妥協案は蹴られ、あくまで朝鮮国王の入朝を要求するよう厳命をくだした。

今まで実現性のないものと高を括っていた大陸侵攻の計画がこうして具体性をもった時、関白麾下の諸将は狼狽した。彼等はこの大陸侵攻の動員がどのように自分たちの領国を疲れさせ、荒廃をもたらすかを予感したからである。

諸将たちだけではない。秀吉の財政的バックとなっている堺と博多の商人たちにも不安を抱く者が多かった。朝鮮との貿易はかつてほどの盛況はなくなったとは言え、元来、博多は東南アジア貿易の中心となり、ここを経てさまざまな染料、香料、薬材、銅、錫などが朝鮮に送られていたからである。博多には朝鮮人も住み、中にはここに帰化した者もいたにちがいない。彼等は対馬と同じように朝鮮との貿易によって利潤をあげることができたから、その朝鮮を敵にまわすのは必ずしも得策ではなかった筈である。

小西一族もまた薬種商として朝鮮と取引きを行っていたであろう。朝鮮が日本に輸出したものは木綿布や麻布であるが、人参、蜂蜜、松子のような薬材も送られていた。逆に中国医学に必要な薬材は必ずしも朝鮮に見つけられなかったから、これを日本から買いつけていた。堺の小西一族はそれらの薬材を輸入、輸出することで朝鮮と関係していたであろう。

大陸侵攻作戦の前提として朝鮮占領案が関白の頭で具体化するにつれ、博多に在住する商人の反応を的確に把えることはむつかしい。この出兵によって起る軍需景気による博多の利益を考えた者もいたであろう。あるいは島井宗室のようにこの出兵が朝鮮との断絶をもたらし博多に不利であると考えた者もあったろう。同じ博多商人でも宗室は敢然と秀吉に反対論を出して疎んぜられ、神谷宗湛たちは関白の命令に従って兵糧を集め、武器を製造し、軍用小判を作ることに奔走している。いずれにしろ堺や博多の豪商は朝鮮への侵攻で自分たちにのみ独占できた貿易を、軍需景気を求めて集まる他の町の商人たちに奪われることは怖れていた。軍需産業による利益と侵攻作戦で受ける貿易の打撃とを彼等は天秤にかけねばならなかった。

隆佐と行長の立場も微妙だった。彼等も彼等のバックである堺も、元来、博多商人との相互協力によって日本の海外貿易を抑えてきた。島井宗室や博多宗伝のような博多商人は茶会を通して堺商人と密接な関係を続けてきた(註二)。博多商人が侵攻作戦でもし打撃を受けるならば、それは堺商人の打撃にもつながっていた。朝鮮や大陸の侵攻作戦は少くとも堺商人を背景とする小西一族には利益をもたらすよりは、不利な状況を生むように思われた。

関白がその隆佐や行長の気持をどこまで推察していたか、わからない。だが皮肉にも行長は肥後南半国の領主として出兵の前陣を承る立場に任命されている。のみならず関白はその行長に宗氏の朝鮮交渉を推進させる監督官の仕事も与えている。こうして行長は矛盾に追いこまれたのである。

矛盾に追いこまれた時、この男はいつも二重生活者となる。かつて右近追放事件以来、切支丹の彼は秀吉にたいして面従腹背の姿勢をとった。一応は関白の切支丹禁制令を納得するふりをとって、右近をかくまい、オルガンティーノをかくした。今は朝鮮出兵の計画にたいしても、行長は面従腹背の態度をふたたびとる決心をした。表面では秀吉に服従しながら、その出兵計画を背後で挫折させるか、曖昧にしてしまうのである。

決心が徐々に行長の心にできたのか、それともある決定的な動機がそこにあったのか、資料はまったくない。しかし彼がおのれの娘をほかならぬ宗義智と結婚させた時、この決心は既に踏みきられていたのである。この娘の実名は不明で、ただマリアという霊名しか我々には伝わっていない。婚姻が行長側から申し込まれたのか、あるいは宗氏の側から要請があったのかも曖昧である。

いずれにせよ、この婚姻は小西と宗との連合を誓う意味で起請文の役割になった。朝鮮にたいして利害関係の一致した小西一族と宗一族とはここで手を結び、関白を裏切るひそかな約束ができあがったのである。彼等の目的は朝鮮との貿易をあくまで続けるために、秀吉の過激な朝鮮外交をゆるめることにあった。ただ彼等はその反対を関白に直言できぬことを知っていたから、裏にまわって工作せねばならなかった。

行長はこのブロックを強化するために、同じ気持を持つ博多商人たちを味方に引き入れねばならなかった。秀吉の朝鮮出兵に反対したため疎んぜられるようになった島井宗室と行長の接近はこの時からはじまる。宗義智が天正十八年（一五九〇）、この宗室に起請文

らさぬと誓っているのはこの三者の間に強い同盟が結ばれていたことを示している。
にすべて置くためである。森山恒雄氏の研究はこの小西―松浦―博多商人の強固な貿易権に加藤清正がいかに楔《くさび》を打ちこもうとしたかを示すものだが、清正と小西の対立はこの九州貿易権をめぐって更に深刻化していたのである。(註二)

このブロックの頼みの綱は秀吉の日本統一がまだ完了していないことだった。いずれはその膝下に伏するとしても関東には北条が、東北には伊達やその他の群雄がまだ関白に帰順せず残っていた。その征服作戦が終らぬうちは全国的な規模を必要とする大陸侵攻は不可能である。彼等は関東、東北作戦の期間中に秀吉の過激な計画が緩和されるよう何らかの手をうつ必要があった。

関白の厳命は朝鮮国王の入朝にある。だが明の兄弟国と自負し、対馬を更におのれの属州と考えている朝鮮国王が入朝を肯定することなど宗義智たちには考えられもしなかった。のみならず彼等が怖れたのはこの高圧的な命令を伝言することで、怒った朝鮮が対馬との貿易を停止しないかという点にあった。朝鮮との貿易がやめば、それに依存する対馬は飢死せねばならぬ。久しく絶えていた通商をようやく恢復させていた対馬としては朝鮮を刺激することは避けねばならない。

だが関白の厳命は威嚇的である。苦慮した宗氏はここで国王にかわって特派大使（通信使）の来日を朝鮮側に求める案を思いつき、そのために偽って宗氏の家臣、柚谷康広をあたらしく日本国王となった秀吉の使節と称して赴かせる通達を朝鮮におこなった。石原道博教授の「朝鮮側からみた壬辰丁酉の役」によると、この通達に朝鮮政府は意見が二つにわかれ、論議は紛糾した。秀吉の使節と偽って渡海した対馬の家臣、柚谷康広たちは京城*にのぼり、日本の国情を説明したが成果はえられなかった。

秀吉は宗氏のこの苦慮も欺瞞工作も知らずただ交渉の遅滞に不満を抱き、宗義調の子、義智自身が渡海して国王入朝を促すよう厳命した。やむをえず、義智はかねてから親しかった博多の仏僧、玄蘇を正使節としておのれは副使となり釜山浦に向った。

使節団の焦燥感はこの釜山浦での交渉で、ただ特派大使（通信使）の訪日のみを必死で懇願していることでもわかる。にもかかわらず朝鮮王室ではあるいは渡日航海の困難を理由としたり、秀吉を逆臣としてこの要請に反対する議論が強かった。交渉は難航し、それを知らされた小西行長は島井宗室を派遣して義智や玄蘇を助けることにした。

だが、いずれにしろ国王の来朝を特派大使の訪日にすりかえることは関白を瞞《だま》すことだった。その欺瞞工作を知っていたのが行長と宗ブロックのほか、秀吉政府のなかで誰がいたか、我々にはまだわからない。しかしもしこれが暴露された時は、関白からどのような厳罰がくだるかもしれぬ危険な工作だったことは確かである。にもかかわらずこの工作を敢行せねばならなかった対馬の事情はともかく、行長の動機については現在の資料では曖昧である。我々はあとでその動機について大胆な仮定を出すつもりである。

こうして行長と宗義智は秀吉の朝鮮出兵を食いとめるため共犯者となった。対馬はこののちもたえず権力者に面従腹背の姿勢をとりつつ、欺瞞を行う政策をとりつづけ、やがて徳川幕府の時代には将軍の国書まで偽作するようになる。だが行長の場合は秀吉にたいする二重生活は宣教師追放令の時からはじまっていた。彼は宗義智の行ったからくりを黙認していただけでなく、ひそかにそれと協力さえしていたのだ。

大坂にあって関白は何も知らない。何も気づかない。宗義智の希望を入れて出兵を一時思いとどまった関白はとりあえず国内全統一のため、関東の北条氏との戦いの準備をはじめていた。

関白だけでなく、行長と背を隣りあわせにして、宗氏の交渉を促進するよう命ぜられていた加藤清正もまだこの欺瞞工作を見ぬいてはいなかった。難航した交渉はその年の九月、ようやく打開して朝鮮政府は特派大使の派遣を承諾した。

註一　泉澄一「博多宗伝と以心宗伝」（『史泉』44、45号）参照。
註二　森山恒雄「豊臣期海外貿易の一形態」（『東海大学紀要』第八輯）参照。
＊京城（日本植民地統治時代のソウルの呼称）〈編集部〉

七　朝鮮戦争における行長の真意

〈行長、三十二歳から三十五歳〉

我々はここで「小西行長の生涯」のむつかしい問題にぶつかった。その問題とは前章でも少し触れたように、宗一族と行長たちの欺瞞計画がどうして成立しえたのか、ということである。

秀吉の朝鮮侵略――つまり文禄・慶長の役は戦争の推移を横におくと、小西たちがどのようにして秀吉をだましつづけたかという経過を分析せねばならない。経過の分析は多くの史書によって説明はされているが、その欺瞞と謀計がなぜ行われえたかの理由はあまり解明されてはおらぬ。謀計はもしそれが暴露されるならば、秀吉の烈しい怒りをかい、死を与えられるほどの危険な試みであったにかかわらず、小西たちはきわめて大胆にこれを行っているのだ。なぜ彼等が大胆にこの企てを敢行できたのか、背後の理由はまったくと言っていいほど論じられていない。我々が行長の生涯をこの章まで書きすすめて、筆をおき、悩むのはその謎のためなのである。

前章でものべたように、対馬の宗家と小西とは一体となって、秀吉から命じられた朝鮮国王の入朝という要求を通信使（特命派遣大使）の派遣にすりかえた。宗家は小西行長の了解のもとに家臣、柚谷康広を秀吉（日本国王）の国王使と偽って朝鮮に送り、その答礼として朝鮮からも通信使を送ることを要請した。朝鮮側ではこれにたいし議論百出し、最後には要請に応じぬこととなって柚谷康広はむなしく帰国した。

秀吉はこのような交渉の真相をまったく知らない。この間、宗家から秀吉に送った報告がどのようなものだったか資料的にはわからぬし、朝鮮側の記録では柚谷康広は交渉不成立の責任を問われて罰せられたと言い、宗一族の記録ではその功を秀吉に賞されたとあって判断がつきにくい。いずれにしろ秀吉は行長と宗一族の偽計に気づかず、事の真相を知らされなかったということだけは確かである。

天正十七年（一五八九）六月、秀吉のきびしい催促をうけて宗家の新領主、宗義智が博多の僧、玄蘇たちと直接、朝鮮に渡り、三ヵ月の交渉ののち、九月、遂に通信使派遣の約束をとりつけた。小西行長はこの交渉にたいし、心を同じくする博多の豪商、島井宗室を朝鮮に送り、使節団を助けさせている。

通信使派遣は承諾したが、もちろん朝鮮側はこれを日本への帰順だとは夢にも考えていない。たんに秀吉の日本統一を儀礼的に祝し、隣好を修める使者としか考えていなかった。だが秀吉はこれが朝鮮国王の入朝に代るものだと信じた。この時も彼は宗・小西ブロックの偽計をまったく知らなかったからである。

くりかえすが、行長たちの偽計は危険きわまる賭けであった。通信使がやがて日本に送られ、秀吉に会い、国書を提供すれば、そこには入朝や帰順の言葉は一語も書かれていない筈である。それに気づいた時、秀吉がどのような反応と態度を示すかは火を見るより明らかであろう。激怒した権力者が宗家と小西とにいかなる懲罰を与えるかも当然、わかっていた筈である。

にもかかわらず彼等はこの欺瞞計画をあえて実行にうつした。実行にうつしたのは、それが一時的な糊塗策にしろ、秀吉をだましうると信じたか、万一、暴露した場合も事態を収拾できるという自信があったからにちがいない。それらの自信と楽観とは一体、どこから生れたのか。朝鮮作戦における小西外交の謎はそこにある。だがその謎は多くの史書にも、まったく触れていない。我々が当惑するのはそのためである。

宗、小西をしてかくも大胆にさせ、かくも危険な行動を促したものは何か。我々にはそれを客観的に知ることはできない。できるのは主観的な推測のみである。

我々がその推測をするためには、まず大陸作戦の計画が具体化しはじめた頃の日本国内における反応を土台にせねばならない。宣教師フロイスは、この戦争計画が発表されると、日本中に「不安と慨歎が充満した」と書いている。

「じつは人々はひどくこの（征服）事業に加わることを嫌悪しており、まるで死に赴くことを保証されているように考えていたのである。それがために、婦女子たちは孤独の境地に追いやられたことを泣き悲しみ、もはや再び、自分たちの父や夫に相見えることはできまいと思っていた。その多くは後には現実のこととなり、事実、日本中に不安と慨歎が充満し、そのために強力な武将が関白に向って叛起するに違いないと感じられていた。そして一同はそのように希望し、誰かがそれを実行することを期待していたのであるが、結局は、猫の首に鈴をつけることを自ら名乗りでる鼠は一匹も現われはしなかった」（『日本史』）

フロイスのこの記述は多少の誇張がある。なぜなら、諸将のなかにはたとえば鍋島直茂のように進んで中国への転封を望む好戦派もいたからであった。しかし、奈良興福寺の『多聞院日記』が「抑、南蛮、高麗、大唐ニハ異国ノ取向様ニ震動、貴賤上下迷惑、浮沈思イ遣リ不便《ふびん》々々」とこの企てに批判的な眼をむけているように、同じ感情を持った者は秀吉麾下にも一般民衆にも多かったのである。民衆は長い戦乱とそのたびごとの公役に疲れ、諸将もまた相つぐ動員に飽きかけていた。「輝元（毛利）土佐侍従（長曽我部元親）薩摩侍従（島津義弘）……この面々は、高麗にて本国かわり候事、迷惑がり申べく候」と当時の書状には多くの大名が本国を離れることを厭っていたことに触れているし、見知らぬ異国で戦わねばならぬ武将たちの不満は、たとえば家康がこの作戦に出兵を命ぜられた時、黙して一言も発しなかったという話でも窺えるのである。

事実、戦争がはじまってからだが、島津家中の梅北国兼らの地侍が動員令に反対して反乱を起し、加藤清正の領内に攻め入った時、町人、庄屋、百姓以下まで反乱軍に味方をしている。この事実は武士と共に日本民衆の大陸作戦にたいする感情をよく示している。

したがって我々はこの感情が豊臣政権の中枢部にもひそかに生れていたと考えざるをえない。資料的にはそれを明らかにするものが見当らないにせよ、この大作戦の成行きを危惧する者たちが秀吉のブレイン内にもいたことは確かである。彼等はおそらく無謀な大作戦のため、ようやく樹立しかけた豊臣政権に罅《ひび》の入ることを怖れ、できればそれを有耶無耶にするか、豊臣政権に打撃を与えぬ形で終らせたかったであろう(註二)。秀吉の計画には敢えて反対しなくても心中、この大作戦に消極的な気持を持つ者は少くなかったと思われる。

大胆な想像を許してもらえるならば、小西や宗家の欺瞞外交はこうした秀吉ブレイン内の憂慮派の暗黙の了解の上で行われたと我々は考える。でなければ彼等が柚谷康広を秀吉の使いと偽って朝鮮に送ったり、朝鮮からの通信使派遣をあたかも朝鮮帰順の意を示すもののように関白の前に連れていけた筈はなかったからである。暗黙の了解は小西行長と秀吉ブレインの誰か——おそらく文官派の誰かとの間にある時期からついていたと思わざるをえない。

天正十八年（一五九〇）の四月、長い交渉の末、ようやく釜山を出発した朝鮮の通信使は対馬にしばらく滞在したのち、宗義智、小西行長に迎えられて、七月下旬、京都についた。折から秀吉は奥羽経略のため不在であったから、彼等は三ヵ月待たされ、ようやく十一月七日にあたらしくできた聚楽第で謁見を許された。

朝鮮側の記録によると秀吉は紗帽を戴き、黒袍をまとってあらわれたがその「容貌は矮陋《わいろう》、面色は皺黒」にみえたと言う。酒がまわされたあと、ほとんど略式にみえる儀式が終り、秀吉は一時、退去して、やがて子供を抱いてあらわれた。淀君との間にでき、まもなく死んだ鶴松である。鶴松に粗相をされて衣服をよごされた秀吉は笑って侍女を呼んだ。傍若無人と朝鮮側は書いている。

もちろん秀吉はあくまでこの通信使の来日を朝鮮帰順の意志表明と受けとった。通信使たちは秀吉の答書には「一超直チニ大明国ニ入リ、吾朝ノ風俗ヲ四百余州ニ易《か》エ」と露骨に大陸侵入の野心をのべ、朝鮮にたいしては「貴国先駆而入朝」「方物如目録、領納」という文字の書かれているのを見て愕然とした。入朝とか方物（貢物）とかは明らかに朝鮮の服従と明にたいする裏切りを求める言葉だったからである。彼等は答書の訂正を迫ったが許されなかった。

この謁見の場には小西行長はもちろん宗義智も参列していないが（『晴豊記』）、行長は謁見に先だつ二ヵ月前に駿府に赴いて秀吉に会い、朝鮮交渉のことについて協議している。

彼はもちろん通信使について宗義智を助けるような言葉を言ったにちがいない。一方、義智も謁見の前に朝鮮交渉の功を賞せられて京都にいた。行長や彼にとっては、謁見は一種の賭けであった。だが今、その賭けは失敗したのである。彼等は通信使の来日によって、秀吉の朝鮮にたいする恫喝が緩和されることを願ったが、逆にそれは権力者の自信をますます高める結果になってしまった。のみならず通信使たちも来日して、はじめて事の真相を知るにいたったため、秀吉と朝鮮との両方に二重工作を続けてきた宗義智たちは窮地に追いこまれるにいたった。

翌年の二月、義智は通信使に家臣、柳川調信や僧、玄蘇をつけて朝鮮に送り届けたものの、当然、朝鮮側の詰問をうけて釈明せざるをえなかった。玄蘇は「貴国先駆而入朝」という秀吉の答書も実は朝鮮を先駆として日本が中国・明に朝貢する意味だと苦しい弁明をしたが、事実を知った通信使たちに反駁され、結局は中国に侵入するために朝鮮に道をかりる所謂「仮道入明」の要求を突きつけざるをえなかった。もともと秀吉の命令では朝鮮が日本軍の道案内をして大陸作戦を助けるということだったが、それを緩和して「仮道入明」という要請に切りかえたのである。朝鮮がこんな要請をのむ筈はなかったのである。

その後、一年――天正十九年(一五九一)の終りにかけて行長と宗義智が朝鮮にたいし、いかなる工作を続けたかは曖昧である。秀吉の大陸侵攻の意図は一向に衰えず、加藤清正に命じて兵糧米を集めさせ、沿岸諸国に兵船を造らせ、全国的な動員令をくだし、九州作戦の折、前進基地と定めた博多が港湾の浅さのため不便であることを知ると、肥前名護屋に座所、名護屋城を普請するため行長と清正、寺沢に地勢の調査を命じるなど準備を着々と行っていた。

行長と宗義智のこの間の心境は複雑だった。彼等が最も怖れたのは彼等のひそかな工作がやがて暴露される日が近づきつつあるという点である。もし出兵の暁、たとえば加藤清正のように秀吉の意志を絶対視している武将が先発部隊となり、朝鮮に上陸するならば、過去の事情はいっさい看破され、ただちに秀吉に報告されるであろう。それを妨げるためには誰よりも先に行長、義智らが朝鮮上陸を敢行して、一切を曖昧にしておかねばならない。彼等はそのために更に結束して手をうつことにした。行長の娘婿である宗義智が天正十八年（一五九〇）、京都にのぼって洗礼を受けたのは（フロイス）、両家の結合を血族的のみならず信仰的にも強めるためであったろう。彼等はやがて出兵の命がくだれば同じ軍団に所属されるように当然、こういう処置を講じたのである。

果せるかなこの努力は実を結んだ。秀吉がその出兵命令を諸将に与えたのは文禄元年（天正二十年＝一五九二）の正月、京都においてであった。発令された陣立てには松浦、大村、有馬、五島を第一軍団としてそれに宗を加え小西行長を軍団長としている（『武家事紀』による)。第一軍団は三月一日に出兵し、第二軍団は加藤(清正)、鍋島、相良を指揮者と定めてそれに続くように指令されている。

陣立てを見ると先遣部隊として小西行長を総司令官として主として切支丹大名を編入した軍団がまず出兵の第一軍として指定されているが、この選択の背後には明らかに行長、宗の朝鮮外交の欺瞞工作を黙認した秀吉ブレインの配慮が我々には感じられるのである。

池内宏博士の推測によれば京でこの命令が発せられた時、折から正月出仕で都にいた行長と宗義智とは諸将が京都を離れるのを待って太閤秀吉に進言をした。つまり諸将出兵の前に彼等二人を交渉部隊として先に朝鮮に上陸させ最後の折衝にあたらせてほしいと願いでたのである。行長、義智の真意はかつての欺瞞工作が暴露しないよう、彼等だけで彼の地にわたって手をうつことに他ならなかった。もちろん彼等は秀吉にはその真意をかくし、煮えきらぬ朝鮮の態度を徹底的に調べたいと言上したことはのちの文書で明らかである。秀吉がその真意に気づかなかったことは、三ヵ月ののち、浅野幸長などに「高麗儀、対馬守、小西摂津守、罷渡、出仕之儀、相究之由、言上候付而被差遣候」と申しわたしたことでも明らかである。

何も知らぬ太閤はこれを許可した。いや、行長たちと暗黙に連繋している側近ブレインの意見もきいた上で許したのであろう。秀吉とても朝鮮でいたずらに兵力を消耗するより、これを味方にするほうが得策だったからである。

行長は他の武将よりは——いや、とりわけ隣国の加藤清正よりは一日も早く朝鮮に上陸せねばならなかった。それは長い間、彼を実戦を知らぬ者として軽蔑していたこの「土の人間」にたいする「水の人間」の個人的な対抗意識からではなかった。彼には諸将に先がけて朝鮮に渡らねばならない秘密があったからである。

出陣の前から行長は他の武将たちよりもこの作戦の成功を疑っていた。彼の師事する宣教師たちが同じ感情を持っていたことはフロイスの次のような意見を見ても明らかである。「日本人はもともと他国民と戦争することでは訓練されていない。中国への順路も、航海も、征服しようとする敵方の言語や地理も、彼等にはまったく知られていない。

この企ては、海路、軍団を（派遣すること）になるが、内陸の（海から）隔たった地に住む領主や武将たちは、船舶も水夫も、航海に際して必要とする他の手段も持ちあわせていなかった。

たとえ財力によって船舶その他、装備に必要な武器、食糧、弾薬を購入することを望んだとしても、彼等にたいして定められた期日はあまりに短く限られていた」（『日本史』）

フロイスが列記しているこのような作戦不成功論の疑惑はそれは海外に領土進出を計画したポルトガル人の観点から言えば当然のことであろう。この宣教師たちの悲観論は当然、行長も聞かされていただろうし、行長を通して秀吉ブレインのある者にも伝えられていただろう。だが彼等もそれを秀吉に直接、具申することはできなかった。「しかし、あらゆる領主や武将たちの関白にたいする不思議なほどの遠慮と畏怖の念は、まったく信じられぬほどで、一人として、いかなる場合にも……関白の意見や決定にたいし反対する勇気や自由を示す者はいなかった。それどころか、彼の面前では多くの言葉を弄し、かくも崇高で道理に叶い、時宜を得た企画を決行することは……永久に記念さるべき偉業であると述べ、その決定を賞讃してやまなかった」（フロイス）。

そのような雰囲気のなかで行長は宗義智たちを率いて出陣しなければならなかった。彼は上陸後、あの通信使事件を覆いかくすためにあらゆる手を打たねばならなかった。次にやむをえず、戦端を開かねばならぬとしても味方の有利な状況で講和をすることが一番、望ましいと考えたことであろう。それらを遂行するためにも彼は上陸作戦はもちろん、上陸時の進撃でも第二軍団の加藤清正より主導権を握らねばならなかったのである。出発前から彼は自らにとって本当の相手は朝鮮ではなく、この加藤清正だと考えていたにちがいない。なぜなら文字通り太閤の子飼の家来でその意志に背くことのない清正が、もし作戦の立役者になれば、日本軍は最後まで戦いをやめることができないからである。

秀吉の麾下に加わって以来、十三年の間、能力的にも、その生き方においても異質なものを感じつづけてきた清正と彼とが遂に対立せねばならぬ時が来た。行長は直接の戦闘では自らが清正にはるかに劣っていることを知っていた。天草の反乱でも失敗した自らを心中、嘲りつつ援軍を送り相手をうち破った清正に、行長は当然、コンプレックスを感じていた筈である。軍人としての能力、戦う才能ではこの相手が優れていることも熟知していた筈である。その清正とこれからは戦場において競わねばならぬのである。

商人の血を持ち、切支丹である行長は根来のような異教徒との戦いならばともかく、敵意を持ちえぬ朝鮮と戦うことは、やはり気が進まぬことだったにちがいない。それは決して基督教的な「聖戦」ではなかった。太閤の野心を遂行するための侵略だった。心進まぬ戦いに加わらざるをえないのは彼が今もって秀吉の操り人形であるためである。行長がこの時、軍人であることを放棄した同じ切支丹の右近をひそかに羨んだとしてもふしぎではない。彼はあの室津の辛い夜、右近が彼に語った次のような言葉をまだ憶えていた筈である。

「日本で行われた戦争で十万人が悪魔への愛から、そして現世的な僅かな利益のために死んだ。そして彼等はただ空しく死んだのみならず、その家族も破滅した。……それに反して今や、我々が日本で行う戦いは……キリストと共に勝利を告げ、その力のもとに家族たる日本教会を保護する戦いである」（ラウレス『高山右近』）

だが行長にはこの右近が非難した「悪魔への愛から、そして現世的な僅かな利益のため」の戦いに加わることを秀吉に拒否する勇気も力もなかった。後年、行長はその死の直前、これらの一切が「基督教の教えを辱しめること」だったと洩らしているが、まこと、心からこの戦いを基督教的行為とは思っていなかったようである。

このような時、行長は、右近のごとく決然として一方を棄て、他を選びはしない。たび たび見てきたようにその生き方の姿勢はあくまで「面従腹背」であり「二重生活」である。切支丹追放令の時、彼は秀吉に屈従しながら右近やオルガンティーノ神父をひそかにかくまった。朝鮮侵略の命令がくだされるや、彼はそれに従うとみせ、宗氏とくんで、通信使来日にすりかえた。その「面従腹背」「二重生活」の姿勢を今、目前に迫った異国での戦いでも行おうと行長は決心する。秀吉の命に従って戦うとみせかけながらひそかに和平工作を計ること。加藤清正と助けあうようなふりをして実は彼とは別行動をとること。これらのことを出陣の前に既に彼は決めていたにちがいない。

第一軍団、一万八千人は太閤の出兵命令に従って文禄元年（一五九二）三月十二日、宗義智の支配する対馬に集結した。七百余隻の上陸用兵船も用意された。彼等はそこから対馬北端の大浦にそれぞれ移動し、総指揮官、小西行長の指示を待った。だが上陸作戦の指示はまだ下されない。

池内宏博士の説によれば行長と義智はその時、この対馬から最終的な説得を朝鮮に試みたようである。僧、玄蘇ほか五人の使者が再度、朝鮮に送られ「仮道入明」つまり朝鮮に道を借りて明に入る最後の交渉に当ったと池内氏は言う。「仮道入明」は言いかえれば朝鮮には戦意を持ちたくないという行長たちの意志表明である。使節が向うで誰と会ったとも、この最後の交渉の過程も不明だが、むなしく彼等が帰ったことは『西征日記』の四月七日の項に「自朝鮮、送使之船二隻来、一隻二人一隻三人、合五人」という記事のみあって、あとは何も書かれていないことでも推測できる。

この折衝を行長、義智の最後の和平的な意志のあらわれと見るべきか、いや、だが彼等とてこの「仮道入明」の要請を朝鮮が受諾できぬことは既に知りすぎるほどわかっていた筈である。承知していながら無駄な使節を兵船、軍団ことごとく対馬に集結したのち、送ったのは、第一には秀吉にたいするジェスチュアにすぎぬ。と同時に想像をたくましくするならば朝鮮側に日本軍のなかで小西行長、宗義智のみが彼等に敵意なく、停戦和平の交渉の用意が常にあることを知らしめるためとしか考えられない。言いかえればこの三月から四月の間の玄蘇たちの渡海の目的は、朝鮮側に停戦和平の交渉は小西、宗のルートだけしかないことを通達させることにあったと我々は考える。この通達が朝鮮をへて中国・明にも入ることを行長は期待していたのである。言いかえればそれはまた停戦交渉が第二軍団の加藤清正の手に握られぬために打たれた手であったのである。

四月七日、玄蘇たちはむなしく対馬に戻った。いや、それは必ずしもむなしくではなかった。「仮道入明」は拒絶されても行長に停戦和平の意志あることがひそかに朝鮮、明側に通ずれば充分だったからである。

四月十二日、行長は上陸作戦の命令を遂に第一軍団の将兵に下した。辰刻（午前八時頃）、大浦から七百余隻の船は一万八千の兵を乗せて釜山に進撃を開始する。大関定祐の『朝鮮征伐記』によるとこの対馬から釜山までの進撃の途中、船団は嵐にあい水主、梶取たちが引き返そうとした時、行長が加藤清正に追いつかれるなと全員を叱咤したという。事実の有無は別としても、この話は行長の心情をよくあらわしている。

十二日の朝は晴れていた。釜山鎮僉節制使の鄭撥《ていはつ》はたまたま絶影島に猟に出ていて日本軍の兵船を発見。しばらく戦ったが、まもなく海を覆うた第一軍団の船団に圧せられて釜山城に退いた。朝鮮側の資料によれば日本軍はすぐには攻撃せず、宗義智が鄭撥に「仮途入明」の文書を送って拒絶された。日本軍の城攻めは翌暁からはじまったという。

フロイスはこの朝鮮側資料よりも、もっと詳しく戦況を説明しているが、それは信頼のおけるものと思われる。行長は上陸後、城の周辺をことごとく焼いたのち、使者を送って助命を約束して投降を勧告した。戦いは翌朝の午前三時と四時の間にはじまったが、釜山城にたてこもる朝鮮兵士六百人は果敢に抵抗した。城のまわりには深い濠がつくられ、鉄刺がはりめぐらされていたが、日本兵は板を濠にかけてこれを渡り、城塞に侵入した。城内には三百あまりの人家があったが、女たちは鍋釜の墨を顔にぬり、泣きながら日本兵に投降した。子供たちはわざと足を曳きずったり、狂人の真似をしたりして難を逃れようとしたが、いずれも捕えられた。僉節制使の鄭撥は日本軍の銃弾をあびて戦死した。

釜山城が陥落すると行長は翌十四日、釜山城に近い東莱《とうらい》城に進撃した。ここは朝鮮側の南部拠点であり、二万の手兵がたてこもっていた。兵力の劣勢を感じた行長は舟子、人夫も動員して夕刻から城壁に梯子をかけて城内に突入しようとしたが、朝鮮側は「雨のように矢をふりそそぎ」日本軍もかなりの負傷者を出した。二時間にわたる激戦ののち、城将、宋象賢は戦死、東莱城も陥落。朝鮮側は五千人の死者、それにたいし日本は百人を失った。

釜山、東莱の二城が占領されたという知らせを聞くと、附近の五つの城（梁山、密陽《みつよう》、清道《しんどう》、大邱《たいきゅう》、仁同）は戦わずに兵を引きあげた。朝鮮海軍守備隊の守る左水営、右水営の司令官も一戦もまじえず遁走した。

実戦には弱い行長が緒戦において見ちがえるばかりの快進撃を続けえたのは朝鮮側に防備態勢ができていなかったことや、その兵が寄せ集めであり、日本軍の新兵器である鳥銃の威力に屈したことなどの理由がふつう言われている。

だが、それ以上にあとから上陸する第二軍団の加藤清正たちに朝鮮作戦の主導権を握らしめまいとする行長と宗義智の必死の感情がこの勝利をもたらせたのであろう。行長と義智のブロックにとって加藤清正は秀吉の意志の忠実な実行者だった。「秀吉、日本国事ハ申スニ及バズ、唐国マデ仰付ラレ候心ニ候」という太閤の野心を最後まで遂行しようとするのが加藤清正ならば、行長と義智はこの清正に作戦の主導権を外交的にはもちろん、軍事的にも委ねてはならなかった。もし清正が主導権を握れば、あの通信使来日の裏面工作も当然、知られるからであり、またこの戦争は果しなく続くからである。裏面工作を知られることはその当事者の行長や義智にとって自分たちの破滅を意味するし、戦争が果しなく続くことは行長、義智たちのような貿易重視主義者にはおのれの基盤を喪うことになるからである。（清正は文禄・慶長の役の間、遂にこの通信使来日の裏面工作に気づかなかった。彼がその事実を知ったのは慶長二年〈一五九七〉来日した朝鮮の僧、松雲〈惟政〉によって教えられたからである。）

資料的な裏づけがない以上、勝手な想像は慎まねばならぬが、出兵直前から行長と義智との心には中国と戦う意志は、あまりなかったように見える。朝鮮には致し方なく進撃するにしても、国境をこえて大陸に侵入する無謀を彼等は知っていた。彼等としては朝鮮の南半分を占領すれば、それを秀吉にたいする口実として和平工作に乗りだしたい気持だったようである。それはのちに彼等が中国・明のほとんど一方的な要求を受け入れている事実でも推測できる。

では一体、行長の真意は何処にあったのか。行長を中心に朝鮮戦争を考える時、我々が資料不足のために悩む箇所はまた、そこにある。彼はたんにこの作戦の無謀を知って和平工作に乗りだしたのか。それとも彼や義智の利害を考えて戦争の早期終結を望んでいたのか。あるいは秀吉ブレインのある派の暗黙の指示と了解で講和を進めたのか、我々にはほとんどわからない。

だがその謎の一端を解くひとつの資料がある。それはのちにさまざまな紆余曲折をへて彼が明との間に妥結した、文禄の役の講和に際して明政府が秀吉はじめ日本武将に与えた冊封の請願書である。この冊封請願書は行長と共にこの講和条件をまとめた沈惟敬が小西家の家臣、内藤如安を北京に伴った時、如安が提出した草案であるが、そこには行長の要請と希望との反映が当然、一部うかがえると言ってよい。原文には日本名に誤りがあるので中村栄孝博士の訂正、整理されたものの一部を更にわかりやすく直すと、次のようになる。

一、関白豊臣秀吉を封じて日本国王と為（中略）さんことを乞う。

二、小西行長、石田三成、増田長盛、大谷吉継、宇喜多秀家

以上五員は、大都督に封ぜんことを乞う。独り行長は世《よよ》西海道を加えよ（中略）。

三、釈玄蘇は日本禅師に封ぜよ。

四、徳川家康、前田利家、羽柴秀保、羽柴秀俊、蒲生氏郷、毛利輝元、平国保（未詳）、小早川隆景、有馬晴信、宗義智

以上十員は、亜都督に封ぜんことを乞う。

五、前田玄以、森吉成、長束正家、寺沢正成（広高）、施薬院全宗、柳川調信、木下吉隆、
　石田正澄、源家次、平行親、小西末郷
　以上十一員は、都督指揮に封ぜんことを乞う。（以下略）

この冊封請願書を一覧して、まず気づくことは中村栄孝博士が指摘されたように加藤清正とその派閥がそこにはほとんど見当らないことであろう。

だが、それと共に小西、石田、増田、大谷、宇喜多の五人が日本国内においては彼等よりはるかに有力大名であり公儀の地位も高い徳川家康、前田利家などよりはるかに優遇されて大都督（大将）に推されているにかかわらず、後者は行長の第一軍団に属する有馬晴信や宗義智ら小名と同列に並んでいることに注意されたい。

これは一体、何を意味するのか。石田、増田、大谷は言うまでもなく秀吉から派遣されて小西と講和条件の協議をした三奉行である。宇喜多秀家は第八軍団の軍団長であると共に第一次派遣軍の総司令官であるが、同時に行長の旧主君でありその連繫は他の武将より強かったとも考えられる。

したがって大都督に推された五名は一見、この文禄の役の講和に特に尽力した者たちとも考えられるが、しかしそのような恩賞を決めるのは行長にとっては主君の太閤であって、決して中国・明の側ではあるまい。にもかかわらず、この恩賞とも言うべき冊封を行長やその家臣、内藤如安が秀吉の認定なしに気儘に明に要請するのは筋が通らないのは当然で

あろう。

したがって我々はこの請願書がたとえ試案であり、形式上のものであるにせよ、行長個人の意図か、行長の背後にある秀吉ブレインのある者たちの工作を感ぜざるをえないのである。そのある者たちとは大都督の候補者五名の誰か、もしくは何人かである。そして彼等はその意図を太閤の許しを経ずに、中国・明の認定の上で実現しようと試みたのである。

ここまで書けばこの冊封請願書の裏にひそむ事実はおのずと明らかであろう。行長をふくめてこれら五人のある者たちは戦争がやがて終るか、老太閤が死ぬ日の近いことを想定し、その死後の豊臣政権の新体制をこの請願書に表現したのである。すなわち、老太閤が死に、豊臣政権が幼い秀頼に継がれた場合も実権は大都督に任じられた五人、もしくは五人中の何人かが当分は握り、政権の中枢部につくという意図がこの請願書から我々には窺えるのだ。

とりわけ、我々の注目をひくのは「独り行長は世《よ》西海道を加えよ」という請願書の一節である。これは言いかえれば行長のみが西海道（九州）の統治を任せられるということである。これは太閤の死後、豊臣政権は朝鮮と同じように明を宗国としてその認定の上で藩国となり、朝鮮に近い九州は行長がすべて支配するということに他ならない。一方、のちに五大老の席につらなる家康や利家などは、たんなる国内大名として中枢部に従属するにすぎない。したがって冊封請願書の官位の優劣は秀吉の死後、合議制による連合軍事政権から、秀吉ブレインの文官を主体とする政権移行の構想を示しているのだ。

我々はもちろんその後、五奉行のほかに五大老がおかれて豊臣政権の維持を計る制度の行われたことを知ってはいるが、それは太閤の意志がそこに作用している以上、請願書から窺える構想と食いちがうのは当然と言えよう。五大老、五奉行制度とこの請願書の根本的な違いは前者が秀吉の認定によって成立するのにたいし、後者は中国・明の許可で成り立つものである。言いかえればこの請願書の新体制は秀吉の独立政権を無視して、中国・明を宗家とするあたらしい国づくりを想定して考えられているのである。もっとはっきり言えば、この新体制は秀吉の死後、その後継者が成長するまで明の権威を基盤として国内秩序を保とうとしたものなのである。

明政府が秀吉をはじめ、日本武将に与えたこの冊封の請願書は今日までそれほど重要視されていないが、我々はそこに朝鮮戦争中にひそかに生れた秀吉ブレインの動きを看破する上で見逃すべからざる資料のような気がしてならないのである。少くとも小西行長の心理を探る上では無視できぬ材料に思われるのだ。(註二)

つけ加えるならばこの請願書で優遇されている者、破格の抜擢を受けている者が、あの関ヶ原で西軍に味方していることに注目すべきであろう。関ヶ原の戦いはこの請願書に表明された新体制構想にたいする反対派の反撃とも考えてよいほどである。関ヶ原の戦いは秀吉の死後、生れた三成、家康の拮抗だけによるものではなく、その原因は既にこの朝鮮作戦に早くから尾を引いていたと言っていいのである。

いずれにせよ、我々は第一軍団長、行長の朝鮮における行動には中国侵略の意志は表面は別として、その底にはなかったと考えざるをえない。いや、むしろ彼の真意はある段階から戦争終結後、秀吉が死ねば、その明政府の認可と支持で新しい体制が生れることを予感し、それに協力しはじめていたと思われる。やむをえず中国軍と戦火をまじえても、それは彼の本意ではなかったのである。

註一　我々がこの大胆な推測をするのは、たとえば島井宗室が秀吉に朝鮮作戦について考えを問われた時、朝鮮は満州につづき日本とは様子がちがう。出兵のことは断念されたほうがいいと答え、その不興を買ったがその答えはあらかじめ石田三成に教えられたものであったという（田中健夫『島井宗室』〈人物叢書〉一五八頁）話などがたとえ後世、創作されたにせよ、三成のような秀吉ブレインが必ずしもこの作戦に賛成していなかったことを示しているからである。こうした反対派の無言の協力がなければ小西、宗だけが関白に背いて独走はできなかったであろう。

註二　我々がこの大胆な推理をするのは、小西行長が封貢の先例として隆慶五年（元亀二年・一五七一）に明に順義王に封ぜられることによって通貢を許されたモンゴルのアルタンのことを考え、それを真似ようとした（中村栄孝『日鮮関係史の研究』中巻、一六四頁）事実などをみると、朝鮮作戦中に小西をはじめとする諸将は明のアジアにおける権威をはじめて知り、明と戦うことを放棄したとも考えられるからである。したがって、作戦開始前と作戦中における武将の明にたいする認識には大きな変化があったと考えたほうが妥当ではなかろうか。もちろん「註一」の問題を含めて、まったくそれを裏づける資料がない以上、拙論は仮定の域を出ないことは確かである。識者の御意見をうかがいたい。

八　空虚なる戦い　〈行長、三十五歳の頃〉

四月十二日に釜山浦に上陸してここを占領した小西軍団は、十四日には東萊城を抜くと、続いて梁山城（十六日）、密陽城（十七日）、大邱城（二十日）を陥落させ、文字通り疾風のように北進した。

国内ではあれほど陸戦の不得手だったこの男がこの朝鮮では目のさめるような電撃作戦を示したのは朝鮮側にほとんど防禦の準備がなかったことと、日本軍の使用する鳥銃にたいして矢で戦わざるをえなかったことなどが普通、あげられている。「幾世紀かの太平になれて柔弱になった朝鮮人は、数においても武器においても勇気においても遥かに勝った敵を撃退するに兵は弱く、装備は薄弱だった。真相をうちあければ朝鮮の軍隊とは帳簿の上で存在するばかりだった」（シュタイシェン）。朝鮮側もたしかに善戦したが、それは大人と子供との戦いに似て彼我の勝敗ははじめからわかっていた。行長のように戦争の不得手な男にも比較的、楽な作戦だったのである。行長が戦いに弱いことは日本武将たちも既に感じていたから、行長のかつての主君であり寄親だった宇喜多秀家も「小西が先陣を進みしを心もとなく思い」後を追って、これを助けようではないかと家臣に相談しているほどだった。

だが行長にはこの先陣をどうしても敢行せねばならぬ理由があった。彼の欺瞞工作が暴露されぬためにも誰よりも先に朝鮮政府と外交を折衝する主導権を握らねばならなかったからである。小西軍団の快進撃には、そういった行長と宗義智たちのあせりがかくされていたことは既にのべた通りである。

四月二十四日、彼等は巡辺使、李鎰《りいつ》の守る尚州城に迫った。尚州ではわずか千名足らずの寄せ集め兵が、山にこもって応戦したが、一万七千の小西軍には敵すべくもあらず、またたくまに陥落した。この陥落の翌日、行長は長束正家、木下吉隆を通じて太閤に書状を送り、そのなかで九百の敵を二万と誇張し、大将五、そのほか千名以上の者を討ちとったと誇大な報告をした。

こうした誇張だけではなくこの書状で彼はほとんど信じられない虚偽的な報告を太閤におこなった。それは尚州城の捕虜敵兵のなかに日本語を話す景応舜なる通詞があり、この通詞は京城の朝鮮国王から派遣された者で、それによれば国王は情勢が不利になるなら、日本に人質を出し、明に入る道案内をすると申し出ているというのである。したがって自分としてはこの求めを入れ、京城を破壊しないでおきたいとも具申している。

秀吉へのこの報告が虚偽であることは、当時の朝鮮側の情勢とその資料によって明らかである。朝鮮側では尚州城陥落の頃、文字通り日本軍の侵略に呆然自失し、議論百出していたが抗戦論が主流をしめ、決して降伏や日本側の「仮道入明」の要求をのむ結論などは出ていなかった。『宣祖実録』『宣祖修正実録』などによれば、尚州で捕虜となったこの通詞の景応舜は決して朝鮮国王から派遣された講和の使者ではなく、逆に行長から講和の書契を託されて朝鮮政府との橋わたしを求められた者にすぎない。したがって、行長は自分から講和交渉を朝鮮に求めていながら、太閤には朝鮮側からそのような申し出があったと言いかえているのである。

『宣祖実録』や『宣祖修正実録』は更に行長が東萊城の陥落の時から捕虜となった蔚山郡主の李彦誠《りげんせい》を通じて講和を申し込んで朝鮮側から黙殺されていることを記述している。東萊城や尚州城を攻略した後も行長軍は北進して一城を抜くたびに同じような和平の申し込みを行っているのだ。

行長が朝鮮に提示したこの和平の要求は言うまでもなく「仮道入明」である。すなわち朝鮮に道を借りて明に入ることを承認してほしいという要求である。もし朝鮮側がこの要求を入れてくれれば我々は戦う意志はないというのが行長の講和条件である。このことは六月九日、はじめて大同江で行長軍団から派遣された宗家の柳川調信や僧、玄蘇が朝鮮側の李徳馨と船上で交渉を開始した時、玄蘇が「日本、貴国と相戦うに非ず。東萊、尚州、竜仁の地において、みな書契を送れるも、貴国答えず、兵を以って相接し、遂にここに至る。国王を奉じて地を避け、わが向遼の路を開け」と言った言葉でも明らかである。

だが「宗主国（明）攻撃を藩属国（朝鮮）に承認させようという、まことに虫のいい要求」（中村栄孝『日鮮関係史の研究』中巻）が朝鮮側に入れられる筈はない。一城を抜くごとに行長が時には捕虜を使者とし、時には木に書を懸けて自分たちの本意を知らしめようとしても、それらがすべて水泡に帰したのは当然である。「中朝（中国）はすなわち我が父母の邦、死すとも聴従せず」と拒否した李徳馨の言葉が朝鮮側の強硬な決意を示している。

おそらく行長はこれほどの強い拒絶を朝鮮側から受けるとは当初、予想しなかったにちがいない。緒戦において彼の軍団が圧倒的な勝利をしめれば、それに威圧されて朝鮮は和平交渉の申し込みを受け入れるだろうというのが彼の考えだった。

にもかかわらず、朝鮮側は敗退を続けながらも抗戦をやめない。破竹の進撃を続けながら行長がこの時、焦躁感にとらわれたことは明らかであろう。尚州城陥落直後の彼の太閤宛の書簡には、近く朝鮮国王の屈服も可能なような虚偽の報告がなされているのは前述した通りだが、この頃の虚偽の報告にはまだ行長の楽観的な予想が感じられる。しかしこの楽観的な予想はその後、日を重ね、戦いを重ねるにしたがって裏切られていった。

尚州を落したのち、四月二十六日、小西軍団はそこから遠からぬ忠州に進撃した。忠州は朝鮮側が頼みとする防衛拠点で、日本軍を迎えうつため三道都巡察使となった申砬将軍が八千人の兵を集めて死守している。これまでのほとんど無抵抗にひとしい相手とはちがい、小西軍がはじめて遭遇する本格的な敵軍である。

忠州は前面に鳥嶺、竹嶺の天険がある。この天険をこえて忠州を占領すれば、あとは一気に首都、京城までおりられる。

したがってこの忠州をめざして北進してきたのは小西第一軍団だけではなかった。首都の一番乗りを狙う第二軍団の加藤清正軍もここをめざして進撃していた。清正は行長に五日おくれて釜山に上陸してから、東道を北上して彦陽《げんよう》城や慶州を陥落させたあと、同じ忠州に向ったのである。

両軍はこの忠州の前面で遭遇した。小西軍の先鋒隊長、小西作右衛門と清正軍とはその主導権をたがいにゆずらず、激しく口論したとフロイスは伝えている。それは忠州城をどちらが先に陥落させ、武功をたてるかという単純な問題ではなかった。行長にとっては、もし作戦のリーダーシップを清正にとられ、京城突入とその後の交渉をこの「土の人間」

にゆずれば、今までのすべて——太閤にたいする彼の報告をも含めて、ひそかに行った欺瞞工作が発覚するかもしれぬのである。行長としては、どうしてもこの主導権を相手に渡せないのである。

そのため彼がこの戦に必死になったのはフロイスの報告でもわかるし、この忠州攻略の前後に行長と清正の露骨な口論があったことがさまざまの書物に書かれているが、それらの根底には、たんなる先陣争いではない、もっと深い事情がかくされているのである。

清正軍がすべて集結しない前に行長は麾下の将兵に忠州城外の西北一里、漢江を背後に布陣する敵主力の攻撃を命じた。小西軍は敵の前面をうけもち、松浦と宗の両部隊が左右に敵軍を包囲する態勢をとり、三日月型に兵列を敷いた朝鮮軍の攻撃を待った。騎兵を中心とする朝鮮軍は槍と矢とで突入してきたが、日本軍から銃火をあびせられ退かざるをえなかった。敵が総崩れになった時、日本軍は白兵戦に移った。後方の漢江に追いつめられた朝鮮軍は争って河に飛びこみ、総司令官、申砬将軍も溺死、部下将兵も戦死する者と溺れる者とは三千という敗北を喫せねばならなかった。ここでも朝鮮軍は銃にたいして矢をもって戦わねばならず、勝敗は明らかだった。

忠州が四月二十七日に陥落すると小西軍より一日おくれてここに入城した清正は行長と郊外で会し、京城攻略を協議した。諸書はこの時、この「土の人間」と「水の人間」との間に京城進撃の先鋒、進路について争いがあり、鍋島をはじめ諸侯が仲裁したと伝えている。清正が行長を堺の薬屋とからかったとも言われ、あの天草一揆のことを忘れたかと侮辱し、また行長が清正に真剣勝負を挑んだというような話はにわかには信じがたいが、しかし長い歳月の間くすぶっていた二人の反目がこの時、なんらかの形であらわれたことは確かである。我々に漠然と想像できることは清正が行長の破竹の進撃を快からず思うと同時にその行動に疑惑を抱きはじめるような発言がこの際、清正側からなされたのであろう。フロイスの報告は行長がこの時、加藤清正の第二軍団と合同して京城に突入することを拒絶したことを暗示している。そして清正はその夜、行長をだしぬいて進軍を開始したとも書いている。

いずれにしろ忠州陥落の翌々日、第一軍団と第二軍団はたがいに反目しあい、競いあった形で京城に北上した。行長としては清正より一足でも早くこの都に入城し、朝鮮朝廷と講和を開始せねばならなかった。彼が部下と離れ離れになったにかかわらず、将兵より先に入城していたというフロイスの報告はその真偽は別としても行長の焦躁感を我々に伝えてくれるのだ。

五月三日、京城に突入した両軍団はそこに死の町を見た。町は静まりかえり、王宮からは黒い煙がたちのぼっている。景福宮も別宮も、歴代の宝物、書籍もすべて灰となり、ただ鼓を鳴らして時をつげる漏院という建物のみが残っているだけだった。それは国王自身の命令であったが、同時に国王が都落ちした後の乱民たちの暴動によるものだと言われている。

忠州陥落の悲報が当日の夕べに、京城に伝わるや、朝廷は混乱の極に達し、京城死守を主張する者、平壌に遷都することを唱える者の二派に別れたが、国王、宣祖は第二子、光海君琿を皇太子となし、兄の臨海君珒と第六子の順和君玒とをそれぞれ咸鏡道、江原道に派遣して勤王募兵の任に当てることに決め、四月二十九日の早朝に雨をついて西大門から西に逃れた。一行が沙峴にいたってふりかえると、すでに乱民の掠奪放火がはじまり、炎上する王宮の煙を見た。

無人にひとしい町と煙たちのぼる王宮を見て清正はともかく、行長は愕然としたであろう。なぜなら彼は京城において、ようやく朝鮮政府との和議を直接交渉できるものと考えながら北上してきたからである。上陸以来、彼はさまざまな方法を使って講和の申し込みを朝鮮側に行ってきたが、すべて失敗に終った。頼みの綱としたのは国王宣祖とその朝廷であり、それと直接に接触をするためにも京城の一番乗りを急いだのである。この気持は太閤への手紙に「都を破壊から救うべきだ」と具申している言葉でもうかがえる。彼としては京城を攻撃せずに国王と交渉したかったのである。

他の日本軍はともかく、このような奇怪な作戦は小西軍団に限り、他になかった。彼等は相手を撃滅するために追撃しているのではなく、講和を結ぶために相手を追いかけているのだった。だが当の相手は追いかけても追いかけても遠くへ去っていった。それは近づけば離れ、接近すれば消えてしまう砂漠の蜃気楼に似ていた。

それは日本軍にとっては国内における戦争とまったく形相を異にしていた。日本国内における戦争は、その出城や支城を陥落させたのち本城を落せば終焉した。それがたとえ四国や九州や関東のような広い地域でもこのあり方には変りがなかった。戦いの終結は本城の落城といつも結びついていた。

だがこの朝鮮では本城——都とその王宮を占領しても戦いは一向に終らなかった。国王は日本の領主のように自決もせず降伏もせず、更に北方に逃げていった。その北方に日本軍が進撃すれば、国王と政府とは更に国境をこえて大陸に移るだろう。

むなしい追いかけごっこに似たこの戦争の形態に行長がはじめて気がついたのは静まりかえった京城王城内に彼等が突入した瞬間だったにちがいない。戦争の終結を誓わすべき相手は何処にもおらず、あるのはくすぶる煙と灰となった宮殿の残骸だけだった。その瞬間、彼は心理的にこの戦争に言いようのないむなしさを感じたであろう。朝鮮は個々の戦いでは敗れもしたが、別の意味では彼に大きな打撃を与えたのである。

京城占領の報告はまず加藤清正から二週間後の五月十六日には名護屋大本営に届いた。狂喜した太閤秀吉はその当日、大坂の妻、北政所、母の大政所にこの悦びを知らせた有名な手紙を送った。文中、九月の節句は明国の都で迎えると豪語し、やがては唐の国でそなたを迎えるつもりだとものべている。また彼は関白秀次に書状を送り、天皇を北京に送り、日本は羽柴秀保か、宇喜多秀家に任せるなどという具体案まで示し、夢は果しなく拡がるだけであった。

だがその太閤の狂喜と幻想とはまったく裏腹に京城占領軍のなかには暗いペシミズムが生れつつあった。上陸以後、わずか二十日で朝鮮の首都を占領できたにかかわらず、このペシミズムは五月二十六日に第七軍団長であった毛利輝元が太閤宛に送った、「さてさて、この国の手広きこと、日本より広く候ずると申すことに候。このたび、御人数にては、この国御治めは、なかなか人が有まじく候間、成らざることに候。少々の大なることにてはなく候。お察し給われ候」などという言葉でもうかがえる。輝元のこの国は「広い」と洩らした歎きの言葉の背後には戦いは際限なく続くかもしれぬという不安の気持がにじみでている。追っても追っても敵は遠くへ逃げる。その終局の見つからぬあせりをひしひしと伝えている。同じように行長も「仮道入明」という講和への口実がもはや意味のないことは、今、切実に感じさせられたにちがいない。「仮道入明」は明らかに朝鮮への平和進駐を意味するが、その平和進駐がもはや無理であることはこの京城の空虚な占領によってはっきりとわかったであろう。

今はどこかで、朝鮮国王と接触し、少くとも交渉の糸口をつかむことだけが彼に残されたただ一つの目的になる。だがその思いを彼はもちろん、第二軍団長の加藤清正に同意させることはできぬ。この秀吉にひたすら忠実な男があくまでも戦争の続行を主張することは行長にはわかっていたからである。

五月六日、五月七日、行長と清正に遅れて北上した第三軍団（黒田長政）、第四軍団（森吉成）、第八軍団（宇喜多秀家）が陸続として京城に入城した。これら将兵たちもここに来てはじめて国王の遁走と戦争終結の遠いことを知ったのである。

ただちに各軍団長は京城郊外に集まって今後の対策を協議した。ともかくも平和進駐と朝鮮における戦争終結を第一とする行長のひそかな意図は、あくまで大陸侵攻を主張する清正の気持に対立し、談合は長く続いた。諸将たちはもとより戦争の早期終結を内心では望んだであろうが、それは太閤の意志を裏切るものである以上、清正の意志を真向から否定することはできない。

妥協案が出された。それは今一度、行長たちが朝鮮軍と講和交渉することを認め、その結論が出るまでは各軍団は京城に残留することにすること。だが太閤の意志に従うため大陸侵攻作戦にそなえて、各軍団が今後、朝鮮の八道を分担して経略、巡撫を行い、不足しはじめた兵糧、馬糧を確保することの二つである。こうして行長と清正との対立した意志を調和さす形で軍団長会議は終った。

行長はそれでも講和交渉のリーダーシップをあくまで握る気持を棄てなかった。八道の分担（国分け）についても彼は朝鮮国王がおそらくそこに逃れるにちがいない平安道に自分が進駐することを各軍団長に承認させている。平安道が行長の分担になったことは彼の意志と主張によるものと考えてよいであろう。

だがこの軍団長会議の結論に清正は不満の気持を抑えることができなかった。行長の講和交渉は時間の浪費であり、太閤の意志を裏切る結果になると彼は思った。その感情をこの頃、彼は長束正家に宛てた書簡で露骨にのべた。

「都が落ちてから、九州、四国、中国の諸衆はここに集まり、談合と称して、長々と逗留している。拙者にはこれは迷惑……」

彼は心中、ひそかに行長の講和交渉を妨害することさえ考えたようである。

五月十三日、行長の命を受けた僧、天荊と宗義智の家老、柳川調信は京城から十里離れた臨津江に先鋒部隊と共に赴いた。対岸にはさきに京城防衛司令官に任ぜられながら遁走した金命元の率いる朝鮮軍が集結していたからである。天荊と調信とはこの朝鮮軍に講和交渉の書簡を渡し、朝鮮軍は三日後の回答を約した。だがこの交渉の結論を見ぬ翌五月十四日に清正の先鋒軍は行長の意志を無視して敵軍を挑発したのである。

挑発に憤った朝鮮軍は交渉を拒否し、十八日、突如、対岸の日本軍を攻撃してきた。守備していた黒田、小西の先鋒隊はやむをえず咸鏡道に向いつつある清正軍の応援を求め、岸に捨ててあった老朽舟をこわして筏を作り渡河作戦を開始し、朝鮮軍をほとんど戦わずして敗走させた。

こうして軍団長会議で取りきめた行長の講和交渉案は挫折した。京城に待機していた各軍団の主力部隊はそれぞれの分担地域に向って北進を開始した。むなしい、空虚な戦いがふたたび続行されたのである。

むなしい空虚な戦《いくさ》。各軍団長のなかでいち早くこの戦いの悲劇を嗅ぎとっていたのは行長だった。北進を続けながら彼は太閤の妄想とも言うべき野心の操り人形にやむをえずさせられた自分のみじめさをまたもひしひしと感じたにちがいない。この戦いのむなしさを名護屋の大本営にいる秀吉は毫も知らない。京城陥落に狂喜した太閤は、第六軍の小早川隆景に、まもなく渡海し、京城に赴くが、到着後、大陸侵攻作戦を開始すると書き送っている。

行長は少くとも、この時期大陸作戦などとてもできるものではないことを確信していたようである。延びきった兵站線。現地徴発の兵糧は限界に達し、はじめは協力的だった朝鮮人のなかからも次第に抗日義兵の機運が起りつつある。やがてくる冬。この冬に行長は恐怖を持っていた。冬にたいする準備は各軍団ともほとんど、できていないのだ。

そのためには講和交渉を一日も早く結ばねばならぬ。それが太閤の怒りをかうとしても、誰かがこの権力者をあざむき、戦争を終結せねばならぬ。この気持はもはや京城出発後の行長の胸のなかに動かぬものとなっていたようにみえる。

資料的には不足しているが、行長の心情は当然、秀吉のブレインに伝達されていたにちがいない。「さてさて、この国の手広きこと、日本より広く候ずると申すことに候」と秀吉に訴えた第七軍団長、毛利輝元の手紙は当然、行長との相談の上で送られたであろう。秀吉ブレインの石田三成がこの頃、しきりに太閤に渡海を奨めたのは、普通、考えられているように大陸作戦を強力に押しすすめるためではなく、逆に太閤に「このたび、御人数にては、この国御治めは、なかなか人が有まじく候間、成らざることに候」という輝元の歎きを現地で認識させるためであり、この作戦の無謀さを老いて頑固一徹になった老人に実感させるためだったであろう。その太閤の渡海は、六、七月は玄界灘が荒れるという理由で中止になったが、事実はこの頃、既にこの玄界灘の制海権が朝鮮に握られて渡航が危険だからである。陸戦とは反対に日本水軍は李舜臣の率いる朝鮮海軍に大打撃をうけていた。この太閤の渡海に一番、反対したのは前田利家と徳川家康だが、利家はともかく家康もこの朝鮮出兵にはひそかに反対の気持を持っていた。彼はもし太閤が渡航すれば、自分もまた関東経営を棄てて朝鮮に渡らざるをえないことを怖れていたのである。

戦いのむなしさを嚙みしめながら早期講和の交渉のために朝鮮国王の行方を追う行長と、あくまで大陸侵攻のために北進を行う清正とは京城からそれぞれの思惑を胸に抱きながら開城で黒田長政の第三軍団と合流、金郊まで同じ道を進んだ。第一軍団と第二軍団とはここで別れ、清正は咸鏡道に、行長は長政と共に朝鮮国王を求めて平壌に向った。

六月七日、両軍団の先鋒隊は大同江の南岸に達した。巨大な大同江は舟を持たぬ彼等の前進を阻み、対岸に陣する朝鮮軍との睨みあいが続いた。行長はそれでも最後の希望を棄てなかった。六月九日、行長は大同江の東辺に「木を立て、書を懸けて去っ」た。書には「平行長、平調信（柳川調信）、平義智（宗義智）ら、和を議せんと欲し、且つ李徳馨と兵器を去りて船上に対話せんことを要《もと》む」と書いてあった。

李徳馨は先に忠州城陥落の折、行長が乞いを入れて、和議の条件を聴こうとして果せなかった相手である。待ちのぞんでいた交渉が上陸以来、はじめて行われた。李徳馨はこの時、平壌にいたが、この求めに応じ、「単舸を以って江中に会し」行長の使者である柳川調信や玄蘇と酒をくみながら話しあった。

だが行長の使者はこの交渉で大事な一点を忘れていた。彼等は朝鮮に敵意がないことのみを強調して、この国が中国（明）にどのように依存しているかに気づかなかったのである。仮道入明の要請は一蹴された。「日本、貴国と相戦うに非ず」という行長の釈明も中国に攻め入る道を貸せという求めがある以上、「中朝はすなわち我が父母の邦」と言う李徳馨には信じられなかったのである。

あれほど待ち望み、せっかくつかんだこの和議は決裂した。李徳馨は味方の陣に戻り、六月十四日、兵馬節度使、李潤徳の率いる朝鮮軍は、突如、兵舟で小西軍に攻撃をかけてきた。行長の第一軍団は黒田第三軍団の応援をえて、ようやく、これを撃退、敗走する敵を追って大同江の浅瀬を渡った。朝鮮軍は壊滅して敗走、翌十五日、行長は長政と共に平壌に入った。

平壌も空虚だった。ここにも行長が求めた国王の姿は見えなかった。王は四日前に既にここを去っていたのである。臨津江の敗戦を知った国王は一度は平壌を固守することも考えたが、ついに退避を決めて寧辺に向っていたのである。

和議の決裂は行長に深い反省を与えたようである。彼は日本軍が大陸侵攻を標榜する限り、朝鮮側は決してこれに応じないことを改めて苦い思いのうちに知らされたのである。本心では中国（明）との戦いは無理であることを知りながら太閤の命令を表向き守るために考えだした「仮道入明」は苦肉の策であったが朝鮮側はその背後にある欺瞞を見破った。行長としてはおのれの本当の気持を相手に訴ええない苦しさがあった。本心では中国侵攻は不可能と考えながら、それを朝鮮側に伝えられぬところに行長の弱みと苦渋があったのである。

どうすればいいのか。この時、彼にはまだその突破口を見つけられなかったようである。行長はもうそれ以上、朝鮮国王を追おうとはしない。追っても無駄であることを痛いほど知らされたからである。

第二軍団の清正軍が前進また前進しているにかかわらず、彼が平壌に兵をとめて動かなかった理由はそこにある。まだ六月だというのに行長は麾下の第一軍団の将兵に命令を出して、ここで冬を送ることを告げ、城と城外にいくつかの砦とを築かせた。名目は不足してきた兵糧を集め、次の作戦に備えるということにした。だが一方では清正が咸鏡道を北進し、豆満江中流域の国境に接した会寧まで占領している間にも、彼がまだ充分兵糧の残っている平壌にふみとどまったのは、この戦いの意味のなさをはっきりと知ったからであろう。

さきにも触れたように破竹の進撃を続けた陸戦とはまったく反対に朝鮮と日本とを結ぶ海の制海権は五月下旬以来、まったく朝鮮水軍に握られた。全羅道左水使の李舜臣が率《ひき》いる水軍は泗川《しせん》、唐浦、唐項浦、栗浦のそれぞれの海域で日本兵船を破り、七月七日、見乃梁《けんないりよう》で両海軍はその総力をあげて決戦を行ったが、脇坂安治、加藤嘉明、九鬼嘉隆の日本連合艦隊は李舜臣の装甲船と大砲を活用する圧倒的な戦力と巧妙な作戦に大敗を受けた。「閑山島沖の戦い」と世に言われるこの海戦の敗北のため、日本軍は以後、制海権を失ったのである。

制海権を失った以上、朝鮮を進撃する陸軍の兵糧は以後ままならず、本国からの輸送よりも現地調達に重点をおかざるをえなくなった。その現地調達もやがて底をつきはじめ、日本軍は次第に飢えに悩まされるようになる。

のび切った兵站線と兵糧の不足と共に行長が最も怖れたのはやがて訪れる冬将軍だった。行長はこの朝鮮の冬に日本軍がなんの準備もしていないことを知っていた。寒波のきびしさは到底、日本の比ではないことをこの頃はもう日本軍の将兵は現地に来て気づいていた筈である。食料もなく、冬への備えもないのにこれ以上、奥地に進撃することは無謀である。にもかかわらず、その事情をまったく無視した太閤からは明への進撃を矢のように催促してくる。

一方、朝鮮側は中国にたいして救援を必死に求めていた。寧辺にたどりついた朝鮮国王、宣祖は自分が遼東に入って直接援兵を乞う決意をきめ、皇太子の光海君に国事を権摂させることにした。宣祖はこの時、光海君に、「予は、生きて亡国の君となり、死して異域の鬼とならんとす。父子相離れて、さらに見るべきの日なからん」という辞を送った。

こうした朝鮮側の要請に応じ遂に明も国境にいる副総兵の祖承訓の軍隊を南下せしめる方針をきめた。朝鮮軍騎兵四千をまじえた明軍は義州をへて南下し、七月十六日、平壌を包囲し、その七星門から夜中突入した。

『吉野日記』によれば当夜は雨と風で敵の気配に日本軍はまったく気がつかず、朝方、その喚声に驚き、あわてふためいたという。しかし、ここにおいても日本軍の鳥銃の威力と、騎兵を主体とした敵軍が雨中の市街に駆けまわることができなかったためどうにか撃退することができた。苦戦した小西軍のなかで行長の弟、ルイスは敵に捕えられ斬殺された。

「(敵の)軍勢は、一夜、平安城に接近し、警備の隙に乗じて石の城壁を突破し、気づかれることなく、全軍は内部に侵入した。……アゴスティーニュ(行長)は部下の兵士を通じてこの動静を察知すると、突如とび出し、全力をあげて敵対した結果、彼等を城壁外に放逐することができた。内部に残った三百人あまりの敵はすべて殺された」(フロイス)

この戦いはある意味で非常に重要な意味を持っていた。なぜならばこの明軍との最初の交戦で勝利をしめたため、行長はある幻想を抱いたからである。明はこの戦いで日本軍の実力を知り、和平交渉に応ずるかもしれぬ。彼等はもはや朝鮮国王の乞いを入れて出兵しないであろう。この楽観的な気分が、のちに明との外交での錯誤をつくり、平壌を失わしめるにいたるのである。

しかし明が朝鮮に兵を送らぬことと、大陸に侵攻することの困難さとは別である。冬は既に迫り、将兵の疲労と帰郷の願いは手にとるようにわかる。行長はこの時、さきに渡海を中止した秀吉の代りに石田三成、増田長盛、大谷吉継の三奉行が京城に到着し、現地視察にあたっていることを知った。三奉行は一応、部隊の編成替えと行長、清正軍など九州軍団を主力とする明国進撃の命令を伝達にきたのだが、彼等もまた現地の実情を知るにしたがい、この太閤の命令が無謀であることを認識したにちがいない。彼等の報告によって七月十六日、命令は変更され、明国への侵入は春まで延期された。そして釜山から京城にいたるまで、八里ないし十里ごとに城塞が築かれ(フロイス)、防備を厳重にすることが要求された。

　八月一日、平壌は巡察使、李元翼の率いるゲリラ部隊の襲撃を受けたが撃退した。この頃、平壌だけではなく朝鮮人の義兵たちのゲリラ活動が活発となり、釜山、京城の兵站線もしばしば侵されるようになっていた。

　行長は京城に赴き、各軍団長や、三奉行と対策を協議することにした。その真意は太閤が渡海し、直接、明国進撃を命令する明春までにこの愚劣な戦いに終止符を打ちたかったのだ。彼は諸将のなかにも毛利輝元のように戦を厭《いと》う者のいることを知ってはいたが、また同時にその連中も太閤の怒りを怖れてそれを口にせぬことを予想していた。

　軍団長会議で黒田孝高は明軍の出兵に備え、分散した日本軍の兵力を京城に集めることを主張したが、行長は頑《かたく》なにこれに反対した。彼はさきにも述べたように明軍の出兵はもうありえぬと楽観していたからである。

　この会議の間、おそらく行長は三奉行には自分が明との和平交渉のイニシアチブをとる許可を求め、暗黙の了解をえたようである。なぜなら、フロイスによれば会議のあと、彼の実弟のジュアン（小西隼人か、与七郎のいずれかであろう）を本国に帰還せしめ、秀吉に「現地の情勢を報告し、多くの理由を挙げて」中国遠征の不可能な旨を進言させたからである。

　だが、この間、行長の予想とはまったく反対に明は大軍を朝鮮に送る決心をかためていた。それはちょうど、昭和二十五年に三八度線を突破した国連軍が中共軍の越境について楽観的であったのとよく似ていたのである。

九　行長、哀を乞う

〈行長、三十五歳から三十六歳〉

平壌に戻った行長はここで冬を過すことを決めたが、真実、途方にくれていた。和平交渉の相手がつかまらぬからである。朝鮮国王は既に手の届かぬところにあり、あくまで抗戦の気持を棄てない。祖承訓軍を撃滅した行長は明はもう攻撃をしてこないだろうという楽観的な自信を持っていたが、その彼等とどのように接触をえることができるのか、目当はまったくなかったからである。

一日も早く彼はこの戦争に終止符を打ちたかった。もはや、この戦争を拡大することは不可能に近かったし、続行することは無謀である。それは行長はもとより加藤清正を除いた諸将が、ほとほと感じていたことである。彼等は自分たちが点だけを占領したにすぎず、点と点を結ぶ線をまったく確保していないことを知っていた。朝鮮でさえ、このように制圧困難なのに、まして計りしれぬほど広大な明を征服するなど夢のような話だった。

京城に来た三奉行たちもこの現実を明春、渡海する筈の太閤に認識してもらうことしか方法はないと考えていた。それまでは現在、占領した地域を維持するより仕方がないという結論に達していた。

こうした状況下で三奉行や行長が太閤の死について考えなかった筈はない。太閤がもし死ねばこの無謀な作戦は自然的に終結するからである。彼等は既に太閤が老い、死がまもないことを感じていた。かつての明晰な頭脳が失われ、客観的な判断力を失いつつあるこの権力者の日常を見れば、それは当然、現実感となって彼等に迫っていた。

だが太閤が死ねば戦争は終結するとしても、日本はふたたび混乱する。老いたりとはいえ、太閤は日本の秩序の強力な支柱である。もしこの強力な支柱が倒れれば、豊臣政権はあるいは崩壊するかもしれず、もし崩壊すれば、太閤の力をバックにした三奉行や行長のような家臣はその位置と力とを失うことも確かだった。

太閤の死による戦争の終結と、太閤の死による自分たちの力の崩壊という矛盾はこの時、三奉行と共に行長を悩ませる問題になった。従来、この問題は文禄、慶長の講和問題を論ずる場合、まったく考えられてはいないが、我々はこれをぬきにしては講和交渉の行長の心理を分析できないと考える。この朝鮮戦争の過程のなかで石田三成を中心とするあるブロックに行長が徐々に接近していったのも、それはこの問題が彼等の心に共通して存在したからに他ならない。

行長があせり、途方に暮れていたこの年の八月下旬、思いもしなかった出来事が起った。かつて倭寇の一味でもあり、日本語をよくする沈嘉旺と称する男が突然、平壌の小西軍陣営にあらわれ、講和交渉の打診をしたのである。その説明によると、彼は明国の講和交渉を委任された沈惟敬の使者である、本人の惟敬は既に順安にあって自分の返答を待っているという。

思いもかけぬ申し出に狂喜した行長はしかし、一応は相手の真意を探った。彼は捕虜の張大膳をしてこれを応接させ、この男から相手の目的を聞かせた。張大膳に、かつて足利時代、中国が日本との通貢を約しながらそれを実行しなかった例をあげ、今回もまた同じことをなすのではないかと訊ねさせた。沈嘉旺はこれを強く否定し、ここで行長もその主人、沈惟敬との会見を承諾した。

八月三十日、約束通り、沈惟敬は四人の部下をつれ平壌郊外、降福山に姿をみせた。行長は軍勢をつれて麓で待機している。朝鮮軍はこの交渉を大興山から見物していた。麓に集結した日本軍の数は多く、その剣光が雪のようにきらめいたという。やがて惟敬は馬からおり、日本軍の陣営に入った。

さて沈惟敬がこの交渉に来た背景は次のようなものである。さきに祖承訓の率いる遼東軍が平壌で行長軍に大敗を喫するや、明朝廷はその報に驚愕し、日本軍上陸に備えて登萊、天津、旅順、泔陽などの危険なる海岸の防備を命じ、兵部尚書の石星は朝鮮回復の策を一般に公募する有様だった。この時、浙江省の産で弁舌の才にたけた沈惟敬が日本との交渉を買って出た。彼は石星に自分が日本通であると主張し、日本軍の真意は明との通商貿易にしかないのであるから、これと戦うよりは、まずその本意を探るべきだと進言したのである。石星はこの進言を入れて沈惟敬を遊撃将軍に任じ、平壌に赴かせ、日本軍との交渉に当ることを許した。

石星から許しをえるや、惟敬は沈嘉旺など十数人を従えて、義州に赴き、朝鮮国王に謁見したのち、単独交渉の必要を説いて、平壌に向った。中国側の記録によると惟敬は「長髯偉幹」と描かれ、朝鮮側の資料には「貌寝《かたちやせ》」と書かれているが、いずれにしても弁舌の巧みな男だったようである。

行長の営中に入った彼はここで行長、宗義智、僧の玄蘇たちと会った。惟敬ののちの報告によると、彼はまず明軍百万が朝鮮国境に集結していると威嚇し、僧玄蘇に僧侶のくせになぜ逆夷に従って朝鮮を侵したのかと詰問した。玄蘇はこの時、自分たちの真意は朝鮮に道を借りて明に封貢を求めにきたのだと弁解したという。

この会議の模様は沈惟敬側の報告に基づくのであるから、必ずしも事実を伝えてはいまい。だから我々はすべての交渉と同じように、さまざまな駆引きがこの時、両者側に行われたものと当然、考えていいだろう。明と戦う意志のない行長は、それを言葉に出さず、またこの交渉の成立を自分の栄達の手がかりと考えている沈惟敬も両者の妥協点を見つけるため、あるいは威嚇し、あるいは相手をなだめたであろう。

行長の気持としては、天から与えられたこのチャンスを逃してはならなかった。このチャンスを利用して戦争に終止符を打たねばならなかった。そのためには今後の交渉はすべて自分と、沈惟敬との間で継続されることを望んだ筈である。行長は自分が日本側の講和交渉のリーダーシップをとり、戦争続行の気持のある加藤清正たちは排除しなければならなかったのである。

講和交渉に朝鮮を加えるべきか。行長は今までの経過から朝鮮の強硬な態度を知っていた。彼等は戦いに敗れても決して屈服はしなかった。沈惟敬も平壌にくる前、義州において朝鮮側の君臣に会い、彼等の講和条件のきびしさと徹底抗戦の意欲を聞いた。朝鮮を講和交渉に加えればその成立が難航することは明らかだった。行長と惟敬とはこの点でまず意見が一致した。

こうして朝鮮を講和交渉の圏外におくことに、両者、同意したのち、大陸作戦の不可能なことを感じている行長は明にはまったく挑戦の気持はなく、通商を求めるだけだと主張した。即ち、足利義満の時にはじまり、天文年間（一五三二〜五四）から跡絶えている日中通商と貿易の復活が我々の目的だと主張した。だが行長をはじめ同席した日本人にとって通商を求めることは中国側からみれば封貢を乞うことであり、それを許されることは明の藩国の一つになることだと、この時どこまで理解していたかはわからない。おそらく行長はここで名を棄てて実をとることを考えたのであろう。通商を求めることが中国側から封貢と言われようと実質においてはそれは貿易に変りはないからだ。封貢という名を認め、明からその藩国の一つと考えられようが、実質的なものを取ればよいのだ。彼はその代償として大同江以北は明の領土とし以南を日本領とすることを主張した。これはおそらく行長にとっても、ぎりぎり一杯の要求であったろう。

我々は交渉の経過をこのように想像するが『両朝平攘録』にはこの時、行長は七箇条の要求を惟敬にしたとのべている。だがその七箇条の要求が何であったか、わからない。

いずれにせよ、この第一回の交渉の結果、惟敬と行長とは五十日間の休戦を約束し、その五十日以内に惟敬が明から回答を持ってくることが承認された。行長は惟敬の求めに従って鎧、甲のほか日本の武器――朝鮮作戦においては最も有力な効果をあげた鳥銃まで贈った。こうした諸般の様子からみると沈惟敬は行長に自分だけが明との和平交渉の糸口であることを信じさせたようである。行長としても今はこの惟敬だけが戦争終結のためのただ一人の相手である以上、その努力に期待せざるをえなかった。行長のその弱みを沈惟敬は握ったのである。

第一回の交渉はこのようにして終ったが、それは太閤の本意を無視したものであった。なぜなら内心はともかく、表向きにはこの頃、太閤はまだ大陸侵略の野望を放棄することを麾下の軍団長たちには布告していなかったからである。たとえ三奉行との暗黙の了解があったとはいえ、行長は自分だけの判断で沈惟敬に明と戦う意志はないとのべた。彼は上陸以後、いつもそう報告したように、自分が申し入れた条件を明側が求めたものとして太閤に報告し、それを呑ませるよう工作するつもりだったのだろう。右近追放事件以来、彼は太閤をだますことには長い間馴れていた。面従腹背の姿勢は彼の権力者にたいする基本的な姿勢になっていた。服従するふりをしながら、それをひそかにだますこと、それがただ一つ、行長にとって太閤の操り人形になることからの逃げ道だった。そしてそれはまた彼の太閤にたいするひそかな挑戦でもあった。これ以後、彼の本当の敵は明でも朝鮮でもなく、太閤という権力者となる。惟敬を頼りにしたあまり、五十日間、行長は約束を守って、なんら、軍事的行動を起さなかった。斥候も偵察も出していない。『吉野日記』によるとこの八月下旬から十月中旬まで、平壌の行長軍は米も塩、味噌もなく、粟と黍とを食べて生きていたという。それは行長が惟敬との約束に従って諸兵が食糧調達のため城外に出ることを禁じたためである。病人も出てなかには死んでいく者もあった。たまに城外に出た者は朝鮮のゲリラの襲撃を受けねばならなかった。『吉野日記』の吉野甚五左衛門はこういう城内の模様をのべたあと「かかる憂き目を見給いて、十月二十日も過行けど、更に訪れなかりけり」と歎いている。五十日の約束期限は過ぎたがしかし沈惟敬はあらわれなかったのである。

やがて姿を見せたのは沈惟敬ではなく、その家来の沈嘉旺だった。行長は大いに悦び、これを優遇はしたが、惟敬の現われざるを怪しみ城中にとどめて外に出ることを禁じた。だが沈嘉旺に同行した婁国安《るこくあん》が平壌に来て、事情を訴えた後はその行動を自由にした。婁国安は惟敬が老骨のため到着が遅れていることを説明し、十一月二十日前にはここに来るだろうと言った。

惟敬が行長陣営にふたたび現われた正確な日付はわからない。おそらくそれは十一月下旬であったろう。

第二回の和平交渉の内容も曖昧だが、惟敬がのちに朝鮮側におこなった説明をみると、この時、行長はふたたび大同江以南を日本領にすることと、もし日明の通商が再開して、日本の貿易船が浙江省に到着した時、全軍を撤兵すると主張したようである。そして朝鮮側が惟敬を通して要求した二王子の返還に関しては（京城占領後、開城を抜いたのち、小西軍と別れた第二軍団の加藤清正は更に北進を続け、咸鏡道に行った。七月下旬、彼は国境ちかい会寧を攻めて朝鮮国王から派遣された臨海君、順和君の両王子を捕虜とした。清正がこの両王子を長い間、優遇したことはあまりに有名である）これは清正の権限であり、自分の一存では叶わぬとものべたようである。

これにたいして惟敬がどのように答えたかは資料的には不明だが、その後、一ヵ月の間、行長が相変らず新しい軍事行動も起さず、敵情を偵察していないところを見ると、希望的観測を彼に与えて、惟敬は平壌を去ったものと思われる。

だが惟敬がどこまでこの和平交渉の成就に心を傾けていたのかも曖昧である。なぜならこの第二回の交渉の直前、彼は朝鮮国王と竜湾館で会い「五十日の休戦は日本軍のためにするのではなく、明軍の平壌攻撃のために時間をかせぐためである」と弁明していたからである。

こうして第二回目の会談が行われてから一ヵ月近くの間、日本軍は敵軍が鴨緑江をわたり、南下しつつあることに気づかなかった。矢と弓とで日本軍の鳥銃と戦わざるをえなかった今までの朝鮮軍にくらべ、この明と朝鮮の連合軍は朝鮮人を祖先にもつ武将、李如松に率いられ、その数、四万三千、火箭《かせん》や投石砲や大砲さえ準備していた。

日本軍が惟敬の言葉を信じきっていることはこの李如松もわかっていた。彼は部下の部隊長の査大受なる者に命じて沈惟敬が講和の吉報をたずさえて順安に到着しているという贋の報告を日本軍に伝えさせた。行長はこの報告を信じて、沈惟敬を迎えるべく、馬廻りの竹内吉兵衛など三十騎を順安に派遣した。吉兵衛は順安で最初は鄭重にもてなされていたが、次第に従者から引き離された時、待ちかまえていた明軍に逮捕された。それでも行長は疑心を抱かなかったようである。

文禄二年（一五九三）正月五日、連合軍の先鋒は平壌の西郊外に到着した。第一軍団の主力である行長は松山の城と彼等がよんでいる牡丹台の城塞にあったが、野も山も埋めつくした明の大軍を見て急遽、平壌内の宗義智軍に合流した。彼としては沈惟敬にあざむかれたのをこの時知ったのである。こうして両軍の戦いがはじまり、宗義智軍はその夜、敵に夜襲をかけた。小ぜり合いが続けられたのち本格的な連合軍の総攻撃は七日早朝からはじまった。

行長の兵は一万五千である。李如松の率いる連合軍はその三倍の四万三千。七日の午前八時頃、前進を開始した連合軍は、「多数の無台の射石砲による威嚇射撃」(フロイス)を行ったのち太鼓楽器をならして平壌城に迫った。一方、日本軍は「陴上に於て、多く、五色の旗幟を張り、長槍大刀を束《つか》ね、刃をひとしゅうして」(『宣祖実録』)待ちかまえていた。明・朝鮮連合軍はまず大砲と火箭の攻撃をあびせたが、その「響き万雷のごとく、山嶽、震揺す。火箭を乱放し、烟焰、数十里にみなぎり、咫尺分たず、ただ吶喊の声、砲響に雑《まじ》わるを聞く」という有様だった。

連合軍は平壌の含毬門と普通門から侵入しはじめた。彼等は梯子を城壁にかけてそれをよじのぼってくる。平壌城内には既に火の手があがっていた。日本軍は鳥銃を乱射し、湯水、大石を城壁に迫る敵軍に落し、長槍、大刀をふるって力戦、一時はこれを撃退したが、城外に敵を追いやることはできなくなった。明軍は鋼鉄製の鎧で武装し日本兵の刀や槍はこれに損傷を与えなかったとフロイスはのべている。外城を陥れ内城に侵入した連合兵はそこに蜂の巣のように作られた土塁と銃眼をみた。その銃眼から日本軍は雨のように発砲してくるのである。連合軍も日本軍も死傷者がふえはじめた。『吉野日記』をみると、日本軍ははじめは、相手を「いつもの手並み」と侮っていたが、その猛攻にやがて「精根つきた」とのべている。城塞の外にあった飯米倉も陣所もすべて焼き払われたのは痛手だった。兵糧がなくなった以上、これ以上の抗戦は無駄である。行長は蔚山城の清正のように全軍玉砕まで戦う猛将ではない。彼は麾下の将兵を集め、平壌城の一角からその夜、撤退をする決心をした。

　まず手負いの者、病者は棄てられた。疲れのために道に這い伏す将兵もいた。彼等は一日分しか旅の用意をしていなかったし、まわりはただ雪である。「食べる草も見出すことができず、雪を口にして飢えをしのいだ」とフロイスは書いている。敗走する兵は雪に手足をはらし、華やかな武将も山田のかかしのように痩せ衰えて京城に向って遁走したと『吉野日記』も伝えている。李如松軍が追撃しなかったのが幸運だった。李如松軍も負傷者を多く出していたからである。

「一日路ごとに城あれば、これを味方と思いつつ、心づよくも来てみれば、これさえ先に落ちければ、力なくして力もつかれ、親を討たるる人もあり、兄を討たるる者もあり」

（『吉野日記』）

　敗走した第一軍団は平壌から十四里の鳳山《ほうざん》にたどりついた。鳳山は大友宗麟の長男、義統の守備する城である。だが義統は明軍南下を聞いて臆病風にふかれ既に城を去って遁走していた。やむをえず、そこから七里、黒田長政軍のいる竜泉城にたどりつき、ここで明軍の追撃を受けながらも、入城し、長政と白川城で落ちあうことができた。行長はこの時「具足をも捨て、具足下ひとつの体《てい》」で、長政から衣服を与えられたという有様だった。一万五千の兵は八千に減り、その兵も手負いの者、鳥眼の者など「さんざんの体《てい》にて引き候」だったという。

小西軍の敗走と四万三千の明軍の南下を知った三奉行は平壌、京城間にある各部隊に京城を最後の防衛拠点にすべくそれぞれの城塞から撤退を命じた。三奉行はまず諸部隊を開城に集結させ、更にそこから全軍を京城に引きあげさせたのである。

行長の責任は大きかった。彼はさきの軍団長会議において、ひとり明軍不戦の説をとなえ、沈惟敬との講和交渉の成立を主張してやまなかったからである。軍団長のなかには黒田孝高のように明の援兵が必ず来ると警告した者もいたが、彼はその意見も退け、講和交渉をおのれに一任させるよう計ったからである。

行長がこの責任をなぜ、責められなかったのかはふしぎである。「関白は（平壌敗北の）報に接し、行長に何らの怒りも示さなかったばかりか、寡兵よく三日も強大な敵をもちこたえ、最後には自発的に全軍を整然と退去せしめたと言い、大いに賞讃した」とさえフロイスは書いているが、これが真実でないにせよ、秀吉は平壌敗戦を聞いても特に行長を詰問せず、退いて開城を黒田勢と守ることを命じただけだった。この文禄二年（一五九三）二月十六日付の命令は総部隊が京城に撤収したため守られなかったが、それにしても行長に責任をとらさなかったのは、三奉行が彼のために弁解すること大きかったからかもしれない。

敗兵をまとめて京城に入った行長はおそらく、朝鮮上陸以来、最も惨めな絶望的な気分を味わわされたであろう。彼は諸軍団の先鋒として破竹の進撃をつづけながら、しかし、その間、戦争終結の希望をたえず持ちつづけ、その機会を求めてきた。しかし今、その希望も機会も決定的にくつがえされたのである。一縷の望みを托していた沈惟敬は現われず、出現したのは明の大軍だった。自分の平壌における無残な敗北のために勝に乗じた明は講和を欲せず、日本軍の徹底的殲滅に自信を持ったであろう。加藤清正がこの自分の敗走をどういう眼で見るかは火を見るよりも明らかだった。

京城に撤収後の行長の行動については明らかではない。彼がもはや諸将のなかにあって発言権を失ったためであろう。撤収後の日本軍にも意見がわかれ、小早川隆景を軍団長とする第六軍団の小早川秀包、立花宗茂などの師団長はあくまで明軍との抗戦を主張したが、行長の故主だった第八軍団長の宇喜多秀家は京城にたてこもって城を守ることを計った。おそらく行長はこの時、秀家と意見を同じくしたであろう。かくて京城に迫った明軍は、正月二十四日から日本軍と接触し、二十六日、有名な碧蹄館の戦いで立花宗茂、小早川隆景、小早川秀包などの第六軍団に徹底的な敗北を喫した。日本軍も二千の死傷者を出したが、その三倍の痛手を明・朝鮮連合軍に与えて、これを敗走させた。

この碧蹄館の勝利はふたたび、沈滞していた日本軍の態勢を挽回した。敗北した明軍は、はじめて日本軍の強さを知り、戦うことを怖れだしたからである。平壌の戦いに勝に驕っていた明軍のなかに停戦の気分が生れたのもこの時からである。

行長はこの碧蹄館の戦いにはもちろん参加していない。彼の兵は既に疲れ、その多くを失っていた。行長がようやく、その軍勢をまとめて実戦に参加したのは碧蹄館の戦いから一ヵ月半たった幸州城の攻撃の時である。彼は三奉行や宇喜多秀家たちとこの京城から三里ほど離れた城攻めに加わった。実戦には弱い行長がいたせいではなかろうが、この攻撃は失敗した。朝鮮軍を主力とした敵兵は猛烈な反攻を示し、日本軍はやむなく引きあげねばならなかった。

にもかかわらず発言権を失った行長はふたたび、在朝鮮の日本軍にとって必要な存在となる。碧蹄館の戦いに敗れた李如松はもはや戦意を失い、平壌に退いて京城を攻めようとはしなかった。停戦の機運が明軍にも日本軍にも生れつつあった。日本軍もまた冬の寒さと食糧の不足に悩まされつつあった。将兵は玉蜀黍しか食べるものがなかったのである。のみならず蜂起した朝鮮ゲリラ部隊は京城、釜山の連絡をますます困難にしている。

李如松はそこで李蓋忠《りじんちゆう》なる者をひそかに京城に送り、諸軍より遅れて京城に引きあげた加藤清正に接触させた。清正はこの時、幕屋において人質としている朝鮮二王子とともに李蓋忠と会った。彼は二王子をいかに厚遇しているかを語り、威嚇的に講和の可否を問うている。

威嚇的にせよ清正でさえ講和を要求したのは日本軍がいかに停戦をあせっていたかを示している。一方、行長も例によって三月から、連日封貢を求めるという沈惟敬宛の文書を敵に送っている。こうして講和の切っかけは日本側からも明側からも同時に作られたのである。

李如松は一時、遠ざけていた沈惟敬をふたたび前面に出さざるをえなかった。沈惟敬が舞台にたつことは発言権を失った行長を登場さすことでもある。三月中旬、沈惟敬は京城に姿を見せた。兵糧不足に悩み、なおも玉砕を覚悟してきた日本軍にとっては思いがけぬ出来事だったが、今まで彼に裏切られていた日本軍は半ば疑惑の眼で彼を迎えた。行長はふたたび彼と竜山で会見した。沈惟敬の言に裏切られつづけた行長であったが、今はこの男に和平の望みを托するより仕方がなかったからである。

この竜山での会見の内容は明らかではない。『吉野日記』は沈惟敬の和議申し込みを「真《まこと》しからねど」と日本軍は疑ったが「小西どの、とても逃れぬことぞとて、二つにかけて受け給う」と書いているのを見ると行長は和戦両様のかまえで交渉に当ったのであろう。

かねてから行長の講和態度に不安を抱いていた清正は自分も沈惟敬と話しあいたいと申し出たが、惟敬から拒絶されている。惟敬と行長の間には平壌での交渉以来、この二人だけで講和を進めるという密約ができていたためである。

フロイスによると、沈惟敬は明軍の平壌攻撃は自分の本意ではなく、北京から派遣された指揮官たちの独走であると弁明し、さきの竹内吉兵衛事件も自分の提案ではないと語ったという。朝鮮側の資料から推察すると沈惟敬はまず行長に日本軍の速やかな京城撤退を要求したようである。「惟敬、密かに行長に言って曰く。汝が輩、久しく此に留まりて退かずんば、天朝、更に大兵を発し、已に西海より来りて、忠清道に出て、汝の帰路を断たん。此の時、去らんと欲すると雖も得べからず。我、平壌より汝と情熟す。故に言わざるに忍びざるのみと」(『懲毖録』)。

また、清正が捕えている二王子の返還も二人の間で論ぜられたことは確かであろう。『続本朝通鑑』は、この時、行長が王子の返還は秀吉の許可がなければ不可能だと言い、京城撤兵の件は三奉行に決定権があると答えたとのべている。更に行長は、さきに大同江以南を日本に割譲することを変更して「漢江以北を以て中国と為し、以南を倭地と為さん」(『懲毖録』)と提案したようである。平壌で破れた日本軍としてはこれ以上の領土要求はできなかったからである。

いずれにしろ惟敬は協議の内容を明側と相談することと、そして日本に送る講和の予備交渉使節を四月八日に京城に伴うことの二つを行長に約束した。行長は自分と三奉行との考えが清正のそれと対立していることをうちあけ、三奉行も釜山浦に撤兵する気持のあることを語った(『続本朝通鑑』)。こうして惟敬は四月八日の再会を約して漢江をくだり明軍の集結している開城に戻った。

行長の報告を聞いた三奉行は京城撤退の気持を固めた。彼等の意見具申に太閤も遂に折れざるをえない。四月七日、京城の日本軍にようやく秀吉の撤退許可の朱印状を持った使者が到着した。

四月八日に講和の予備交渉使節を伴って再交渉に来ると約束した沈惟敬はその日になっても姿をみせなかった。日本軍は、また欺かれたかと思っていたが、十日、船に乗って沈惟敬が徐一貫、謝用梓なる二人の男をつれて姿を見せた時は諸将「悦び給いて、人質を嘗翫あるこそ浅からね」(『吉野日記』)というほど嬉しがったのである。

四月十八日、日本軍は全軍、京城を撤退しはじめた。空虚になった京城は飢えのため死んだ男女牛馬の死体が城内に散乱し、その臭気が耐えがたいほどだった。ほとんどの家は灰燼に帰し、京城にはただ日本軍の駐留していた崇礼門より以東にやや家が残っているだけだった。

この京城で行長がたびたび講和を求めるの書を沈惟敬宛に敵陣に送ったことは明側の資料に何度も記述されている。

「倭奴、連日、書を沈惟敬に与え、封を乞う有り」「行長、すなわち詞を卑くし封を乞う」「倭中平行長、屢々、書を沈惟敬に与え、哀懇封を乞う」「倭酋行長等、罪を悔い、哀を乞い、国に回《かえ》らんことを願求す」「倭奴、詞を卑くし、哀を乞う」

これらの表現はそれが明側によって書かれたものであるから、必ずしも文字通りに取るべきではなかろう。にもかかわらず「詞を卑くし、哀を乞う」という文字は少くとも当時の行長の停戦講和を求める焦燥した気分を充分あらわしている。同じように講和を欲しながら相手にたいして威嚇的だった清正とはあまりに違うのである。

行長はなぜそこまで――秀吉の意志を裏切ってまでも――この戦争を終結させたかったのか。幾度も書いたように、それが朝鮮侵略作戦における謎の一つとも言えるであろう。

まがりなりにも切支丹だった彼は、この戦いに聖戦の意味をまったく見つけることができなかった。無意味なる殺傷、無意味なる破壊、無意味なる危険と浪費しか、彼は感じなかったのである。それらはただ名護屋にいる権力者の野心を充すだけのための戦いだったからである。切支丹としても彼はこの戦争を聖戦と信ずることができなかった。第二に小西一族の代表者である行長は、戦国時代の終結と共に自分が秀吉政権にどういう位置を占めるかを当然、考えたであろう。戦国時代の終結は同時に秀吉の軍事活動の終結を意味する。太閤の麾下にあった軍人はその時、当然、その存在価値を失う。清正や福島正則たちのような根っからの軍人たちはもはや武器をとって戦う相手を持たなくなり、色あせていくであろう。戦国時代が終焉する時、次に来るのは商業であり、海外貿易であることは行長もその父、隆佐も予感していた筈である。秀吉が海外貿易によって豊臣政権の基盤を固めようとする野心のあることを行長はもとより知っていた。隆佐も行長もその秀吉の貿易政策の中枢部に位置することを心から夢みていたにちがいない。それは九州占領後、博多の復興を秀吉が命じた時、彼は一時はおのれのバックである堺の衰退というピンチを感じたが、すぐさま次の手をうったことでもよくわかる。朝鮮と最も関係のある対馬の宗義智に娘マリアを嫁がせたのが、そのあらわれである。対馬の宗氏を自分の勢力圏内におけば、朝鮮貿易は行長がすべて支配し、指図できるからである。娘マリアと宗義智との縁組はそのような行長の政治的意図のあらわれでもあった。

その意味で宗氏は言うまでもなく、彼も朝鮮との通商をあくまで保っておきたかった。行長と義智の率いる第一軍団が上陸後、たえず、仮道入明という名目で朝鮮に敵意なきことを単独で示そうとしたのもそのためである。彼等はその時、かくも朝鮮国王が頑強で徹底的な抗戦を続けるとは考えもしなかったのであろう。

彼等はやがて態度を変え、一方ではこれを軍事的に威嚇しながら、他方では切ないほど講和を朝鮮に求めた。しかし、その希望はすべて水泡に帰した。

明の大軍がこの戦争に介入し、沈惟敬が登場した時、彼は朝鮮に絶望し、これを除外して明との単独和平を結ぼうと焦《あせ》った。朝鮮は明の藩国である以上、やがてはこれに従うことがわかったからである。ただ彼が怖れたのは日本との貿易を再開不可能にするほどの憎悪が朝鮮や明に残ることだった。通商を拒絶されれば豊臣政権下における小西一族の存在理由《レゾン・デートル》が失われるからである。もし今後、行長は秀吉を信じてはいなかったが、その貪欲なまでの貿易利益の欲望は信じていた。秀吉の死の間近いことを予感していた彼は、太閤死後の豊臣政権で大きな力を持つのは海外貿易の担い手であることを感じていたのである。自分と小西一族の目的はそこになければならぬと知っていたのである。

一方、清正は清正で豊臣政権が戦争を続ける限り、軍人としての自分の価値は高まると承知していた。戦争の全面的な終結は軍人としての彼を色あせさせるからである。

この二つの野心のちがいが、明との講和にたいする両者の態度の差ともなる。行長は貿易再開のためには、憎しみが残らぬ前に講和を結ぶべしと考え、清正は相手の屈服しか考慮しなかった。

講和交渉における行長の卑屈な態度や太閤にたいする危険な賭けの背後には、このような彼の野心もかくされていたと見るべきである。切支丹とはいえ、行長もまた戦国時代に生れ、育った野心家の一人であった。ただその野心は戦争や征服に向けられず、戦国時代の終りと共にはじまる新しい時代に向けられていたのだった。

十　太閤の死を望みながら……

〈行長、三十六歳から三十七歳〉

前章にのべたように、三奉行たちの懸命な説得に太閤もやむなく現実に眼を向けざるを得なかった。この権力者は強気ではあったが、一応は各軍団に京城を棄て釜山浦を中心とする朝鮮南海岸に撤退することを許可したのである。後退する日本軍を明軍は急追撃しなかったのが幸運だった。彼等もまた、碧蹄館の敗戦にこり、出血を怖れたのである。

釜山、蔚山、西生浦、東莱、金海、熊川の防衛線に退いた日本軍は「山に依り、海に憑り、城を築き、塹を掘り」（『懲毖録』）持久戦の態勢を整えた。

行長の第一軍団は多くの兵を失っていたが熊川の海ぞいの峻山に城塞をつくり、そこを司令部とした。その城跡の石垣は往時を充分、偲ばせるほど現在も残っていて、陣地の雄大にして堅固なことがはっきり想像できるのである。当時、この陣地に行長を訪問したセスペデス神父は「城は難攻不落を誇り、短期間に実に驚嘆すべき工事が施されています。巨大な城壁、塔、砦が見事に構築され、城の麓に高級の武士、アゴスティーニュ（行長）とその幕僚、ならびに連合軍の兵士らが陣取っています。彼等は皆、よく建てられた広い家屋に住んでおり、武将の家屋は石垣で囲まれています。ここから一レーグアほど距たった周囲には多数の城砦が設けられ、その一つにはアゴスティーニュの弟、ペドロ主殿介殿がおり、他の一つには娘マリアをめとっている婿、対馬殿ダリオ（宗義智）がいます」（松田毅一・川崎桃太訳）とその書簡に書いている。

また、のちに講和交渉のためにやはり、ここを訪れた遊撃将軍、陳雲鴻の随員も、「営は海岸の一山を占め、山勢甚だ峻にして、繞らすに石を以てし、城上に木柵を添え、周囲六、七里ばかり。山を切りて池となし、鱗次、屋を架し、海を塡めて城を築き、星列、門をうがつ」と語っている。

行長だけでなく、各軍団はそれぞれ釜山浦周辺にこのような堅固な城塞を築いたが、それは名護屋の大本営にいる太閤の狡猾な指令によるものであった。太閤は麾下の将兵とは異なり、まだ本心から戦意を棄ててはいなかった。彼は日本軍の不利な形勢は朝鮮のきびしい寒さと兵糧の不足のためだから、冬が終るまで持久戦に持ちこみ、春になれば大攻勢をかけようと単純に考えていたのだ。太閤が一応、明の使節を日本に迎えることを認めたのも、一つにはそのために時間をかせぐ手段であり、敵をあざむくために他ならなかった。

大本営のこの命令に行長は苦しんだ。彼はその命令に従って、一応は熊川に持久戦に耐える城を築いたが、心には戦う意志はなかった。今、彼が戦わねばならぬ相手は明軍ではなく、ほかならぬ彼の主人の太閤秀吉だった。もちろん、他の武将と同様に秀吉の麾下の一軍団長にすぎぬ彼にも表立ってこの権力者にクーデタを起すことはできない。彼には彼の生き方である面従腹背の姿勢をとるより方法はなかったのである。

更にこの頃、彼の心を鳥の翼のように横切る大きな不安があった。それは彼と対立する加藤清正が和平工作に介入しはじめたことである。気質においても、育ちにおいても彼とはまったく異質の人間であり、この朝鮮作戦以来、ますます溝を深めた清正が行長とは別に明との交渉ルートを持ったのである。

京城引きあげの前の二月五日、清正の陣に明の特使と称する馮仲纓、蘇応昭なる人物が訪れている。彼等はさきに清正が捕虜とした朝鮮二王子の返還を要求し、そのかわりに日本軍の安全帰国を保証するという和平条件を持ちだした。清正はもちろん、この条件を一蹴したが、その折、小西行長を罵倒し「行長は日本堺の浦の町人なり。日本太閤の本之武《まことの》将とは加藤清正なり」とのべたという。

更に前章にふれたように清正は竜山で行長と沈惟敬とが会見した折、自ら惟敬と二度も接触しようとして拒絶されている。行長としてはこのように和平工作に介入してくる清正は迷惑だけではなく、この男に惟敬との秘密工作の裏面を知られることを怖れた。今日まで太閤をあざむいてきた彼としては清正にそれらを察知されたくなかったのである。

いや、それよりも彼は絶対に清正やその派閥に講和交渉の主導権を奪われたくはなかった。なぜなら行長の目算では、やがて太閤が世を去ったあと、豊臣政権下で自分が占める位置を考えていたからである。彼の見とり図のなかでも次期の豊臣政権では清正のような純粋軍閥は力を失う筈だった。かわりに勢力を占めるのは石田三成のような内政派と、自分のような外交貿易の担当者だった。行長はその貿易——朝鮮と明との通商の主導権を自分が握るためにも、これらの国に自分の存在価値を認めさせておく必要があった。彼が清正の講和交渉の介入を嫌ったのはそのためである。

だがその清正にたいして彼は弱みがあった。交渉の重要な眼目となりはじめた捕虜の朝鮮王子をあの男が握っているのである。王子の返還問題については、それを人質とした清正に発言権があるのは当然で、その発言を無視することはできない。それが行長の清正にたいする弱みの一つでもあった。そうした弱みのためにも行長は言行不一致の沈惟敬だけに頼らざるをえず、また沈惟敬を突き放すことができなかったのである。

行長たちが京城を撤退して二週間目の五月一日、名護屋大本営から太閤の講和条件なるものが三奉行に伝達されてきた。行長はその内容を見て、彼我の現実認識の差と講和交渉のこれからを思い、暗澹としたことであろう。それは明や朝鮮がおそらくは受諾すまい箇条が含まれていたからである。

一、明国皇女をわが皇妃とすること
二、明国との勘合船恢復のこと
三、明国大臣と日本有力大名の誓詞交換のこと
四、朝鮮の四道を日本に割譲し、京城と他の四道を朝鮮に返還すること
五、朝鮮王子一人、大臣一人を人質として日本に渡すこと
六、先に清正が捕虜とした朝鮮王子は沈惟敬にそえて返還すること
七、朝鮮は永代、日本にたいし誓詞を提出すること

行長はこの内容をあらかじめ知ってはいたものの公式の形で発布されたのを見て気が重かったにちがいない。彼はもとより沈惟敬との交渉でこれらの箇所のうちの幾つかを（領土割譲のことや通商、王子返還などについて）論じてきた。しかし行長はその経験で明国がその大国の矜持にかけても皇女を日本に送ったり、明国大臣が日本諸大名と誓詞を交換するなど不可能であることを既に感じとっていた。しかしそんな条項よりも彼を困惑せしめたのは太閤のこの高圧的で勝利者のような要求であった。それはなんとかして大国、明の矜持を認めつつ、和平工作を成就しようとする行長の方法とは百八十度、ちがったのである。

この五月一日から数日間、行長は三奉行と、いかにして太閤の一方的な条件を明の誇りたかい感情にあわせるべきかを協議したであろう。もとより結論が出るはずはない。残された方法は妥協案というよりは一時的な弥縫策で、太閤の無知を利用してその場、その場で辻褄《つじつま》をあわせることだったであろう。彼等は釜山浦で待機している明の予備交渉使をあたかも日本への謝罪使のように仕立てて名護屋の大本営に送ることに決めた。そしてその欺瞞工作のため使節に先だって行長だけが名護屋に赴くことになった。

（おそらく）五月六日、行長は釜山浦を出発、一年ぶりで故国に戻った。たった一年であったが彼には十年も二十年ものように感じられた戦争だった。それは不馴れな陸戦を戦い、多くの兵を失い、和平を画策し、そのため、太閤をだましてきた一年でもあった。

名護屋で彼は父、隆佐に会い、兄、如清に会った。太閤に謁見した行長が何の話をしたかはほぼ推量できる。彼は太閤の戦意が一向に衰えぬのをその眼で確認するより仕方がなかった。翌日、行長はあわただしく名護屋を発し、釜山浦に戻った。

その後、沈惟敬だけをその釜山に残して三奉行と行長とは明の予備交渉使節と日本に向けて出発した。もとよりこれらの二人の使節は自分たちが三奉行や行長によって謝罪使に仕立てられていることを知らない。それどころか、彼等は逆に上司である宋応昌から「朝鮮国土を還す」「捕虜とした二王子とその陪臣らを返還する」「秀吉に謝罪せしめる」の三条件をもって講和交渉の原則とするよう命じられていた。だから彼等は自分たちを太閤にその意志があるかを聴聞する使者と思っていたのである。

名護屋に迎えられた彼等はそれぞれ、徳川家康、前田利家の邸にあずけられた。二人が日本語を理解できず、日本人接待者が中国語を解さなかったのがある意味で幸いであり、不幸だったかもしれぬ。もし両者が言葉が通じていれば、接待者も使者もたがいに自分たちの誤解に驚愕したにちがいない。彼等をあくまで謝罪使と思いこんでいる太閤は五月二十三日に上機嫌でその引見を行い、六月十一日には豪奢な茶室で茶会を催してやった。

接待員のなかには行長の兄、小西如清や行長の重臣も加えられていたが、当の行長はその間、既に朝鮮の熊川に戻っていた。使節が太閤から鄭重な接待を受けていることは当然、彼も知ってはいたが、その心は出発前よりも重く暗かった。

なぜなら六月二日、太閤は七箇条の条件にある通り加藤清正が捕虜とした朝鮮二王子を返還する許可を与えたが、同時に在朝鮮の各軍団長に晋州を攻略する戦闘準備をせよという秘密指令を出していたのである。太閤の真意が講和にあるのではなく、劣勢の日本軍の態勢をたて直すまでこの交渉を利用して時間をかせぐことにあると行長は見抜いたのである。

くりかえすが彼には現在の段階ではこの交渉はまったく実現不可能だとわかっていた。やがて二使に太閤が与えるであろう講和条件は、さきに三奉行たちに示した七箇条とおそらく変りあるまい。それを知らされた時の使節たちの驚愕と困惑とが眼に見えるようだっう。

た。更に加藤清正たちが命令に基づいて晋州城を攻撃すれば朝鮮側は更に、抗戦の意志をかため、明は日本にだまされたと考え、いかなる行長たちの努力も疑いの眼で見るであろう。

手を打たねばならぬ。いかなる手段を使ってもこの平行線を何処かで交わらせねばならぬ。行長は苦慮し、考え、もがき、自分の陥っている泥沼から這い上ろうとしたのだ。

おそらく常識では考えられぬ非常手段を行長はこの時、思いついた。発覚すれば彼と彼の一族が破滅するような方法を彼は決行したのだ。この危機を救うためにはほかに手段がなかったからである。それはまた、彼が考えに考えぬいた最後の賭けだったのである。

彼は日本軍の晋州攻撃の近いことを沈惟敬に教えたのである。しかもそれを明と朝鮮とに連絡せよとさえ指示したのである。そして晋州城の住民、兵士をあらかじめ撤収させておくならば、日本軍はむなしく引きあげるだろう、とさえ進言した。たとえ相手が沈惟敬であれ、敵側に作戦の秘密命令を伝えるのは明らかに内通である。裏切りである。終戦を待ち望むのは在朝鮮日本軍の軍団長では必ずしも彼一人ではなかったが、このような（日本軍にとっては）背信行為を敢行したのは朝鮮作戦中、この行長一人だけであったろう。

「行長は本府の言詞、切迫せるを見……我が日本、晋州に往くの兵馬三十万、恐らくは当る能わざらん。まさに書を修め、密に報じ、本府の民をして、予《あらか》じめ其の鋒鋭を避けしむべし。彼れ城空しく、人尽くるを見ば、即ち兵を撤して東に回《かえ》らん」（『宣祖実録』）

この内通を日本軍の将兵は誰も知らない。六月二十四日、太閤の厳命にやむなく出動した日本軍は宇喜多秀家、毛利秀元を司令官として、明軍の援助も受けず、さまざまな朝鮮義兵のみによって守られた晋州城を攻撃した。行長の進言を朝鮮側は聞き入れなかったのである。孤立した晋州城は日本軍に包囲され五日の間、すさまじい戦闘が展開された。加藤清正がこの時、亀甲車という皮をはった車を作って城を攻めたという話はあまりにも有名だが、朝鮮義兵軍もまた必死で応戦した。

行長はこの時、やむをえず先鋒軍に加えられたものの、黒田長政がのちに太閤に提出した手紙には「晋州御攻候刻も、小西事は各々より遅れ候て、攻め落し申候あと参候て……」と書いてあるように戦意がまったくなかった。彼はもう無意味な戦いなどしたくなかったのだ。

一方、名護屋にあって日本軍の晋州攻撃など知らされない明の使節は太閤の歓待を次々と受けたが、その帰国前の六月二十七日に、太閤は突如彼等に自分の本意を示し、明の今日までの非礼を非難する条目を与え、翌二十八日にはあの七箇条の威圧的な講和条件を示した。使節の驚愕は言うまでもない。彼等は太閤に謝罪と朝鮮返還の意志があるかを問う予備交渉使として渡日したのだが、そういう意志など日本側にまったく、なかったことがこの時、はじめてわかったのである。

晋州作戦のあと行長は釜山の沈惟敬を熊川によんで局面打開のため、最後の手段を協議した。今はもう、他には方法はない。彼等はここで内通以上に怖ろしい裏切り行為をやってのける。まず太閤の七箇条の講和条件をまったく無視したのである。その代りおそらく明側が納得するであろう新条件を考えた。更にこのたびの戦いは太閤が明から藩王の名号を欲したために起ったのだという太閤の謝罪文を偽作したのである。この偽作の謝罪文は彼が前もって北京への特派大使として平壌まで送っていた内藤如安に托されたが、この点については後に詳細に考えたい。いずれにせよ、この行為を三奉行がどこまで黙認したのかは資料的には明らかではない。我々にも行長が何を頼りにこの大それた行動に踏みきれたかわからない。しかし、もしそれが三成たちに黙認されたとするならば、この非常手段なしには戦争は泥沼に入ることを三奉行も知っており、と同時に、太閤の寿命もそう長くないという予想が彼等や行長の心に無言のうちにあったからにちがいない。

「万暦二十一年十二月二十一日、日本関白臣平秀吉、誠惶誠恐、稽首頓首、上言請告す」という書出しからなるこの偽作の謝罪文は「冀《こいねがわ》くは天朝の竜章を得て、恩錫《おんせき》以て日本鎮国の寵栄と為さん。伏して望む、陛下日月照臨の光を廓《おおい》にし、天地覆載の量を弘め……特に冊封藩王の名号を賜わらんことを」という言葉で明皇帝に阿諛しながら冊封の要求を折りこんでいる。

沈惟敬のこの偽作降表にどの程度まで行長の意向がもりこまれたかは我々にはわからない。しかし惟敬が独断でこの文書を作る筈はなく、当然、その内容は行長と相談の上で書かれたものであるから我々の心には重大な疑問が起きてくる。

その疑問とは、太閤には決して明から藩王の称号を受ける気持など毛頭ないことを行長は熟知していたという点である。むしろ、そのような屈辱的な処置は太閤の自尊心を傷つけ、激怒せしめるのみであることさえ、百も承知していたという点である。太閤は明の征服者たらんとしていた。明の認可する日本の藩王になろうとは夢にも考えていなかった。

にもかかわらず、いかに泥沼のようなこの戦争に終止符を打つためとはいえ、このような屈辱的な条件で講和を結ぼうとした行長の真意は何処にあったのか。我々はこの偽作降表を見る時、その疑問を感ぜずにはいられない。

だが答えは明瞭である。行長はひとつの賭けをしたのである。その賭けとは太閤の死がやってくるという賭けである。太閤の死は遠くはない。その死までに、明の怒りをまず、この形でなだめよう。なだめながら太閤の死を待つ。問題は太閤の死後の豊臣政権である。その豊臣政権はもはや行長にとって国内戦争のための政権ではなく、明や朝鮮との外交、通商の政権であるから、彼等と国交を恢復し、貿易の利潤をあげるためには冊封を受ける必要がある。そして、その貿易を一手に支配するのは日本側では自分でなければならない。

この意図はもちろん、この偽書のどこにも露骨には出ていない。しかしこの行長の意図をぬきにしては、その内容を理解することはできぬ。言いかえれば、この偽作の内容もその後の行長の明との折衝も、第一には太閤の死を前提とし、第二にその死後の豊臣政権のあり方とそこにおける自分の地位を目的として考慮されていると言っていいのである。

この一年以上の間、多くの日本軍将兵は朝鮮作戦が権力者の死がなければ終らないということを切実に感じはじめていた。国内でも国外でも口にこそ出して言わね、太閤の死を待つ気持が拡がっていたことは既にくりかえしのべた。行長がそれについて鈍感であった筈はない。彼はおそらく五月六日、名護屋に一年ぶりで帰国した時、太閤の肉体的、精神的な衰えに注意したであろう。そして彼なりにある印象を持ったにちがいない。それでなければ、このような不敵な賭けを行える筈はないからである。

先にも少し触れたように、この偽作降表が作られる約半年前に行長は、既に特派大使として重臣のなかから内藤飛驒守如安を選んでいた。のちに高山右近と共にその基督教信仰のため家康からマニラへ国外追放となった武士である。その家はかつて丹波八木の城主で足利義昭の家臣であったが、信長と義昭との争いからその領土を失った。行長は切支丹の彼を今日までひそかに保護していた。彼に眼をつけたのは如安の学識教養のゆたかなためでもあろうが、同じ切支丹としてたがいに心を許しあうところがあったためであろう。

大本営の太閤にはこの如安をして名護屋から帰国途上にある明の使節たちと同行させ、北京で七箇条の和平条件を折衝させたいと具申した。真相を知らぬ太閤は一も二もなく、これを許可した。「このたびの二使には御暇、被レ遣候而、即内藤飛驒守殿に唐迄送り届け、その帰国之時、唐より天使を同道して可レ参之由、被二仰付一」（「服部侍衛門覚書」）はこれが太閤の意志のように書かれているが、行長の案を太閤が認めたというほうが正しい。

この内藤如安に前もって行長は何を指示していたか。もちろん、記録がない。しかしその後に如安が北京にあって兵部尚書の石星に宛てて出した請願書を見るならば、そこに行長が彼に与えた指令を我々は、はっきり窺うことができる。

「日本国差来の小西飛騨守藤原如安、謹んで天朝兵部尚書太保石爺の台下に稟《もう》す。小的日本、封を求む……今、議封の時に在り、特に本国一応の人員姓名を将《も》って開報す。伏して乞う。老爺、例に照らして後縁を開き、由って施行せば、挙国、安きを得、万代、恩を頂かん。謹んで計開を稟す」

この言葉からはじまる如安の請願書は、関白豊臣秀吉を封じて日本国王となすことを乞い、同時に、行長と石田三成、大谷吉継、増田長盛、宇喜多秀家の五員を大都督に封じ、特に行長には「世《よ》西海道を加え、永く天朝治海の藩籬と、朝鮮と、世々好《よし》みを修めん」ことを求めている。

既に我々はこの内藤如安の請願書の持つ意味の重さを指摘した。なぜならこの請願書には、少くとも行長の意図があまりにもはっきり出ているからである。

一言でいえばこの請願書のなかで重大な部分は太閤を日本国王になすという明の冊封の

箇所ではない。そのような冊封だけでは太閤が満足する筈はなく、かえってその自尊心が傷つくぐらい、行長は百も承知していた。百も承知していながら、わざと如安をして明朝廷にこれを請願させたのは太閤が死んだあと豊臣政権下での明にたいする自分の地位を確保したかったからなのだ。三奉行と共に自分にも大都督という最高地位を保証されること、更に自分だけに西海道の権利を持つことを認めさせること——それが彼の本心であり狙いだったのだ。

請願書にはさきの太閤の七箇条の講和条件など一顧も与えられてはおらぬ。行長も如安もまったくそれを無視した。彼が今、賭けているのは太閤死後の日本だった。太閤死後の明や朝鮮との貿易支配だった。彼が今、ひそかに待っているのは太閤の死だった。太閤さえ死ねば泥沼に入ったこの戦争は終る。彼はこの請願書を朝廷が受諾するまでに太閤が死ぬことを願っていたのである。それでなければ大本営のまったく知らない、大本営がそれを知れば驚愕するような請願書を明皇帝に提出する筈はないからである。内藤如安の派遣も、如安に指示したこの請願書の内容も「太閤の死、遠からず」という行長の予感の上に立てられているのだ。

こうして行長の講和交渉の最後の脚本はできあがった。太閤がまったく知らぬこの脚本の筋書きに従って、如安は沈惟敬と六月二十日、釜山を出発、京城に向った。

だが行長はある男の動きをまだ怖れていた。その男とは言うまでもなく彼のライバルである加藤清正である。長い間、たがいに友情を持つことのできなかったこの二人は朝鮮戦争の間、ますます対立を深め、離れていった。その清正だけが行長のからくりを予知し疑惑を持ちはじめていた。行長の動きに胡散臭さを感じていた。そのため、清正は行長とは別なルートで明と接触していたのである。

朝鮮や明側もこの日本軍の二軍団長の確執に気づいていた。彼等は二人の仲を更に裂くことによって日本軍の分裂を計ったこともある。徹底抗戦を主張する朝鮮は沈惟敬が自分たちを抜きにして日本と講和を計ろうとしていることに大きな不満を抱いていたし、他方、明の朝鮮派遣軍も沈惟敬が日本にだまされているのではないかと疑いだしていた。なぜなら彼等は惟敬の献策に従って使節を名護屋まで送ったにかかわらず、日本軍は依然として朝鮮南海岸に駐屯し、撤兵の模様なく、あまつさえ晋州を占領したからである。

明軍の将軍、劉綎は日本軍が晋州を攻撃した時、清正と接触をはかり、その真意を探ろうと計画をたてた。更に朝鮮国王は年があけると朝鮮の僧、松雲を派遣して、清正の西生浦の陣営を探らせることにした。陣営を訪れた松雲はその居城の堅固さに驚き、日本軍に撤退の意志のないことを知った。のみならず、彼は清正の口から、内藤如安が北京に赴いたことなどは関知しないと言われ、更にはじめて太閤の講和条件なるものを告げられ、それが沈惟敬たちの語ったものと、あまりに違っているのに愕然とした。しかも清正は傲然と行長を「絶島の塩売りの人間」にすぎぬと侮蔑し、自分の条件のみが太閤と日本大本営の主張するものだと語った。

西生浦の陣営の清正に朝鮮の僧侶が派遣されたというニュースは熊川にいる行長の耳にすぐ入った。彼がこのニュースに狼狽し不安を感じなかった筈はない。自分と沈惟敬とがようやく考えぬいたあの最後の手段が今、そのために発覚する危険があるのだ。清正にすべての真相を知られる怖れがあるのだ。どんな手をうっても清正の介入を防がねばならない。

行長は急いで劉綎に書簡を送った。

「清正、朝鮮に通ずるもの、蓋し是れ両国の大事を妨げざるや。故に僕、速に太閤殿下に奏せんと欲す。庶幾《こいねがわ》くは清正の書を賜い、之を験《しるし》となさん。もし暗にこの事を殿下に奏するも争《いかで》か、之を信ぜんや……」

彼は今、恥も外聞もかなぐり棄てた。清正から講和交渉に関するすべての発言権を奪わねばならぬ。彼は敵にたいし、清正の今度の行為は越権だとさえ言いきったのである。

「王子を出せしは清正の為すところに非ず。すなわち行長の為すところ也。何が故に和を我輩に議することを為さざるや」

この手紙には明らかに行長の不安と狼狽が窺える。彼はもちろん、清正の有利と自分の不利とを知っていた。清正が秀吉の七箇条の条件を堂々と主張しているのに対して、自分はそれを無視し、別個の妥協案を北京に持たせていたからである。当然彼には太閤に清正の越権を訴えることはできる筈はない。だから彼がとった手段は清正の感情的な落度を見つけ、それを大本営に報告することだった。

こうして二人の対立は政治的なものよりは、むしろ個人的感情の争いにさえなってきた。行長が秀吉に清正の越権行為と自分にたいする不当な侮辱（清正は、僧、松雲に行長などは堺の商人にすぎぬと言った）を訴えれば、清正は行長がひそかにセスペデスなる宣教師を朝鮮によび、禁制の基督教を部下に布教させていると報告した。

清正の報告は事実だった。行長は第一軍団の駐屯地である熊川に宣教師セスペデスを招き、麾下の切支丹将兵の告悔をきかせ、ミサにあずからせていたのである。セスペデスはかつて細川ガラシヤこと細川たまに洗礼を授けた神父だったが、行長の乞いを入れて文禄二年（一五九三）の冬から対馬を経て熊川に滞在した。彼の書簡はこの熊川の日本軍の生活をいきいきと語っているが、寒さと食糧の不足、そして疾病のため日本軍は想像も及ばぬほどの苦しみをなめており「あまりにもひどすぎる」とさえ書いている。

清正の報告に行長はセスペデスを呼んだのは彼から近く日本に来るポルトガル商船のことを聞くためだったと弁解した。太閤はなぜか、それ以上、追及はしなかったが、そのため、神父は一年にしてここを去らねばならなかった。

余談だがこの頃、朝鮮南海岸にたてこもった日本軍の軍団長たちは朝鮮人男女をあまた日本に送っていた。開戦以来、彼等の領土は軍兵と農民徴発とのため人手不足で苦しんでいたから、領内の労働力を補う必要があったからである。切支丹の行長でさえ、この悲しむべき行為をやっていたように思われる。

行長の宇土領は彼が領主になった頃は、「年貢、課役さりとては裕福なる御領主にて和らしく思しめされ、百姓の色目を国代より直し候」(『拾集物語』)という善政が布かれていたが、朝鮮作戦以来、「軍備に追われた宇土は社寺領の没収も増税もやむなきに至った。……堺の商人は行長を評して『小西摂州、肥後にて知行三十万石を取られけれ共、未だ銀子一貫目も溜り申さず、との沙汰なり』と言ったと伝えられる」(『宇土史』)というような困窮状態になったのである。

そのような領国に行長はやむをえず朝鮮人の男女を送ったのであろう。彼等のなかで有名なのは朝鮮貴族の娘、ジュリアおたあである。彼女は行長の妻の侍女として宇土に送られ、切支丹の信仰を頼りに生き続けた。行長の死後は徳川家康の侍女となったが禁制の基督教を棄てなかったため伊豆諸島に流され、神津島で一生を終っている。またフロイスは行長は対馬にいる彼の娘マリアのもとに国王の秘書の子と貴族の子の二名を送ったが、マリアは彼等をあわれみ、その一人を神学校に入学させたと報じている。

行長がこうして熊川の第一軍団司令部に滞在しながら清正の講和交渉の介入を警戒しつ

つ、太閤の死をひたすら待ちのぞんでいる間、彼の特派大使である内藤如安は沈惟敬と共に京城に滞在していた。彼等がただちに北京に向えなかったのは、あくまで抗戦を主張する朝鮮側を慰撫し、また和戦両派にわかれて結論の出ない北京朝廷への工作のために時間をとったからである。北京ではもちろん、内藤如安が京城、のちに平壌で待機していることを知ってはいたが、彼等は秀吉の高圧的な七箇条の講和条件をうすうす知っていたし、秀吉の降表が持参されぬことにも不満を持ち、また日本軍が容易に朝鮮南海岸から撤兵しないのを見て、その疑心は決して消えていなかった。沈惟敬を抜擢して講和交渉に当らしめた大司馬石星のみがこの時、和戦両様の構えで、この内藤如安の入京を許し、彼を訂審することを主張した。

石星の意見は明の神宗皇帝に容れられ、それに力を得た講和派はあくまで抗戦を主張する朝鮮国王まで一応、動かすことに成功した。こうしてようやく平壌を出発した内藤如安は釜山出発以来、一年四ヵ月ののちに遼陽に入り、明の遊撃、姚洪に迎えられて北京に向うことができた。

一年四ヵ月の間、如安がこのように足踏みをしていた間、行長はこの彼の最後の賭けが失敗に終るのかと不安に駆られ、沈惟敬にその誠実を問う督促状まで送っている。しかし如安がやっと北京に向ったことを知って彼は愁眉を開いたにちがいない。

今、彼はただ加藤清正を講和交渉からはずすことに専心した。如安が京城を発ったあと、彼は朝鮮側の代表者、金応瑞に書を送り、半ば威嚇的に講和を求めながら、そのなかで次のように書いた。

「仄《ほの》かに聞く。清正、語を貴国に伝えて曰く。婚を天朝に結び、貴国を割地し、然る後に退去せんと。これ則ち、もと関白の意に非ず。而も私《ひそ》かに自ら言をなし、この和議を阻むなり」

それは太閤の七箇条の条件を不敵にも無視した発言だった。この時、行長は完全にあの権力者を裏切ったのであり、太閤にたいする面従腹背のその姿勢は遂にここまで来たのである。彼はもう太閤を本心では問題にしていなかった。あの老人はまもなくこの世から去るであろう。去ったあとの状況こそ、彼の今の最大の関心事だった。彼の信ずる切支丹の宣教師たちも、この頃、ひそかにこの基督教圧迫者の暴君の死をねがったと言うが、行長もまた同じ気持だったのである。

その予想通り、この頃、権力者の肉体はその放縦な生活のため、少しずつ蝕まれていた。文禄二年（一五九三）の夏、太閤の養子であり、関白職を継いだ豊臣秀次は秀吉側近の木下吉隆に次のように書いた。

「太閤御方、有馬御湯治之所、御咳気、又、御腹中、被レ煩之由、尤無二心元一思召候」

文禄三年（一五九四）の七月には太閤の衰弱を知らせる手紙が三奉行から鍋島父子に送られている。死は少しずつ、確実にこの権力者を捕えはじめていた。しかも、明の朝廷が和議を成立させる前に死が権力者を襲うことを行長はどれほど祈ったであろう。……

十一　夢の砕かれる時……

〈行長、三十七歳から三十九歳〉

こうして行長がひたすらに権力者の死の来るのを待ち続けた文禄三年（一五九四）の暮、彼の使者、内藤如安は遼東から北京への長い長い旅を続けつつあった。そして如安は一年半の歳月を経たのち、十二月六日、目的地にたどりついたのである。

入京を許可したものの、明の朝廷はまだ日本の真意を疑った。行長はあくまで秀吉が冊封のみを求めると主張しているが、その主張は清正の提出した条件とは食いちがっている。如安は明朝廷できびしい査問を受けねばならなかった。

査問に先だって明の兵部省は如安に誓約書を書かした。それは、三箇条から成っていて、第一に朝鮮から日本軍は全面的に引きあげること、第二に明から封を受けても通商を求めぬこと、第三に二度と朝鮮を侵略しないという約束だった。如安はこの誓約書を受け入れた。

二週間後、兵部尚書の石星を議長とする査問委員会が開かれた。諸僚環坐のなかで十六項目にわたる、追及と質問が次々と彼に浴びせられた。それはたとえば日本軍侵略の理由やその意図、更に日本の国内事情についての質疑であったが、如安は時には弁解し、時には沈黙を守った。

如安はどうやら査問委員会にパスしたようだった。委員長の石星は先に東闕で如安に誓わせた三箇条の誓約を履行することを条件にして、秀吉に日本国王の名称を与え、正月以内に冊封使を日本に送ることを諸僚に提案したからである。

年があけた。日本では文禄四年（一五九五）である。如安は石星にかねてから行長の指令によって作成した請願書を送った。これは言うまでもなく、我々がその重要さをたびたび指摘したあの日本側の冊封請願書である。

今一度、その請願書の主要なる部分をここに引挙する。行長の意図がそこに露骨に出ているからである。

(一) 日本国王は有ること無し。挙国の臣民、関白豊臣秀吉を封じて日本国王と為し、妻、豊臣氏を妃と為し、嫡子を神童世子と為し、養子秀政（秀次）を都督と為し、仍って関白と為さんことを乞う。（傍点、遠藤）

(二)　豊臣行長（小西行長）豊臣三成（石田三成）豊臣長成（増田長盛）豊臣吉継（大谷吉継）豊臣秀嘉（宇喜多秀家）、以上五員は、大都督に封ぜんことを乞う。独り行長は世《よ》西海道を加え、永く天朝治海の藩籬と、朝鮮と、世々好《よし》みを修めん。

(三)　釈玄蘇は日本禅師に封ぜよ。

(四)　豊臣家康（徳川家康）豊臣利家（前田利家）豊臣秀保（羽柴秀保）豊臣秀俊（羽柴秀俊）豊臣氏卿（蒲生氏郷）豊臣輝元（毛利輝元）平国保（未詳）豊臣隆景（小早川隆景）豊臣晴信（有馬晴信）豊臣義智（宗義智）、以上十員は、亜都督に封ぜんことを乞う。

七項目からなるこの請願書を見ると、我々は幾つか奇怪なることに気づく。一目瞭然としているのは、この冊封は三奉行と行長にのみ大都督の地位を与え、国内では彼等よりも地位の高い家康や利家が亜都督というより低い地位にすえられていることだ。のみならずこの七項目には加藤清正の名はどこにも見当らぬのである。理由について我々は再三にわたってのべてきた。結論はこの請願書は秀吉死後における豊臣政権の設計図であり、見とり図であり、三奉行と行長が支配する豊臣政権の腹案がそこに露骨に書かれているためである。

だがそれと共にもう一つ、興味あることにここで気づく。それは我々が傍点をふった、「嫡子を神童世子と為し、養子秀次を都督と為し、仍って関白と為さんことを」という箇所である。

この箇所は明らかに秀吉死後の豊臣政権継承者に関する部分である。この請願書が作成され、そして一年半後の文禄四年、正月四日に如安の手で北京朝廷にそれが提出された頃、日本国内ではまだ秀吉の後継者は養子の関白秀次と定められていた。文禄二年（一五九三）八月に秀吉は淀君との間に実子拾丸（秀頼）をもうけたが、しかしそれより早く、公式には秀次が後継者となることは天下、これを疑わなかった。

このことを考えながら、今一度、如安の請願書を読みかえすと、三奉行や行長は大都督に任ぜられることを要求しているのにたいしてそこには傍点の箇所のように「養子秀次を都督と為す」ことは求めているが、現関白であり、公式的に豊臣政権の後継者である秀次はこの冊封請願書のなかでは軽視されているのである。

いかなる理由で？　もちろんこの請願書は行長と沈惟敬とが作成したものであり、太閤の同意や許可を得たものではない。だが秘密の文書であるだけにそれは行長の意図を露骨に示していると考えてよい。行長はここで秀吉死後の豊臣政権の見とり図を書いた。だがその見とり図には関白秀次の存在を彼は独断で軽視しているのだ。

この越権的な行為をどう考えてよいのか、わからない。もちろんそこからある想像や推定が心に思い浮かぶのであるが、それを裏づける資料がない以上、大胆な結論を出すことは差し控えたい。だがこの見とり図はその後の秀次の運命も見透しているのだ。

この文禄四年の正月、秀吉は吉川広家に手紙を送り、文中「来年　関白殿、有㆓出馬㆒」

と書き、後継者である関白秀次が来年は朝鮮日本軍の総指揮をとることを予告している。もっとも秀次出馬については既に京城陥落の報を受けた時から太閤が決定していたのだが、その後さまざまな事情で実現を見なかったのである。

だがその太閤と関白秀次との間にはこの文禄四年の四月頃から実はひそかな軋轢が生じつつあった。表面的にはこの四月、秀次は伏見城に太閤の御機嫌を伺い、太閤もその頃死んだ秀次の弟、秀保の死を慰める使者を出すなど、一応は円満なる関係を装っていたが、五月にいたり、秀次の反乱の噂がながれ、六月二十六日（『川角太閤記』による）、太閤は三奉行ほか富田左近、徳善院の五人を使者として、その真否を詰問し、秀次に起請文を差し出すよう命じている。

七月にいたって秀次は太閤から伏見に召喚され側近の木下吉隆の邸にあずけられた。そこから更に高野山に押しこめられ、七月十五日、切腹を命ぜられている。またその眷族、姫、妻妾ことごとく三条河原で極刑に処せられた。

あまりに有名なこの秀次抹殺の大事件は拾丸（秀頼）を得た太閤が養子の秀次を後継者にする気持を失ったためであり、また秀次の私生活が乱脈をきわめたためでもあるとも言われている。だが、この秀次抹殺の大事件と、さきほどの如安の請願書の内容を照らしあわすと、我々にはそこに繋《つな》がりがあるような気がしてならない。

もちろん、それ以上の想像は裏づける資料がない以上、我々は勝手な想像は慎まねばならない。しかし、この頃、秀次抹殺事件の背後には行長と親しい石田三成の策謀があったという噂がながれ、また、もし関白が朝鮮派遣軍の総司令官になるならば、行長の講和交渉は進捗しなかったろうと考えるならば、我々はやはりこの請願書の秀次無視にはこだわらざるをえないのである。

いずれにしろ、こうして内藤如安の講和交渉が軌道に乗りはじめた文禄四年、行長はどれほど秀吉の死を願ったであろう。彼は如安の交渉が成立し、明がその冊封使を日本に派遣するまでに太閤がこの世を去ってもらわねばならなかった。もし、太閤がその冊封使という講和大使を謁見するならば、すべては発覚し、彼の今日までのからくりは白日の下に曝されるからだ。冊封使が日本に到着するまでにできるなら太閤は死んでほしい——行長はそう考えた筈である。

「太閤様、去十五日之夜、……御覚なく小便たれさせられ候」（『駒井日記』文禄四年四月十七日）

太閤の肉体は衰弱しつつあった。だがこの時期、彼はまだ病床に臥すほどにはいたらず、行長の頼みとする三奉行が政務をすべて代行しているのではなかった。行長は太閤の死を待ち望んだが、それが現実になるよりも北京における講和交渉のほうが早く進み出していた。彼の計算は誤ったのである。

北京では内藤如安の査問が終り、その請願書は受け入れられた。石星たち講和派は反対派を押しきって日本に冊封使を送り、この戦争に決着をつける諸準備を進めはじめた。しかし彼等といえども日本軍が依然として南朝鮮に駐屯していることは許せなかった。日本軍の全面的撤退が冊封の前提条件だったのだ。講和論者は行長にこの条件を伝えるべく、使者、陳雲鴻を熊川の第一軍団司令部に送った。

　行長は陳雲鴻を迎えて狼狽した。日本軍の撤退というその要求に狼狽したのではない。講和交渉が彼の計算よりもあまりに早く進み、冊封使が近く北京を出発すると知らされて狼狽したのである。太閤はまだ死んではいない。彼が死ぬ前に冊封使が日本に到着すれば、行長の作った偽の降表も一切のからくりも発覚してしまうのである。

　冊封使の派遣を待ちながら、他方ではあまりに早いその渡日を怖れた彼はここで矛盾に追いこまれた。彼と陳雲鴻の交渉経過をみると、その苦慮がはっきりわかるのである。

　追いつめられた行長は窮余の一策を思いつく。それは冊封使を朝鮮のどこかに留めて、できる限りその日本への出発を引きのばすことである。このほか、この矛盾を切りぬける方法はない。そのためには日本軍撤退を餌《えさ》にするのがよい。だから、「もし、天使（冊封使）、京城あるいは南原等の処に来到せば」行長のブレイン、玄蘇は陳雲鴻にこう提案する。「まさにことごとく撤回すべし」。

　冊封使が朝鮮に入ればもうしめたものである。明政府はよほどの事情のない限り一度出した命令を引っこめる筈はあるまい。あとは日本軍撤退をできるだけ滞らせ、時間をかせげばよい。その間には太閤は病のため、政務を見ることができなくなるかもしれぬ。そうなれば行長と通じている三奉行が政務の代行をするから（関白秀次の抹殺はこの時、まだ行われていなかったが、この点からみても行長はそれを予知していたと我々は考えるのである）すべては発覚せずに講和は成立する。

この計算のもとに陳雲鴻に、行長はこう主張する。「我等、あに早く帰るを欲せざらんや、ただ大事、未だ完《まった》からず、軽々しく退くべからず。天使（冊封使）近くまさに出で来るべしと云うといえども、而も従前、天朝（明政府）吾を欺く甚だ多し」あるいは「今、天使、出で来ると云うといえども、また安《いずくん》ぞ、実と不実とを知らん」。

冊封使が本当に北京を出発したのかどうかが確実になるまでは、撤兵には応じられぬ。それが撤兵を遅延させる行長の口実だった。如安が北京に入京するまで一年半もかかったことを考え、冊封使の渡日を引きのばすことを行長は謀ったのであろう。

このように時間をかせぎながら、その間にうつべき手は何か、と行長は考えた。その後の彼の行動は、明や朝鮮に自分が日本軍の撤兵に懸命に努力していると見せかけながら実は一年の遅延を謀っている。そこにも彼の面従腹背のやり方があらわれている。明の陳雲鴻に続いて、今度は朝鮮政府の使者、朴振宗が熊川にやってきた。（朝鮮としては藩主国の明が講和を承諾したとすれば、泪をのんで同じ態度をとらざるをえなかったからである。）その朝鮮の使者にも行長たちは撤兵は冊封使が京城、南原に到達してからだとくりかえした。

だが、計算はまた失敗した。時間をかせぐという彼の作戦とは反対に北京の講和交渉が予想以上に早く進展したからである。冊封使は既に北京を出発していた。しかも彼等はその旅を遅らせることなく四月には沈惟敬や内藤如安と共に京城に到着する手筈になっていた。

これを知った時の行長の狼狽は計りしれないものがある。彼は冊封使が京城に到着するまでは、まだ余裕があると思い、その段階で日本軍は全員撤兵すると明にも朝鮮にも約束してきたのである。このように早く、すべてが進むとは彼は考えてはいなかった。彼の気づかぬ間に情勢は一時的な弥縫と誤魔化しを許されぬ段階になっていたのだ。

一体これはどうしたのか。行長は自分の共犯者だった沈惟敬に事情をきき相談するほかはなかった。あわてた彼は朝鮮政府に次のような書を送り、日本軍撤兵を協議するため冊封使に先だって沈惟敬の来訪を待つと乞うた。「先ず沈惟敬を差し、営に入りて相議し、天使、営を進めば、すなわちこれ貴国平安、倭兵還国の良策なり」。

沈惟敬はこの求めに応じて、京城に向う冊封使より先だって行長のいる熊川にやってきた。この明の策士と面従腹背の男とは情勢を綿密に再検討する。冊封使を遅らせることはもうできぬ。できぬとすれば日本軍の撤退を太閤に認めさせることしかない。と同時に二人がうった芝居を太閤に知られることなく、終幕まで持っていくより仕方がない。それが彼等のだした結論だった。

しかしここにその芝居の嘘とからくりを気づきはじめた男がいた。その男とは言うまでもなく、加藤清正である。行長にとってはどうしても肌のあわぬこの「土の人間」はこの芝居にある疑わしきものを嗅ぎつけ、それを立証するために朝鮮と単独に接触を続けている。彼は既に、今日までの行長たちのからくりと嘘を朝鮮側に問いただすことでどうやら感づいたようである。もしこの男が冊封使の渡日に際し、太閤にすべてを報告し、訴え出るならば、今日までの苦心も講和交渉も音をたてて崩れるのだ。

その男を太閤から遠ざけねばならぬ。その男をとり除かねばならぬ。追いつめられた行長は沈惟敬との協議の末、そう決心した。もし清正にすべての発言権を失わさせれば、太閤は何も知らず、何もわからぬまま、冊封使を明の降伏使者として引見するだろう。あとの諸条件は交渉の複雑さに名をかり、時間をかせぎ誤魔化せばよい。そのうちに、衰弱した太閤は病に倒れ……。

この時、行長は腹をきめた。彼は太閤に日本軍撤兵のやむをえざる事情を説明するため、更に清正を遠ざけるために、帰国する決心をしたのである。清正を遠ざけるためには、讒言という卑劣な手段を用いても今はやむをえなかった。

四月二十七日、彼は沈惟敬を釜山におき、一人日本に戻った。彼がどのように太閤に日本軍撤兵の必要を説明し、その許可を求めたかは資料がない。資料がないが、彼がここでもこの権力者をだましたことは明らかである。それが行長の当初からの腹案であったか、それとも太閤が認めたのかは不明だが、とにかく日本軍の過半数の撤退が許可された。

行長は清正の非行を訴えた。日本側資料をみると、それは、清正がたびたび自分を敵にたいして侮辱し、その侮辱がどのように講和交渉に妨害を与えたか、また清正が許しなく豊臣朝臣と称し、越権行為を行った点などを指摘したのである。日本軍撤退とこの讒言が成功したのはもちろん石田三成たち三奉行の口ぞえと支援とがあったためである。その後の清正の三成にたいする憎悪はこれによって決定的になった。

しかし、清正の件はともかく、日本軍撤退が秀吉にとってすぐ許可されたわけではなかろう。さきの帰国とちがい、行長は二ヵ月ちかい日数を日本に滞在せざるをえなかった点をみても、行長が三奉行を通して、さまざまな苦心努力をしたことが想像できるのである。

行長は力をつくして、ようやく日本軍の過半数の帰国の許可を得た。更に妨害者であり警戒せねばならぬ加藤清正を太閤から引き離すことにも成功した。こうして目的を果した六月二十六日、行長は釜山に戻っている。

全面撤退を主張する明は日本軍が一応は兵を返しながら遅々として進まずその軍隊の一部をまだ残していることを非難したが、行長の弁解と沈惟敬の確信ありげな報告に基づいて、ともかくも京城に待機していた冊封使の副使楊方亨を釜山に往かしめた。続いて、正使の李宗城も九月五日、京城を発し、十一月、釜山に入った。熊川の司令部を引きはらった行長はこの釜山に移っていたのである。

こうして十二月一日、冊封使は行長たちに謁見した。行長は寺沢志摩守や僧玄蘇、および麾下の諸将と共に礼をつくしてこれを迎えた。正使の李宗城は行長たちに冊封の内容を明らかにし、太閤に与える明皇帝の金印と誥勅を示した。

行長たちは「皆、跪いてこれを聴き」「皆笑い、踴躍《ようゆう》して出で、相与《とも》に語りて、頗る喜色を示」(『宣祖実録』)した。

おそらく行長は感無量であったにちがいない。思えば長い長い努力と辛い思いとで、やっとここまでたどりついたのである。彼と宗義智とだけがこの和平交渉のために工作を続け、太閤をだまし、危険を犯して、ともかくもこの日を迎えたのだ。脳裏には京城や平壌に入城した折の廃墟の街が蘇ったにちがいない。あの時の彼は和平をはかるべき相手をそれらの街に見失ってしまったのだ。それから平壌での無残な敗戦がつづき明軍の攻撃がはじまった。雪のなかのみじめな敗走。講和の望みが絶たれた日々。

だが今、冊封使が示したこの金印と誥勅は太閤を日本国王に封ずることを証明している。

いや、そんなことは問題ではないのだ。行長が満足だったのは明が彼の努力を認め、彼と三奉行とに大都督の称号を与え自国と朝鮮と外交面では彼の全権資格を認めたことである。今、行長のまぶたには太閤死後の豊臣政権で自分が坐るべき場所が、はっきりと見えたのである。対外外交と貿易の統率者。外務大臣と通産大臣との二つの椅子が明の認定によって保証されたのである。

その上、加藤清正の発言権は奪っている。行長の讒は成功し、太閤は清正に帰国と謹慎とを命じたからである。当面の妨害者がこうして姿を消した以上、自分の芝居は成功するかもしれぬ、と行長は考えたにちがいないのだ。今その最後の幕は、あげられようとしている……。

だがその最後の幕までの時間が長い。冊封使の日本到着からはじまる第三幕の幕がなかなか上らない。それは、一つには日本軍の全面撤退が相変らず進まず、第二には朝鮮側にまだ講和反対の声がくすぶっていたためである。冊封使はそのために釜山にとどまったまま、日本に赴くことができなかった。一時は光のさしはじめた空がふたたび鈍い雲に覆われた感がある。

行長は必ずしもこの状態を悲観しなかった。彼は太閤の健康がこの間、更に衰えるのを期待していたからである。そして権力者の肉体はこの年の終り頃から急速に弱くなっていった。

十一月十七日　依二太閤御不例一　政所より不動法被レ行云々
十一月二十七日　依二太閤御不例一　御神楽有レ之　出御（『小槻孝亮日記』）

講和が成功するために、それが半年のびるぐらいは今の彼にはもう気にならなかった。彼はただ明のように講和使節を派遣することをためらっている朝鮮とは折衝はしたが、日本軍の全面撤退には積極的ではなかった。彼は沈惟敬に名護屋に赴き、太閤に謁見することを協議したが、もちろんそれは明にたいして見せるポーズであり形式的努力にすぎなかった。沈惟敬が日本にわたっても太閤が今更、日本軍の半数撤退以上を認めぬことを行長も惟敬もよく知っていたのである。沈惟敬も太閤と面接不可能であっても、そこまでやった以上は冊封使を出発させるより仕方がないと明政府に語っている。こうして惟敬と行長とは冊封使接待の準備をするという口実のもとに翌年の慶長元年（一五九六）正月、日本にわたった。

一方、使節を送ることをあくまで渋る朝鮮にたいしては行長のブレインであり宗義智の家老から抜擢されて秀吉の外交顧問となった柳川調信が妥協案を示した。妥協案は行長や義智がこれまで再三にわたって太閤をだました同じ方法だった。使節と言っても別に高官でなくてよい。「住近の一官員を得、仮《か》りに通信使と称し、数日の内に営中に進来せば、則ち我輩……以て通信使已に到ると為すと云わば、則ち、彼（太閤）必ず之を信じ」（『宣祖実録』）るであろう。これが柳川調信の提案だった。

ここにいたって朝鮮も、渋々とこの妥協案をのんだ。最後の幕をあげる準備は一、点、を除いて、ここにできあがったのである。

その一点については不幸にして我々はそれが事実であるか、どうかの確実な資料を持っていない。起った事件の真相についてはいろいろな想像があって、どれが事実か、立証できぬのである。その事件とは行長と惟敬とが日本に渡って三ヵ月後の四月二日、突然、冊封使の正使だった李宗城が「夜半、微服を以て」釜山の日本軍司令部から遁走したことである。『再造藩邦志』によれば真夜中、李宗城は家丁の一人だけを連れ、微官に変装し、顔を布でかくし、日本兵をだまして城門を開かせ脱走した。彼等は山谷にかくれ、三日間、飲まず食わずの後、慶州から京城に向った、と言う。

理由がどこにあるのか、わからない。ある説は李宗城が行長の娘であり義智の妻であるマリアに手を出そうとしたため、義智の怒りをかい、身に危険を感じて逃れたと言い、別の説は日本軍は内心では彼を冊封使としてではなく人質として日本に送るという風説を耳にしたため、怖れて脱走したという。しかし他方、こうした恐怖感を李宗城にわざと与えたのは他ならぬ沈惟敬だったと『両朝平攘録』や『武備志』は伝えている。

かりにこの正使脱走事件が沈惟敬の意識的な工作であったとするならば、我々はその理由を次のように推論するより仕方がない。沈惟敬は冊封使が渡日後、何も知らぬために北京政府が錯覚している彼等の講和条件を、そのまま太閤に伝えることを怖れていた。それゆえまず正使を追い、自分がその冊封使の一人となるようにひそかに計画したとも考えられるからだ。

事実、この驚くべき事件のあと、狼狽した北京政府はとりあえず、副使の楊方亭を正使にして、沈惟敬を副使にせざるをえなかった。それらの事情から見ると、この事件の背後には沈惟敬と行長の工作が考えられぬこともない。

ともかくも準備はほぼ完了した。あとは最後の幕があがるのを待つだけである。最後の幕で彼等が行うであろう芝居を邪魔する者たちも既に排除された。行長の讒言と石田三成たちの工作は効を奏し、加藤清正は太閤の勘気を蒙って四月、日本に召還の命令を受けて帰国せざるをえなかった。正使の李宗城は逃亡して、そのかわり沈惟敬が副使に任ぜられた。

行長や沈惟敬の考えでは終幕の舞台は次のように進行する筈だった。明の冊封使は日本に到着後、謝罪使という名におき変えられるであろう。言葉のちがいと相互の誤解をあくまで利用してこの誤魔化しを最後まで押し通さねばならぬ。太閤が何も気づかず、何もわからず彼等を引見するように運ばねばならぬ。

引見が成功すれば、一応は安心できる。もちろん最大の危惧は太閤がおのれの提出した七箇条の条件を履行することを命ずる点にあるが、それは時間をかせぐことによって糊塗するより仕方がない。時間をかせぐうちに太閤は死ぬだろう。後継者だった関白秀次は既にこの世にはいない。秀頼はまだ幼い以上、この問題は三奉行の手によってすべて有耶無耶にできる筈である。

それらが行長の第三幕にたいする演出プランだった。もとよりプランは必ずしも彼の満足いくものではない。彼の最初の計画では冊封使が日本に向う前に、太閤に死んでもらいたかったのだ。その点、彼の予想ははずれていた。死はまだあの権力者を摑んではいなかった。

だが、事情がこうなった以上はこのような形で終幕をあけねばならぬ。幕が無事におりるか、否かについて行長にどこまで自信があったか、我々にはわからない。おそらく彼はそれを五分、五分と見ていたであろう。もし、すべてが裏目に出れば……行長はあるいは死を覚悟していたかもしれぬ。

正使となった楊方亨を釜山においたまま、沈惟敬は日本に滞在した。おそらく彼の目的は終幕を成功裡に終えるための下準備と工作とにあったであろう。彼が伏見において太閤の側から饗応を受けていたという事実は、その工作がともかくも進められていたことを意味している。

こうして六月十五日、釜山に残っていた正使、楊方亨も日本に向けて出発することになった。二十二日、堺に到着、伏見にのぼった。あとは朝鮮側の使者を待つだけだった。幕はまさにあがろうとしていた。

誰がこの時、大地震を予想していたであろう。誰がこの時、最終の舞台を狂わせるものが、人間ではなくて天変地異だったと予知していたであろう。それは前例のないほど大きな地震だった。しかもその地震は長年にわたる行長と沈惟敬の工作、苦心の上にも苦心を重ねた仕上げまでゆすぶり、ひびを入れたのである。

閏七月十三日未明午前三時地鳴りがした。大地が震えた。冊封使たちが謁見を受ける伏見城の天守閣は音をたてて崩れおちた。天守閣だけではなく、城を形づくるすべての建物も庖厨を除いて大破した。城内の多くの男女が死に、城下町の諸将の邸、ほとんどの民家も崩壊した。地震は伏見だけでなく京、大坂にも及んだ。京都でも「死人その数を知らず。鳥部野の烟は断えず」という有様だった。余震は翌日から数ヵ月も続いてやまなかった。

伏見城にあった太閤は危く助かり、しばらく、ただ一つ残った庖厨にいたが、平地は危いと見て、山上に薄板をめぐらした小屋を作らせてそこに逃れた。

地震が起った十三日の朝方、勘気を蒙っていた加藤清正は三百人の足軽に梃子を持たせて出仕し、中門の警備にあたった。秀吉はこの時、庭にうずくまった清正のやつれた顔を見て落涙し、怒りを解いた。

言うまでもなく、これは「地震加藤」で名高い場面であり『高麗陣日記』にも書かれている出来事だが、それがどこまで事実を伝えているかはわからぬにせよ、この地震のために清正は太閤の勘気を解かれたのである。行長が終幕の舞台に決して登場させたくなかったこの「土の人間」が、ふたたび発言権を得たのはこの時からである。

行長と沈惟敬とはこの地震を夢にも予想してはいなかった。まして地震によって彼等がやっと太閤から引き離した男が名誉と力とをとり戻すなどとは思いもしなかった。彼等がそれを知った時、どれほど狼狽をしたであろう。

大地震によって思いがけなく勘気を解かれた清正が太閤にたいして行長と沈惟敬の工作のすべてを訴えたという資料はない。だがこれをぬきにしては、九月一日から大坂城で行われた明使謁見の場面で太閤が講和を破裂させた事情の一端は考えられない。またその謁見の許可も明使だけに許され、朝鮮使節には与えられなかった事情も解くことはできぬであろう。

地震は閏七月十三日に起り、清正は翌日、許された。八月四日に朝鮮の使節も堺に到着し明使と合流をした。そして明使だけの謁見が九月一日に大坂城で行われた。この二ヵ月にちかい間に清正が腕をこまぬいて何もしなかった筈はあるまい。

だが、いずれにしろ、大坂城で明使だけが謁見を許された。朝鮮使節にたいしては太閤はまったく黙殺の態度をとった。彼等が卑官であるということがその理由であり、また朝鮮使節のなかにさきに日本側が釈放した二王子が加わっていなかったことも太閤の気持を害したのである。九月一日、明の正使、楊方亨と副使の沈惟敬とは行長と宗義智たちに先導されて大坂城の大広間に入った。徳川家康をはじめ諸侯次の間に正座するなか、近習に刀を持たせた太閤があらわれた時、金印を持した「惟敬は匍匐《ほふく》し、方亨も」これに随ったという。秀吉は彼等に労《ねぎら》いの言葉を与えたが両使はこれを「己れを責むるものと」受けとったと『続本朝通鑑』はのべ、明側資料は「大いに責譲《せきじよう》の語あり」と書いている。

沈惟敬でさえ、太閤の労いの言葉を非難の言葉と誤解したのはもはやこの最後の芝居に自信を失っていたためであろう。この時、行長が「足ふるえ、口ごもる」両使を促して、冊封の金印と封王の冠服を捧げさせた。諸侯にも冠服が贈られ、夕べにいたって明使に饗応あって第一日の謁見は無事に終った。

だが太閤が怒りを見せるのは多くの場合、抜きうち的である。九州作戦の折、宣教師コエリュは秀吉と謁見したその夜、突如として切支丹禁制の告示を受けている。第二日も猿楽が催され、昨日、贈られた赤い冠服をまとった太閤は機嫌よく酒盃を使節に与えたが、第三日、彼等と三度目の謁見を行っていた時、彼は突然、朝鮮出兵を宣言した。

この理由については従来、三つの見方がある。一つは三日目の謁見において冊封の国書朗読を僧、承兌《しょうだい》に読ましめた時「爾《なんじ》を封じて日本国王と為す」という言葉に激怒したという説であり、もう一つは、秀吉は明にたいしてではなく、朝鮮が使節と称して卑官を送り、しかも自分の提示した条件をまったく履行していないことに怒りを発したという説である。三番目の説では謁見の儀が終ったのち、堺に戻った使節が朝鮮からの日本軍撤兵と駐屯地の破棄を要望したため、太閤は突然、憤激したと言う。

我々はこの三つのいずれが事実かはわからない。これについては多くの史家が議論しているが確実な結論は出てはいない。

だが確かなことは、さきにも触れたように太閤が来日した明使には謁見しているが、朝鮮使節にはその到着以後一顧も与えていない点である。朝鮮使節と会う意志のなかった彼が少くともこの使節が堺に到着した時から彼等と講和を結ぶ意志を持たなかったと考えるほかはない。

我々はそこに行長のライバルであった加藤清正の介在を見る。太閤にたいし、ひたすら忠実である清正が伏見の大地震で勘気を解かれたのち、行長たちの瞞着に沈黙していたとはどうしても思えないからである。清正は少くとも日本に来た朝鮮使節が秀吉の要求するような王子や大臣クラスの高官ではなく、急ごしらえの卑官であることは暴露したにちがいない。太閤はこの時既に、明とは一応の妥協をしながら朝鮮には再度の出兵を考えていたであろう。つまり彼のこの時の気持には明を征服するなどということは消え、ただ朝鮮の八道だけはわがものにしたいという考えがあったのであろう。

我々は今日まで江戸時代の資料から、太閤が謁見の席上、突如として激怒し、感情の赴くままに再出兵を命じたととかく考えがちである。しかし太閤ほどの老獪な男が計算なしに行動を起す筈はない。切支丹禁制令の時もそうであったように、彼の「抜きうち的」な指令には、考えぬかれた計算がかくされているのだ。もし太閤が謁見三日目に激怒したとしても、この時は既に朝鮮使節にたいしては講和を結ぶ気持はなかったと見るべきである。彼は清正と行長との対立する報告の真偽を確かめるためにも明使との謁見を許した。そして三日間の謁見の間、彼は清正の意見の正しさをはっきり感じた。

老獪な太閤はここで明の使節にわざと寛容な態度を示している。寛容な態度を示すことで相手に気を許させ、その本心と真意を暴露させるためである。彼は謁見後、堺に戻った使節たちに四人の僧侶を送り、その望むものを叶えたいと言わせたのである。この甘い餌に沈惟敬ほどの男がひっかかったのは太閤の術策があまりに巧みであったからだろう。沈惟敬と楊方亨は、朝鮮にある日本軍城塞すべてを撤去してほしいと答えた。

これで清正の報告の正しかったことは、はっきり確認された。行長の欺瞞があかるみに出たのである。太閤は激怒した。「小西奴を呼び出せ、首をはぬべしと罵《のの》しり給う」(堀杏庵『朝鮮征伐記』)。

行長はこの太閤の憤激から、どうして免れえたのか。本来ならば処刑されてしかるべき裏切りにたいし「行長、大いに恐れ、全く一人の致すところにあらず、三奉行申合ての事也とて、数通の証文を出す。此によって小西不レ及二子細一」（『武家事紀』）。またこの時、淀君や前田利家が太閤をなだめ、「淀君がこの事件の張本人はこの自分であると告白」（シユタイシェン『キリシタン大名』）（註一）した、と言われている。太閤はこの欺瞞の背後に行長だけでなく三奉行、その他の有力な支持があったことに気づき、愕然とすると共に、彼等を処罰することの波紋と不利に気がついたのであろう。

いずれにしろ、こうして行長の工作は発覚し、暴露された。長い長い間の苦労のつみ重ねも今、一挙にして水泡に帰した。太閤は国外再出兵を命ずるであろう。すべてはふり出しに戻ったのである。

ふたたび明や朝鮮を敵にすることは行長にとって野心が終ったことを意味した。彼の夢は太閤死後の豊臣政権下で最も中枢部を占める外交と貿易を支配することであった。切支丹である彼は南蛮貿易に有利な地位を持っていたが更に明と朝鮮とから外交代表と認められれば野心は果されるのである。彼が明に大都督に任ぜられることを要請したのもそのためだった。だがその夢は今、消えた。

この時、行長の深い挫折感には怒りと恨みとの感情も烈しく起った筈である。彼は自分の夢を一挙に砕いたもの、智慧と術策の限りをつくして作りあげた終幕の舞台を蹂躙したものを呪わなかった筈はない。彼はひそかに復讐と報復とを心に誓った。文禄の役につづく慶長の役で行長が何をしたかを見ると、この復讐と報復の心がはっきりわかるのである。

註一　森山恒雄氏は『宗及茶湯日記』や『利休百会記』から行長の背景に利休を頂点とする堺商人団と、住吉屋宗無のような宥和派の御伽衆の存在していたことを指摘されている。したがってこれらの商人団、御伽衆たちも行長をこの時、支持したのかもしれない。

十二　復讐と報復

〈行長三十九歳から四十一歳〉

だが、この講和条約が破裂した直後に日本切支丹史の上で見逃すべからざる事件が起っている。フィリッピンを発しメキシコに向っていたイスパニヤ船「サン・フェリーペ号」が台風に巻きこまれて流され、土佐の浦戸湾に流れついたのである。この報告は慶長元年（一五九六）の九月四日、つまり講和が破裂した直後に土佐からの急使によって太閤の耳に達した。世に言う「サン・フェリーペ号」事件がこれである。

この船の処置をめぐってその後二ヵ月の間に複雑な経過が続くが、太閤はこれを日本を侵略する武装船と見なして、船荷のすべてを没収し船員を留置せしめた。更に彼はこの事件を利用して、今まで寛《ゆる》やかにしていたさきの切支丹禁制令を強化することを決心し、十月十九日、京都に黙認の形で在住していたフランシスコ会の宣教師たちをことごとく捕縛し、処刑することを命じた。この背後には日本布教をめぐってのイエズス会とフランシスコ会との勢力争いがあったと言われるが、その真相を解くことが本書の目的ではない。

この事件は今までひそかに信仰生活を守りつづけていた太閤の切支丹家臣たちに大きな衝撃を与えた。ある者は殉教を覚悟し、ある者は宣教師をかくまうために全力をつくした。

この十月十九日事件の折、行長はたしかに大坂か堺に滞在していたと思われる。太閤家臣のなかでも右近追放以後は切支丹武将の代表者とみられていた行長がこの事件にどのような反応を示したかは、資料は語っていない。彼はこの時、講和の決裂と太閤の怒りという苦境にたたされていたのである。彼が捕えられた宣教師たちのために何を行ったかは、我々にはわからない。

だが我々はこの逮捕事件が、やがて宣教師処刑の命令にいたる間に、切支丹ならざる石田三成が前田利家と共に太閤の怒りを和らげるために、並々ならぬ努力をしたことを知っている。まず彼は太閤がフランシスコ会のみならず、イエズス会の神父たちも捕縛することを命じたのを巧みに反対し、これをフランシスコ会だけに限ったことや、その残酷な処刑方法もできるだけゆるめるよう計っている。できれば三成としては、宣教師の助命も行いたかったのであろうが、太閤の怒りの前では、これが精一杯だったのであろう。

三成のこの切支丹たちのための努力はおそらく、行長のひそかな要請に応じたものであろう。あるいは苦境にたたされている行長への同情から出たものかもしれぬ。だが、いずれにしろ、それを裏づける資料はどこにもない。

ただ、逮捕されたフランシスコ会宣教師と日本人信徒二十四名は十一月五日に京の街を引きまわされ、耳をそがれ、更に処刑の地と決められた長崎に送られていったが、この間、行長が大坂か、堺にまだ滞在していたことは確かであると言いそえておく。

一方、太閤は朝鮮と明との使節の退去を命ずるや、再出兵の準備にかかった。自らの威信を保つためには引くに引けなかったからである。

その再征軍に行長はふたたび加えられた。本来ならば一族と共に処刑されて然るべき彼が一命をとりとめ、その領土と地位を認められたのは、まことにふしぎである。おそらく太閤は行長を処罰することによって起る波紋を怖れたのであろう。第一に行長を処罰すれば、当然その背後にあった石田三成ほか三奉行にもなんらかの処置をとらざるをえない。それは自らの手で豊臣政権の機能を麻痺させることになる。第二に行長を処置することはおのれが今日まで彼等にだまされていたことを内外に認めさせることになる。老猾な太閤はそれらの損得を考慮した上で一応、行長の裏切りに眼をつぶり過去を償わせることを要求したのであろう。

だがこの男をこのように寛大に許したことが太閤にとって果して正しいことだったか。

太閤がこの男はもう二度と自分を裏切ることはあるまい、と考えていたとすれば、それはあまりに甘かった。行長の面従腹背の生き方は決して変ることはない。たとえ彼が自分の運命に諦めをつけ、人生に疲れきったとしても……。

たしかに行長はもう自分の世俗的な野心については諦めていた。彼の世俗的野心とは太閤死後の豊臣政権下に明と朝鮮から支持された外務大臣、通産大臣になることだった。そのために行長はその智慧と術策の限りをつくして、どうにか講和の成立までたどりついたのである。だがすべてが土壇場で決裂した瞬間、何もかもふり出しに戻った。第一歩からやり直さねばならなくなった。その野心も夢も音をたてて崩れたのである。

この時、行長のうけた打撃と落胆はどれほどだったか、そして恨みはどんなものだったか。それを抜きにしては以後の彼の行動を考えることはできまい。力をつくして作りあげたこの講和の仕上げと最後の舞台とを突然、蹂躙し、土足にかけたものに行長は心からの哀しみと恨みとを抱いた筈である。切支丹ではあったが、同時に世俗的でもあったこの男は高山右近のように静かな諦念の境地を持ってはいなかった。彼が恨んだものとは何か。それは清正であり、太閤であり、そしてその太閤が面子《めんつ》のためにふたたび行う戦争だった。

恨みと哀しみとは往々にして復讐の気持に変るものだ。この男もその日から清正と太閤とそして再度の戦争とに報復しようと考えたとしてもふしぎではない。

だが、どのようにして？　どのような手段によって？　行長は権力者にたいして反旗をひるがえしたり、堂々と再出兵に反対をのべることなどはしない。第一、それは不可能であり、失敗は眼にみえてわかっている。彼の本質は面従腹背であり、その面従腹背の才能が彼のただ一つの武器になるのである。

文禄の役における彼の面従腹背には少くとも戦争を終らせ、講和を成立させるという大義名分があった。それは彼の個人的野心も伴ってはいたが、少くとも我々にも納得できる何かがあった。だが再度の戦い——慶長の役ではその面従腹背はひたすら彼一人のための復讐にそそがれる。彼がこの日から戦う相手は明でも朝鮮でもなく、清正であり、太閤であり、太閤の戦争だった。

講和を破裂させた太閤もすぐさま、疲れ果てた将兵をふたたび朝鮮に送ったのではなかった。彼もまた国内の疲弊と諸侯の厭戦感情を知っていたから、再度の出兵を行うためには一応の大義名分をたてる必要があった。彼はさきに釈放した朝鮮二王子が日本に謝罪に来るべきであると主張し、もしそれが入れられぬ時、再出兵すると宣言した。そしてその交渉に行長と清正とを当らせた。命令を受けた時、行長は秀吉にこう答えたという。「もし交渉で不可能なら、戦って二王子を連れて帰るより仕方ありませぬ。が、その勝敗は予想できませせぬ」。太閤は行長の答えに立腹した。

戦いの勝敗は予想できませぬ。この行長の答えの裏にあるものを太閤は気づかなかった。太閤はたんにそれを行長の自信のなさ、勇気のなさのあらわれと考えて腹をたてた。だがやがてわかるように、行長はこの言葉に、太閤にたいする挑戦をこめて口にしたのである。ただ表情だけは従順を装いながら……。

命を受けた行長は再出兵に先だって単独で釜山に渡った。大坂での講和が決裂して二ヵ月後のことである。釜山にはむなしく帰国していた朝鮮使節が滞在していたが、その使節に彼は秀吉の意向を伝えた。彼はこの要求が拒絶されるぐらい、もちろん知っていた。彼が朝鮮に伝えたかったのはこの実現不可能な命令ではない。その時、つけ加えて言った次の言葉である。

「あなたたちはいつも前の侵略に私が賛成していたと思っておるようだ。そうではなく関白の命令に違反できぬからやむをえず出征したのだ。……このことは自分の女婿である宗義智の場合も同じである。この事実を朝鮮朝廷に御伝え願いたい」

朝鮮側の資料である『再造藩邦志』の伝えるこの話が事実とするならば、それはまことに奇怪な発言だった。やがて戦うべき相手に向って自分の立場を釈明し、了解を求めることをいかなる軍人がなしたであろう。敵側にたいして自分には敵意も戦意もないことをこの武将は戦う前からはっきりと宣言したのである。宣言をした以上はそれを相手側に立証せねばならぬ。行長はこの時、それさえ約束するつもりだったのだ。彼の清正や太閤にたいするひそかな報復は既にはじまったのである。

『再造藩邦志』は大意、次のような奇怪きわまる記録を残している。

この時「行長はその部下、要時羅《ようじろ》（梯七太夫）なるものを慶尚左兵使の金応瑞の陣に送り……行長の言伝《ことづ》てとして、今までこの和平の成らぬのはすべて清正のためである。自分は彼を深く憎んでいる。清正はかくかく日、海をわたって、この島に宿る筈である。水戦をよくする朝鮮側がこれを海で攻撃すれば勝利を獲るであろう、と」。

これは清正暗殺のための情報を行長が提供したという記事である。朝鮮朝廷はただちにこれを協議したが、かつて日本水軍を全滅させた李舜臣将軍のみ、日本側の謀略として反対した。だが、行長の提供した情報は決して嘘ではなかった。情報の示した日に加藤清正はその島に到着したからである。朝鮮側は絶好の清正襲撃の機会を失った。

「要時羅はふたたび金応瑞に恨みをのべてきた。清正は既に上陸してしまった。あなたたちはどうして海上で彼を攻撃しなかったのか、と」（『再造藩邦志』）

この結果、反対を唱えた李舜臣はその職を奪われた。李舜臣を失った朝鮮水軍は牙を失った虎にひとしく、やがて日本水軍のため大きな打撃を受けるようになる。

したがって朝鮮側はこの行長の情報をことさらに日本軍が苦手とする李舜臣将軍を陥れるための策謀と考えているが、それは結果論にすぎない。その後の行長の行動を見れば、この情報が事実に基づき、しかも謀略ではなく、行長の本心から出たことは明らかである。

清正を暗殺する手段を教えた彼は次々と重要な軍事機密を敵将に教えた。しかも一回ではなく、幾度も。機密だけではなく、その対策さえ示したのである。

「清正軍は慶州から、あるいは密陽、あるいは大邱を通って全羅道に向うであろう。自分は宜寧、晋州に進撃をする。だからその通過する路の老弱者はあらかじめ避難させ、壮丁を選んで山城で応戦するがよい。また慶尚右道から全羅道にかけては野を清め、穀物をとり入れて待つがよい。そうすれば日本軍は退却しようにも野に掠《かす》むところなく、兵は糧食がなくなるだろう。全羅道をすべて占領せぬうちに兵を回《かえ》さざるをえなくなるだろう」

あるいは、

「日本軍は常に朝鮮の城には美女宝物が多大だと言って涎をながさんばかりである。もし城を攻略して略奪品が多ければ、更に貪欲の心を生じ、ますます城攻めに努めるだろう。だから城を攻略しても何の利もないとするならば、あとは必ずしも力攻しなくなると思う」

「だから軍糧軍器、牛馬老弱すべてを海島に移すか、深僻の場所にかくし、ゲリラ戦と夜襲を行うがよい。……日本軍の指揮官の悩みは兵糧の窮乏である。もし進撃途上で兵糧を現地調達できなければ、十余日にして退却するだろう。慶尚辺地は畠は耕され、禾穀《かこく》が豊かであるから、これをかり入れておくことだ」

それは完全な内通であり、完全な裏切りだった。行長はこの内通によって彼自身の復讐をする以外、何も望んではいなかった。上陸した日本軍団の将兵は自分たちの指揮官の一人がこのような情報を敵軍に送っているとは考えもしなかった。しかも自分たちの最も弱点とする兵糧の不足を教え、その戦意が喪失する手段を具体的に呈示しているとは夢にも思ってはいなかった。

そう。この慶長の役では行長は朝鮮や明とふたたび戦うために上陸したのではなかった。彼はあの長い自分の努力を一挙にして無にしたものに報復するためにこの国にやって来たと言ってよい。

「近いうちに新しく日本兵が上陸すれば自分は馬山浦に陣を移すだろう。自分と竹島の指揮官とは気脈を通じている。が、しかし、その私も既にきめられた作戦をやめるわけにはいかない。近いうちに安骨に駐屯する日本軍は夜に乗じて威安、晋州、鎮海、固城の境に進撃する筈である。だからその地の住民を避難させるがいい……自分は出陣する日でも、ことごとく、かくさず教えたいと思う」

『再造藩邦志』のこの記録がもし事実ならば、そこには行長の目的とするものがはっきりわかる。まず加藤清正の死である。次にこの慶長の役の失敗である。そしてその失敗によって引き起される太閤の権威失墜である。

「だが、もし私のこの献策が日本軍に流入して、関白（秀吉）の耳に入れば、私の一族は滅亡する。ねがわくは、すべてを秘密にして頂きたい」

　このような奇怪な行動を行った日本武将は歴史にあるまい。かつての和平工作では三奉行も彼をひそかに支持していたが、この内通は行長ひとりの単独行為（註二）だった。しかも日本人の誰も知らず、日本軍指揮官の誰も見ぬかなかったのである。

二王子を日本に送れという秀吉の要求は、もちろん一蹴された。慶長二年（一五九七）一月、太閤はあらたに編成した軍団を次々と朝鮮南岸に上陸させた。行長は文禄の役と同じように大村、有馬、宗たち切支丹軍を中核とする軍団の軍団長に任ぜられた。

「しかし、その私も既にきめられた作戦をやめるわけにはいかない」

内通の文書で行長は敵将の金応瑞にそう釈明した。それは彼もまた、やむをえず大本営の作戦命令には従わざるをえないことを弁解したのだった。

　再出兵後、上陸した日本軍はただちに慶尚南北道の各地を占拠した。水軍はかつて惨敗を喫した閑山島沖で、李舜臣を左遷した朝鮮水軍に大勝を博した。日本軍は勢に乗じて南原を攻略する準備を整えた。

　南原作戦では行長は宇喜多秀家を総司令官とする第一攻撃軍に編入され、この作戦に従わねばならなかった。一方、加藤清正は毛利秀元を司令官とする第二攻撃軍に加わり別の方向から共に南原を衝くことになった。

宇喜多軍の先鋒を命ぜられた行長は、ほとんど無抵抗の泗川、南海を占領した。一方、清正も草渓、威安を通過して南原に肉薄した。

五万の日本軍にたいして、南原にたてこもったのは三千の遼東軍を主体とする雑軍にすぎなかった。行長軍は八月十三日、城下に達した。日本軍は石火矢、大弓、大筒で抵抗する敵軍に鳥銃を使い、稲を切って濠を埋め、木を切って梯子を作り、城内に突入しようと試みた。十三日からはじまった戦いは十五日夜の総攻撃をもって終った。

これがこの慶長の役で行長が行った二つの戦いの一つである。彼としては戦いたくはなかったのだ。だがおのれのあの復讐を果すためには味方をあざむかねばならぬ。彼は進撃した。しかし敵側には戦いに敗れても戦争で勝つ方法はちゃんと教えていたのである。なぜなら南原を陥落させたのち、ふしぎにも日本軍は京城に向けて進撃するのではなく、ふたたび撤退をして基地に戻っていったからである。その理由は明らかである。朝鮮側が徹底的な兵糧攻めを日本軍に加えたからなのだ。禾穀はすべてとり入れられ、野は焼かれていた。兵糧を現地で調達するつもりの日本軍にとってこれほどの痛手はなかった。「もし進撃途上で兵糧を現地調達できなければ、十余日にして退却するだろう。慶尚辺地は畠は耕され、禾穀が豊かであるから、これをかり入れておくことだ」。行長のこの敵側にたいする内通の通り朝鮮側は稲をかり、野を清めていた。文禄の役でくるしい飢えを味わった日本軍は、南原を攻略しても、もう北上できなかったのである。

朝鮮側が日本軍の最大の弱点を見抜いて兵糧攻めにしたのが、果して行長の献策に従ったためかどうかはわからない。しかし南原から京城に向う当初の目的を放棄して撤退せざるをえない日本軍を眺めながら、行長は疼くような悦びを感じたかもしれぬ。彼の報復には誰も気づいていない。復讐は成功したのである。

以後、行長は慶長の役が終るまで軍団長たちのとりきめに従って順天を彼の部隊の駐屯地にしている。この朝鮮南岸の要衝はもともと小早川秀秋や藤堂高虎たち四国、中国勢が占領したものだが、今後は行長が受け持つことになったのである。彼は南原攻略作戦からここに戻ると城の普請につとめ、ほぼ三ヵ月でこれを完成した。

日本軍を兵糧攻めによって撤収させたものの南原の陥落は朝鮮側にとって痛手だった。その朝鮮の要請に明は和平派だった石星を処罰したのち、ようやく五万の救援派遣軍を送ることを決定した。派遣軍は三つにわかれ、一万二千の朝鮮軍と合体して南下してきた。

順天城とほぼ同じ頃、普請のできかかった蔚山城が、この南下する明・朝鮮連合軍に慶長二年（一五九七）の暮から包囲された。世に言う蔚山の戦いがこれである。行長ならおそらく退却したであろうが、加藤清正は兵糧も水も尽きたこの城を死守して苦戦ののち、年があけてようやく救援にきた日本軍と共に敵軍を壊滅させた。

日本軍はもはや文禄の役のように破竹の進撃を行うことはできなくなっていた。兵糧の欠乏もさることながら、彼等が第二に怖れる朝鮮の冬将軍がまたやってきたからである。

日本軍はその冬のために前進もできず、ただ防衛線に蝸牛のようにとじこもるより仕方なかった。

行長の報復はこうして気づかれることなく少しずつ成功していった。明軍南下の報が次第に伝わった時、彼はむしろこの城を放棄して釜山に移ることを諸将に提案したが、加藤嘉明の反対にあい、更に太閤から死守をきびしく命ぜられた。

兵糧の不足、きびしい寒気のなかで慶長二年から三年の冬が終った。蔚山の惨敗から立ちなおった明はあらたに十万と呼称する派遣軍を編成し、今度は行長の順天城と島津義弘の守る泗川城とを攻略すべく南下してきた。

行長は苦境に追いこまれた。彼としては明や朝鮮に戦意はもうなかった。できることなら戦わずにすませたかった。彼は明や朝鮮が自分の内通を認めず、あくまで敵として眺めていることに不満だったが、どうすることもできなかった。

もし、この時、彼にかすかな希望があったとすれば、それは太閤の死より他にはなかったであろう。彼の耳にはこの頃、待ち望んでいた権力者の死が近づきつつあるニュースが入っていたからである。

この年の春三月、その権力者は秀頼や一族近臣、諸大名をつれて有名な醍醐寺の花見を行った。だが花見のあとから、とみに衰弱し、伏見城で臥す身となっていた。梅雨に入って衰弱ますます甚だしく、食べものも咽喉に入らぬ様で、七月十五日には東西の大名をそれぞれ伏見、大坂に集め、十一箇条の遺言を与える段階になっている。

この七月中旬、明軍はかつて文禄の役でも日本軍と戦った劉綎を将として順天城に迫ってきた。だが下旬、順天に到着した劉綎は日本軍を怖れて容易に攻撃を開始せず、両軍、対峙したまま睨みあっていた。行長も決して自分からは攻撃しなかった。彼は太閤の死をひたすら待ちながら城に閉じこもっていたのである。

八月に入ると秀吉の死はもう確実なものとなり、五大老、五奉行はさきの十一箇条の遺言にたいし、起請文をしたため、血判を押し、あの有名な末期の手紙をしたためた。

「返す〳〵秀頼事、たのみ申候。五人の衆たのみ申べく候。いさい五人の者に申わたし候。なごりおしく候。以上。

秀頼事、成りたち候ように、此の書付け候衆を、しんたのみ申。なに事も此のほかには、おもいのこす事なく候。かしく」

明軍と対峙した順天城の日本将兵は、秀吉の病状は聞いてはいたが、七年にわたって自分たちを異国の戦野に駆けまわらせたあの六十三歳の老権力者がかくも気弱な、かくもあわれな遺言を書いたとは知らなかったであろう。八月十八日、太閤は伏見城の一室で遂に最期の息を引きとったのである。

遂に太閤は死んだ。その死の報告が八月のいつ、行長の耳に入ったかわからない。だが行長にとっては長い長い間、待ち望んでいた死である。それが遂に訪れたのだ。

思えば、自分の人生を支配し、その野心の操り人形として自分を駆使した老人はもう、この世にはいない。どのような感慨と思いとが行長の胸に去来したことであろう。深い疲労感と共にすべてがやっと終結したのだという感情が胸にこみあげたのであろうか。あるいは言いようのない空虚感も同時に嚙みしめたであろうか。家康たち五大老と三成たち五奉行とは太閤の薨去のあと、在朝鮮将兵の動揺をおそれその喪をかくした。そして在朝鮮将兵の撤退準備にとりかかった。八月二十八日ようやく撤兵令が伝達され、九月四日には、諸将に、次の条件で敵側と和議を整え、本国に帰還するよう命令が出された。

その条件とは、できれば朝鮮王子を人質とするがそれが不可能な場合は日本軍の体面を維持できるような貢物で充分だということである。しかも「御調物多少之段者、不レ入事候間、各々、相談候べく候」とあり、いわば空手《からて》でも無事に引きあげることを暗示しているようなものである。

日本の体面さえ保てれば、どのような形でも講和を結んでいい――この五大老の指令は行長の乾いた心に一時的ではあったが、ふたたび希望を与えたようである。この条件ならば、ひょっとすると自分はふたたび明と朝鮮との講和を成立させられるかもしれぬ。もし妥結点が見つけられれば彼等と、外交と貿易とを恢復できるかもしれぬ。太閤なきあとの対外外交と貿易とを握るのが長い間、彼の夢だったことはくりかえし、のべた通りである。今、太閤が死に、五大老や五奉行がここまで講和の条件を寛大にした時、行長がふたたび、かすかな希望を持ったとしてもふしぎではない。

この日からの彼の動きを見ると、行長の心理がはっきりとわかる。行長は早急に講和を求めた。そのあせった心情を敵は見すかした。明はともかく朝鮮側は抗戦の意欲を一向に棄てていなかったのである。

行長は早速、順天をとり囲む敵将の劉綖に和議交渉を申し込んだ。敵軍はそれを一応、承諾したのち、これを利用して謀略をたくらんだ。すなわち行長が交渉のため城を出た時、伏兵をもって襲うことにしたのである。幸い、行長は危くこの暗殺をまぬがれ、急いで帰城したが、この小事件にさえもそのあせりと、そのあせりを利用した敵側の作戦とがよく出ている。

太閤が死んだという噂は当然、明・朝鮮連合軍の耳にも入った。日本軍の戦意喪失を狙って彼等は九月から十月にかけて総攻撃をかけてきた。その大部隊は九月二十七日、島津義弘の守る泗川城に迫り、十月一日の朝方から猛烈な激戦が展開された。だが一日つづいたこの戦いで、連合軍は島津義弘の率いる薩摩兵の猛攻撃を受けて敗退している。

その翌々日の十月三日、順天を囲んでいた劉綖もようやく攻撃を開始した。それまであまり戦意のなかった城内の日本軍が必死になって応戦したのは、自分たちにやっとなつかしい故国に戻れるという希望ができたためである。『宣祖実録』は「賊の弾丸、雨の如し。提督、終《つい》に旗をふせて戦いを督せず」と書いている。一方、海上から李舜臣の率いる朝鮮水軍も明の水軍と合体して城に弾丸をあびせた。だが劉綖は尻ごみをして城内に突入しえなかった。

戦闘は十月十二日まで続いたが、かなり間歇的で途中、中断のあったことは日本から五大老から送られた徳永寿昌、宮木豊盛などが帰陣の方法を泗川城からこの順天に伝えに来ていることでもわかる。しかも十二日に劉綖の軍が城の周囲から退却しはじめ、日本人の使者をたてて講和を申し込んできた。この日本人はかつて加藤清正の陣から脱走して敵軍に投降した阿蘇越後守という男である。

もちろん行長はこれを拒む筈はなかった。彼はこの申し込みを聞くとすぐさま泗川城に赴いて島津義弘、寺沢志摩守と相談をした。折も折、その泗川城にも敵側から竜添《りゅうてん》なる者が和議の申し込みをしており、日本側も協議の結果、和議を受諾する方針をかためた。

行長は順天城に人質を要求し、足利時代と同じように朝鮮国王が変るたびに、通信使を日本に送ることを条件に撤兵することを約した。だが彼はこの時も敵に謀られたのである。彼はこの交渉が劉綖単独の行動であって明と朝鮮の連合水軍があずかり知らぬことに気づいていなかった。そのあせりが、また、ここに出たのである。

二十五日、両軍相互の人質交換があった。順天城の本丸も敵軍に渡すことに決まった。

だがそれは停戦交渉であって、国交の恢復ではなかった。行長としては更に、戦後の外交、貿易の復活のためにも確実なる講和の保証を取っておきたかったのはもちろんである。撤退を待ちのぞむ将兵の思惑とは裏腹に彼はまだぐずぐずとしていた。「早々、引取可レ申処、摂州（行長）如何にもべんべんとして被レ居候。家中衆、何れも不思議なりとて口々に申候」（『征韓録』）という島津側の記述は他の軍団長たちと行長の意図の違いを我々に教えてくれる。

一方、劉綎の単独講和とは反対に敵の水軍はまだ抗戦の意欲を失っていなかった。とりわけ、ふたたびこの方面の水軍司令官に復帰した朝鮮の名将李舜臣は撤退する日本軍を海上で撃滅する作戦をたてていた。

何も知らぬ行長たちは十一月十日に順天から撤退と定め、九日の夜から乗船を開始した。長い戦いからやっと解放された将兵たちは悦びのあまり「手拍子を打ち、終夜、歌いつ舞いつ、酒宴遊興、斜めならず」という有様だったが、夜があけ、船の碇《いかり》をあげ、纜《ともづな》を解いて出発しようとし、沖を見ると、敵船が雲霞の如く浮かび、待ちかまえているのを見て驚愕した。ふたたび城に戻った日本軍に、明・朝鮮連合水軍は使者を送り、順天城の本丸を劉綎に明け渡すなら二の丸を自分たちが占拠することを要求した。さすがに行長もこれを拒絶、そのかわり、宗義智のいる南海城と瀬戸城を放棄することで妥協した。

こうして行長と敵水軍との間には一応、撤退の条件が成立したが、敵水軍がこれで満足する筈はなかった。ひそかに機を狙っていた彼等は行長撤退の遅れを怪しんで迎えに来た泗川城の島津義弘の舟に、十九日朝襲いかかった。世に言う露梁津の海戦がこれである。戦いは早朝からはじまった。義弘の舟は小さく、潮の動きもわからぬままに整備された敵船に立ち向わねばならず、すこぶる苦戦だった。敵は熊手で日本の舟を引き寄せ、烟硝壺に火を入れて投げこみ、半弓で射るという作戦をとった。しかし義弘の舟もこの戦いで敗れはしたものの、朝鮮の副総将を倒し、更に李舜臣将軍を戦死させている。義弘がようやく虎口を脱して逃れられたのは幸運だった。

この海戦のおかげで行長たちは順天を脱出できた。彼等は宗義智の守っていた南海の沖に敵船が集結しているのを見て、麗水海峡から外洋に逃れたのだった。

危険を脱出できたものの、この海戦は行長に明・朝鮮との本格的な講和の望みを遂に諦めさせたようである。彼はもう疲れきっていた。以後の行長はそれ以上、明・朝鮮側と本格交渉を行うことをしない。そのまま釜山から日本に戻っているからである。

前後七年にわたる愚劣にして、犠牲の多かった朝鮮侵略の戦争はようやく、これで幕をとじた。海戦に敗れて日本軍集結の場所、釜山に引きあげる島津義弘たちは海上から、次のような光景を見たのである。「ここにおいて和将の城々を見れば、余煙、空を掩《おお》い、営塁、焦土となんぬ」。

日本軍が守りぬいた城はすべて日本軍の手で焼かれていた。義弘は兵を出し、それらの城をひそかに偵察させたが、もはや日本兵一人も残っていなかった。

十一月二十六日、行長は日本に向けて彼の麾下の将兵と釜山から乗船した。彼と長い戦いの間労苦を共にした宗義智、有馬晴信、大村喜前たち切支丹大名も帰還の途についた。朝鮮海峡の黒い海を見つめ、去りゆく朝鮮半島をふりかえりながら、行長は何を考えたであろう。この時ほどむなしさという言葉が実感をもって胸に去来したことはなかったであろう。何という愚劣な戦い。意味のない消耗と出血と徒労。それらすべてはただ六十三歳で死んだ老権力者の命令によってなされたのだった。そしてその長い戦いが終るためには行長のいかなる工作も術策もむなしく、結局はただ、その老権力者の死を待つほかはなかったのである。

行長はまたこの七年にわたる戦いの数々の出来事を思いうかべたであろう。上陸以後、破竹のような進撃を続けながらも、彼は戦うためではなく講和の相手をむなしく探し求めながら平壌までたどりついた日のことを思いだしたであろう。だがその相手は追えども遠くへ逃げ去る流れ水のようなものだった。そして平壌での敗戦。雪のなかの敗走。術策と忍耐の限りをつくした沈惟敬との交渉。それら一つ一つが走馬灯のように彼の眼をかすめたであろう。すべての苦労は水泡となり、今、彼の掌には何も残っていない。

彼はこの時、あの別れた高山右近のことを羨ましく思ったかもしれぬ。右近はあれ以来、自分とちがって世俗的野心をすべて棄てた。行長が宇土領主となって以後、前田利家の保護を受けた右近は、以後、信仰と茶道との生活に生き、ふたたび領土を持ち、武将となる野望は持たなかったからである。太閤が名護屋大本営にある時、右近は突然、その秀吉によばれ、茶会に招かれた。長い間の勘気が解かれたのである。宣教師たちはこの出来事を悦んだが右近は巡察師ヴァリニャーノに手紙を送って、自分はもはや軍人になることも秀吉の下で働くことも望まぬと書いた。その言葉通り、その後も彼は信仰ひとすじに生き、あの「サン・フェリーぺ号」事件が宣教師処刑にまで発展した時も殉教の覚悟をして「今や神のお憐みが明らかになった」と叫び、恩になった利家に形見として高価な二つの茶壺を贈っている。

その右近にくらべ、行長はその宣教師処刑の時でさえも、ひそかに石田三成に宥和工作は要請しても、ふたたび再征軍に加わらざるをえなかった。彼は世俗という鉄の首枷をはずすことはできなかったのである。世俗という鉄の首枷から解脱した右近の人生を行長はこの帰国の船でどれほど羨ましく思ったであろう。この時、小西行長は四十一歳だった。

註一　行長と和平交渉に努力した沈惟敬は講和の挫折で本国に戻れず、南朝鮮にかくれ、釜山の行長の陣営に逃れようとした折、明軍に捕えられた。

十三　鉄の首枷をはずす時

——最後の戦いとその死

〈行長四十一歳から四十三歳〉

慶長三年（一五九八）の秋、長い朝鮮侵略の戦いから行長は日本に戻った。それから二年後の慶長五年（一六〇〇）に関ヶ原の戦いに敗れ、京都の六条河原で処刑される。

この二年の間、小西行長が何処に住み、何をしたかの確実な資料を我々はほとんど見つけることはできなかった。したがって僅かな断片的記述から行長の晩年を推測するほかに方法はないのである。

確かなことは彼が関ヶ原の戦いに巻きこまれたという事実である。この戦いに参加することが運命であったにせよ、どこまでそれが彼の本意であったか、不本意であったかも我々にはよくわからない。たとえ本意だったとしてもそれが彼のかつての主君、宇喜多秀家や朝鮮戦争の間、陰となり日なたとなって行長を援けた石田三成への義理だてだったのか、それとも彼に彼自身のある野心や意図があったのかを知る資料もない。だからその心理は朝鮮作戦終了の時の彼の心理から推しはかるより仕方がないのである。

朝鮮から九州の土を踏んだ時、行長の心はその肉体と共に疲れきっていたことは確かである。他のいかなる将兵よりも疲れきっていた。彼ほど術策と精力をしぼり、この無意味な戦争を終結させようとした者は日本軍のなかにいなかったからである。だが戦いが終ったのは、その術策、その努力のためではなかった。彼の努力がすべて失敗した時に、老権力者が死に、その死によって長い戦争に終止符が打たれたにすぎぬ。

そのような彼の心理はあの昭和二十年の我々の心に似ているかもしれぬ。よごれきった疲労感と言いようのない空虚感である。今は彼の野心も挫折した。秀吉なきあとの豊臣政権のなかで外交と通産の支配権を一手に握ろうとした夢も、中国と朝鮮との国交恢復が絶望的となった以上、すべて消え去ったのである。朝鮮と明との通商が跡絶えた現在、堺の小西一族をバックにした彼には自分の特色を発揮する場所がなかった。

知行地の宇土も荒廃していた。「小西摂州、肥後にて知行三十万石を取られけれ共、未だ銀子一貫目も溜り申さず……長崎の陶安は知行とらずとも銀子十貫目余、持ちければ武士ほど何の益もなきものはなき」と堺の町人が嘲ったほど行長の所領地の財政は長い戦争のために疲弊しきっていたのである。

彼はおそらく、もう自分の人生はこれで終ったと考えたにちがいない。四十歳をこえたばかりの年齢は当時としてはもはや老境に入る。

その老境の心境のなかでまがりなりに切支丹である彼が世俗の夢、世俗の野望のむなしさを嚙みしめたとしてもふしぎではあるまい。「むなしき望みを抱くにすぎず」(「コリント後書」三、一二)「むなしき誉を求むるべからず」(「ガラチア書」五、二六)という思いはやがて彼の心に「汝等むなしき神々を恃むなかれ」という反省をもたらせる。それは他ならぬ彼の心友、高山右近が生きた信仰だった。

当時、右近は前田利家の庇護のもとに加賀にあった。秀吉があのサン・フェリーペ号の事件から京都にいるフランシスコ会の宣教師たちを処刑しようとした時、右近もまた日本人信徒として捕縛されることになっていた。彼はこの知らせを聞くと悦び勇み、殉教の覚悟をきめ、伏見に滞在していた前田利家に別れを告げに来ている。

この右近処刑は利家と石田三成の反対によってとりやめとなった。三成がかくも切支丹たちのために働いたのはおそらく朝鮮にいる行長の切なる願いによるものであろう。しかし右近はこの時もこの世のすべてを棄てて神のためだけに命を捧げようとしたことは事実である。

だが行長はその右近のように生きることができない。それはあの秀吉の切支丹禁制の布告の時にみせた行長の決断力のなさのためと言うよりは、今の彼には自分一人の意志では動けぬ篏《しがらみ》があまりに多くその体にまつわりついていたためでもあろう。

そう。行長はもはや、一人ではなかった。彼は朝鮮戦争を終結させるために、あまりに緊密に、あまりに強く、秀吉中枢部の五奉行団に——とりわけ石田三成に結びついていた。のみならず秀吉の死後、次第に形づくられてきた三成と徳川家康との対立から彼だけが圏外に置かれる筈はなかった。

彼は右近が政治的権力を失ったあと、切支丹宣教師たちからいつの間にか、日本布教のために頼るべきリーダーと見なされていた。彼がもし右近のようにその地位も力も棄てて信仰生活のみに没入すれば、これら宣教師たちは豊臣政権のなかで自分たちの保護者を失うことになる。行長には一人の意志では動けぬ篏があまりに多くその体にまつわりついていたのである。

太閤が死んでからほぼ一年の間、豊臣政権ではまだ波瀾の兆《きざし》はそれほど見えなかった。外征軍の帰還、太閤の葬儀などの雑事に忙殺されている間はまだ無難だった。だが帰還した各軍団長の戦功が問題になると、人事の不満や恩賞の不平が政務の局にあたった石田三成に集中しはじめた。清正と行長の長年にわたる確執がこの問題を一層、複雑にした。清正や福島正則、細川忠興、池田輝政、加藤嘉明、黒田長政は三成が朝鮮に派遣した四人の目付を弾劾し、その報告の虚偽を訴えたが、三成はこれを退けた。彼等の三成にたいする憎しみは当然、三成と結んだ行長にも波及し、行長の戦闘能力のなさやその懦怯《だきよう》があらためて清正から訴えられもしていた。一五九九年のヴァリニャーノの書簡によると、反三成派は五奉行の一人だった浅野幸長を中心に集まり、一方、三成派には行長、大村、有馬、毛利（秀包）、寺沢などの切支丹武将が味方についたと言う。

家康はこれら三成派と反三成派の確執を見のがさなかった。彼の老獪な動きはこの両派の確執を巧みに利用して着々と自分の勢力を拡げつつあった。

そうした状況のなかで行長はもう、高山右近のように、ただ「信仰」だけに生きるわけにはいかなかった。世俗という首枷は彼の首をしっかりと締めつけて離さなかったのである。

戦後処理の問題が一応かたづいた頃から家康の動きが少しずつ活発になった。彼が最後に行ったのは有力諸大名との間に血縁関係を結ぶことである。大名同士の縁組は秀吉の許可なく行うべからずという文禄四年（一五九五）の五大老の取りきめを無視して家康は福島正則の嗣子、忠勝におのれの養女を配し、蜂須賀家政の子、至鎮には自分の養女を与え、更に伊達政宗の娘と息子、忠輝との婚約を取りきめた。言うまでもなく、これは秀吉直参である福島、蜂須賀の両家を味方に引き入れるための最初の手段だったのであろう。

切支丹資料は家康が行長にもこの手段を用いようとしたことを記述している。パジェスによると家康は自分の曽孫である女の子と行長の長男（兵庫頭）との結婚を申し出た。パジェスはこれを行長が拒絶したと言い、他は豊臣家への忠誠を条件として受けたと言う。いずれが正しいかわからぬし、また松崎実氏のようにこれを蜂須賀家政の子と家康の養女、万姫の縁組と混同した誤伝という人もいる（『改造』昭和八年三月号）。いずれにしろ家康はやはり切支丹大名グループをやがては自分の味方にするためには行長をおのが陣営に引き入れることを考えたのであろう。

文禄四年の取りきめを無視し、縁組によって勢力拡大を計ろうとし露骨にその野心を見せはじめた家康に石田三成は警戒の念を抱いた。三成は家康と共に五大老の重鎮である前田利家を通してこの縁組問題について抗議を申し込んだ。三成をあまり心よく思っていなかった利家も、家康の横暴を見のがすわけにはいかなかった。利家と家康との対立はこうしてはじまり、諸侯もまた両派にわかれ、一時は両者、兵備を固めるという緊張した状態となった。

行長はこの時、旧主君だった宇喜多秀家や婿の宗義智たちと共に反家康側、つまり前田利家と石田三成の側に加わっている。

一触即発だったこの対立は浅野幸長、細川忠興、加藤清正らの必死の調停で一応は鎮火した。家康は利家の老衰を知ってこれと戦うよりは、その死を待つほうが得策であると考えたのである。

石田三成は前田利家から厭《うと》んじられていたが、この時期、家康に対抗するには利家を総帥とするほかはないと考えていた。けだし利家は五大老のなかで家康に拮抗できるただ一人の人物であり、太閤もまた生前、家康の勢力を抑えるためにも利家をできるだけ優遇してきたからである。

だが家康の予想通り利家の健康はこの両者の対立の前後から次第に衰弱していた。利家を押したてようとした三成側にとってこれは重大な打撃だった。

『前田家譜』『関ヶ原覚書』などによるとこの時、三成派では当時、大坂の藤堂高虎の邸に泊った徳川家康の暗殺を小西行長の邸で計画している。計画は三成の重臣、島左近の献策によって行われたが、この案に賛成したのは行長ただ一人で、五奉行の前田玄以も増田長盛も消極的だった。一方、家康も万一を怖れ藤堂邸に加藤清正、福島正則、細川忠興らの兵を集めて警戒を怠っていなかったので、三成たちも遂に襲撃を思いとどまったと言う。

この話がもし本当ならば我々は計画に賛成した三成や行長の心理をある程度、推察できる。

藤堂邸襲撃という方法を三成や行長が考えたが、これが正々堂々の戦いでない非常手段であることを彼等は百も承知していたであろう。つまり利家が病死すればもはや自分たちに勝味は薄くなり、家康と正面切って戦っても敗北するかもしれぬという予感があればこそ、三成も行長もこうした非常手段に賛成したにちがいない。

とすると、彼等はこの時期既に、利家の後楯《うしろだて》がなくなれば自分たちが敗れることをある程度、自覚していたのかもしれぬ。敗れることを知りながら家康と戦う準備をその後も続けたとすれば、それは一体、なぜか。

この点で思い出される『名将言行録』にあるひとつの挿話である。関ヶ原に出陣する時、三成は茶人の渡辺宗庵に次のようなことを語っている。

「太閤殿下が御逝去の秋、食事をとった時のことだ。食事が終って近習が銚子を持ってきたが自分はぼんやりして飯椀を出した。近習に酒であると言われて、あわてて盃をとった。あの時、大いに恥ずかしかった。しかしこの大事を考えて数年になる。寝食の間も忘れたことはない。今、自分はその恥をそそごうとしている」

この話から考えると三成という男は物事の順序や取りきめを違えることをひどく嫌ったようである。食事のあと彼は茶事の順序を間ちがえ、酒になったのに茶椀を出した、それを恥じたのである。彼はこの話に托して太閤の死後、家康の横暴は順序と取りきめを無視した行為であることをのべ、あわせて、この関ヶ原の戦いには敗れるかもしれぬが、それは歴史の締めくくりをつけておくために敢行するのだと言ったのであろう。

また、関ヶ原で敗れて処刑される前にこんなことも語っている。「自分は追手の一人か、二人を殺して自決することは容易だったが……合戦の日は忙しく、人々がどうなったかわからず、各人の働きぶりを教えてくれる人があれば亡き太閤殿下に泉下で御報告しようと思い生きながらえたのだ」。

この言葉も三成の結末《けり》を大事にする性格をあらわしている。戦いは敢行した。しかし総司令官として戦いの模様と各人の働きぶりを確認するのが締めくくりであり、敗れたとしてもそれを疎かにはできぬ、というのがその主張なのだ。

そんな三成だからこそ太閤の死後、順序や約束を無視した家康に反抗したし、たとえ敗れると思ってもその取りきめを守るために戦わざるをえなかったのだ。

このような歴史にきちんとした結末《けり》をつけるためには、たとえ敗れる可能性があっても家康と戦わねばならぬというのが三成の心理だったとすれば、一方、小西行長の気持はどうだったのか。

彼が世俗的野心のむなしさをあの戦争によって思いしらされたことは既にのべた。秀吉なきあとの豊臣政権下で海外貿易を支配する地位を狙っていた行長の夢はことごとく挫折したのである。

秀吉が死んだ翌年の慶長四年、行長の婿の宗義智は五大老の一人である家康の許しを得て朝鮮との友好を恢復しようと試みた。彼は家臣の梯七太夫をこの目的のため渡海させたが、もとより日本のため国土を蹂躙された朝鮮側がこれを受ける筈はない。梯七太夫も、続いて使者となった吉副左近も捕えられて戻ってこなかった。義智はこれに懲りず、更に翌年、武田喜兵衛、柚谷弥助たちを送った後、最後に石田甚左衛門を派遣して、ようやく返書をえることができたが、その返書は日朝の修好にはまだ、ほど遠いことを示す内容のものだった（『対馬島誌』）。

一方、行長もこの慶長五年（一六〇〇）の二月に寺沢広高や宗義智と朝鮮国礼曹に講和を求め、捕虜百六十名を送還したが、もとよりそれによって両国友好が恢復する筈はなかった。

明や朝鮮との間に国交断絶が続く限り、行長は豊臣政権下にあってもその力を発揮することはできぬ。彼の軍事的無能力は清正の指摘によっても明らかだった。行長が行長であるのは軍人としてではなく外交と通産の面においてである。だが明と朝鮮とは日本と外交、通商を行うことをもう望んではいない。

彼の野心はむなしくなった。というより彼はあの戦争を通して人間の意志が大きな運命の前ではどんなにもろいかを身にしみて味わったのである。朝鮮や明と戦うことは彼の本意ではなかった。だが大きな運命の流れのなかで彼は出陣せねばならなかった。老権力者に引きたてられた行長にはこの老権力者はまた彼を左右する運命でもあった。その運命の操り人形とならぬために行長は面従腹背の姿勢をえらび、はかない抵抗を試みたが、その抵抗がむなしかったことは彼自身が今、一番知っていることだった。

老権力者は死んだ。しかし運命はそれで終ったのではなかった。あたらしい運命が今、また地平線の向うに不吉な、黒い雲のようにあらわれ、好むと好まざるとにかかわらず行長をそこに巻きこもうとしている。運命に抗《あらが》うことの無意味さ、むなしさを彼はもう知っている。

家康と戦ってもおそらく勝ち目は薄い。しかし戦うのが運命である。一方で、三成が歴史に結末《けり》をつけるために利家なきあとも家康と決戦を試みたとするならば、行長は野心のためでなく運命に身を委ねるために、この「勝ち目なき戦い」に加わったのである。

三成や行長が家康に対抗する勢力として前面に押しだした前田利家は、慶長四年閏三月三日に死んだ。年六十二歳である。

この利家が死んだ夜、かねてから三成を憎んでいた加藤清正、福島正則、細川忠興たちが三成を襲撃しようとした事件が起った。三成は皮肉にも家康の保護を求めて、辛うじて助かり、その代り佐和山に引退することを命じられたが、ヴァリニャーノの書簡によると、この時、行長が三成と共にすべてを棄て運命を共にすることを願い、同行を願ったが、三成はそれを辞退したと言う。このヴァリニャーノの報告は当時の行長があたらしい野心のために反家康の陣営に加わったのではなく、ただ三成への友情と義理だてでこの派閥の争いに巻きこまれたことを示している。

地平線の向うにあらわれた運命という不吉な黒雲はこうして小西行長を巻きこんだ。三成派は利家のかわりに五奉行の末座にある毛利輝元を総帥として慶長五年七月、十三箇条からなる弾劾の文書を家康と諸大名とに送った。いわば宣戦を布告したのである。挙兵の檄文に応じて毛利輝元の占拠した大坂城に西日本の領主を主枢とした諸将と九万七千の兵が続々と集まった。

行長は切支丹大名のリーダーとしてかねてから同じ信仰の武将たちに西軍参加を奨めていた。だがその声に切支丹大名は必ずしも耳を傾けたとは言えぬ。行長がその家臣の千束善右衛門を派遣して説得を試みた松浦鎮信、大村喜前、有馬晴信らは唐津の寺沢広高と協議して、ひそかに家康側につくことを決めていた。これらの諸将はかつて行長を軍団長とする第一軍団に配置され、共に飢えを凌ぎ生死の苦労をわかちあった仲間である。その彼等に行長は裏切られたのである。

彼等でさえ行長を敵とする立場についたほどだったから同じ切支丹大名でももともと反三成派の黒田孝高、浅野幸長、京極高知などは明らかに東軍側に加わる意志をかため木下勝俊、前田左近、牧村政治などは中立を守った。行長と共に三成側についた切支丹大名のうち主な者は織田秀信、毛利秀包にすぎない。

行長は既に切支丹大名グループのなかでも勢望を失っていたのである。かつて信仰を共にして朝鮮の寒さと飢えのなかでセスペデス神父のミサを共にあずかった第一軍団の同志と行長は今日から戦わねばならない。

皮肉な運命に巻きこまれ、勝ち目のうすい戦いに加わった行長の行動を見ると、我々はそれが形にあらわれぬ自殺と考えざるをえないのである。

そう。それは行長にとって緩慢な自殺的な行為に似ていた。しかも我々には彼はそれを意識していたように見えるのである。もとより切支丹であるこの男には自殺は禁じられている。かつて彼は若い頃に高松城水攻めの折、城主、清水宗治の潔い自決を見た筈である。宗治の男らしく潔い自決はこの時代にも美しいものとして賞讃を受けた。自決は敗れた侍にとって美学とさえなりつつあった。だが、軍人でありながらも切支丹の信者である行長にはどんなに希望がなくなり屈辱的な状況でも自殺は許されない。それは彼の信ずるイエスが最後まで重い十字架を——人生の苦しみを背負っても決して自殺しなかったからである。しかし他の多くの切支丹大名がさまざまの功利的な計算の上、家康側についた時も、行長があえて勝ち目うすき西軍派に身を賭けたのは三成への義理やそうならざるを得ぬ事情もあったろうが、我々には彼が無意識に世俗的世界の野心や功利の渦から離れようとする気持とひそかに死を願う心を抱いていたような気がしてならないのだ。長い朝鮮戦争で行長は疲れ果てていた。彼の首をしめる世俗的な野望の渦——この鉄の首枷をもう取り除きたいという願いはあの朝鮮戦争のあとから彼の胸に去来していた。朝鮮戦争の挫折は彼にこの世で何一つ頼るもののないこと、すべてがはかないことを教えたのである。もともと軍人ではない彼はこれ以上、戦い、殺し、血を流すことに疲れたのである。切支丹である彼は朝鮮戦争にも聖戦の意味を見つけることができなかったが、今度の東西両派の争いにも、派閥の野望のみにくい争い以外に何も見出せなかった筈である。にもかかわらずその渦のなかに巻きこまれねばならなかったところに彼の悲劇がある。

三成の出動命令に従って、行長は彼の居城である宇土を弟の小西隼人に守らせ、二千九百人の部隊と四千人の与力とを参加させることに決めた。この行長をまじえた西軍派はまず東軍の鳥居元忠のたてこもる伏見城を攻撃した。七月十九日からはじまった伏見城の戦いは西軍、四万にたいし、伏見城の鳥居軍わずか千八百だったが、八月一日までよく戦いぬいたあげく、城主、鳥居元忠は自殺し、城兵千八百余人はほとんど戦死している。だがこの戦いで行長とその軍勢がどのような働きをしたかは記録がない。ただ参加部隊のなかにその名が見つけられるだけである。

伏見城の次に東軍の丹後の拠点である田辺城を抜いた西軍は尾張を決戦場として東軍を迎えうつ作戦をたてた。そのため総軍を三軍団にわけ伊勢口、美濃口、北国口の三方向に進撃を開始した。小西軍は石田三成、島津義弘、織田秀信などの諸部隊と共に美濃口に向うことに決まり、この計画に従って大垣方面に前進している。これ以後、行長は関ヶ原にいたるまで三成と行動を共にして、共に作戦をねった。

だが東軍の進撃は急速だった。上杉景勝を攻めていた家康は三成の宣戦布告を聞くと江戸城に戻り、しばらく悠々と江戸に待機していたが九月一日、三万二千余の旗本を率いて東海道をのぼり、十四日ののちには三成たちが無血占領した大垣城の近くまで迫っていた。

東軍の先鋒は岐阜城を落し、更に墨俣《すのまた》川の上流、合渡川まで進出した。三成はこれを食いとめるため行長と共に大垣城を出て沢渡村に陣を敷き、島津義弘と共に作戦を協議した。義弘はあくまで応戦を主張したが、なぜか三成は一応、退却して大垣に全軍を集結させることを陳《の》べて義弘を説きふせた。

　この時、三成も行長も内心では諸部隊の士気が衰え、味方に一致結束の欠けていることを知っていたのである。その上、彼等は総司令官となる筈だった毛利輝元があまりに弱気な点に悩んでいた。この頃、三成が増田長盛に宛てた書簡をみると、味方の萎縮を歎き、大津の京極高次の裏切りを怒り、小早川秀秋の動向を疑い、そして毛利輝元の自重ぶりを批判している。そして現在のままだと、味方のなかにも内通や裏切りが出ると行長ものべたと書いている。

　このように戦いに勝利おぼつかなきことを三成も行長も見通していた。見通しながらこの二人はそれから二日後、決戦場の関ヶ原に向けて出発せねばならない。一人は歴史に結末《けり》をつけるために、一人は緩慢的な自殺のために……。

　九月十四日の夕方、大垣城に四千八百名の兵を残して石田、島津、小西、宇喜多の部隊は折からの雨の関ヶ原に向った。四面暗黒のなかを敵に悟られぬため松明《たいまつ》もつけず、四里の山道を歩いた。石田部隊は午前一時頃、小関村に到着し、島津勢は午前四時頃、石田軍を隔たる一町半の小池村に陣地を作った。行長の部隊は島津勢につづいて天満山の麓に前隊、本隊の二段構えの布陣をした。このあと宇喜多秀家、大谷吉継、小早川秀秋、毛利秀元たち西軍の諸将が続々と集結した。

一方、東軍も福島、黒田の部隊を先頭に加藤、細川、藤堂の諸部隊が関ヶ原に北上していた。雨と濃霧のため、敵味方の区別はつかず時には福島勢の兵が宇喜多勢と接触したり、交錯したりする有様である。こうして八万二千の西軍と八万九千の東軍は四平方キロにたりぬ関ヶ原に布陣を終り、朝の来るのを待った。

その朝が来た。夜来の雨はあがり、霧も晴れると午前八時、戦いの火ぶたが切られた。午前八時、東軍の松平忠吉の軍勢が宇喜多隊に攻撃を開始すると福島正則もこれに応じて銃撃を行った。この銃声が両軍の戦争開始の合図となった。

東軍の藤堂、京極の両部隊は西軍の大谷を攻め、三成にたいしては黒田長政、田中吉政、細川忠興、加藤嘉明の諸部隊が攻撃にあたった。そして小西行長の陣にはまず織田有楽、古田重勝、猪子一時、佐久間安政の部隊が切りこみをかけた。秀吉、のち秀頼に仕えた太田牛一の記録によると、

「敵身方押分て、鉄炮はなち、矢さけびの声、天をひびかし、地を動かし、黒烟立て、日中もくらやみと成、敵も身方も入合、鞆《こ》を傾け、干戈をぬき持、おつつまくりつ攻め戦う」

そして小西陣を攻めた諸部隊については、

「織田有楽、子息河内守、古田織部正、猪子内匠助、船越五郎右衛門、佐久間久右衛門、弟源六、七人見合、一同にどっと乗込み、割立、つき伏、つき倒し、かけ通り思々の高名あり」と書いている。豊臣方の太田牛一の記録でさえ、小西勢には迫力がない。

これらの諸部隊につづいて東軍に属した唐津の寺沢広高の二千四百名の部隊と戸川達安の部隊が天満山の小西軍に突入する。山の傾斜地を利用して二段にかまえた小西軍の前隊は浮き足だったので行長は三町ばかり退かせ、叱咤して敵に銃射をあびせた。しかし急追する寺沢は本隊に突入、ために小西軍は混乱の状態に入ったが、まもなく寺沢軍は宇喜多軍に攻撃の方向を変えた。

小西軍と戦った寺沢広高も他ならぬ切支丹の信徒である。秀吉の命令で長崎奉行となった頃、彼は最初は切支丹を憎み教会を破壊していたが、やがて宣教師にたいする感情を変え、心をかえて信者となった。あのサン・フェリーペ号事件の折、京都のフランシスコ会宣教師と信徒が処刑されることとなった二十六聖人殉教事件の時にその指揮を命ぜられたのは彼だったが、広高は三成と共にこれら宣教師の厳刑を寛大な罰に変えようと試みている。したがって小西軍と寺沢軍のこの戦いは基督教の信仰を共にする者が敵味方にわかれて戦い、殺しあったとも言える。その意味でも関ヶ原の戦いは、長い間、結束をかためていた日本切支丹大名のグループが分裂し、殺戮しあった戦いだったと言っていいのだ。行長は同志を敵にせねばならなかった。彼の戦意が衰えたのは無理もない。

寺沢の攻撃が一応やんだ午前十時、三成の命令が天満山に届いた。狼煙をあげて松尾山、南宮山にいる小早川秀秋、毛利秀元に出撃を促せというのである。もとより行長は使者を小早川隊に送ったが一向に要領をえない。

正午、形勢を見ていたその小早川秀秋の軍に家康の旗本と福島隊が銃撃を向け、東軍に参戦させた。この銃撃に怯えたか彼の軍勢は、山をくだり西軍の大谷吉継の部隊を衝いた。吉継の軍勢は小早川勢を五町あまり追いまくったが、側面を支えていた味方の筈の朽木、小川、赤座の諸軍が突然、東軍に内応したのである。兵は乱れ吉継は自決し、部下もほとんど玉砕した。このため行長の軍勢が崩れた。宇喜多軍も三成の軍も退却を開始した。ひとり踏みとどまり、奮戦したのは島津義弘部隊のみである。

遁走する部下にまじって三成は西北の山に逃げた。行長もまた夜来の雨で歩行困難な伊吹山の東北の方角に向って落ちのびた。彼に何人、従ったかはわからない。

わかっているのは行長が逃げた道が今日、車も通行するのが難儀な間道になっているが、やがては糟賀部村にたどりついたことである。おそらく従う者もなく、この山道をたどってこの炭焼きでのみ生計をたてていた山村に到着したのであろう。今日でも山あいの谷に藁ぶきのまま残っているこの村の一つの寺には、彼がかくれていたという言い伝えが残っている。三成は大坂に落ちのびて再起を志していたと言うが、行長にまだその気持が残っていたかどうか。いずれにしろ、『武徳安民記』や『関ヶ原始末記』によると、行長は進んで縛についたのである。九月十九日、すなわち戦いが終って五日目に彼はこの寺の僧と林蔵主という関ヶ原の住人におのれの名をうちあけた。

「邪にかくれていて東国方の雑兵に見出され縲絏《るいせつ》の辱を得んよりは速やかに自殺して名を残さんと思えども、某《それがし》、年来、ヤソ宗を信じ自害すること勿れとの彼の宗の戒めを深く守るなれば、夫さえ心に任せぬ也。某を伴いて内府に献じ給わば、恩賞最も重かるべし」

また家康の侍医だった板坂卜斎《ぼくさい》がこの林蔵主から聞いた話を『慶長年中卜斎記』に書いているが、それによれば、

「慶長六年の秋、某、城和泉守父子と同道、木曽路へ掛り江戸へ下り関ヶ原庄屋所に宿を借り、城和泉守古き人にて候えば……亭主六十余の入道なり。其時地下の人共落人の事を如何にも委しく物語いたし候。小西殿をば当所の地下人、草津へ同道申候か如何と尋ねられければ、小西殿を御供申候は某にて候と、夜も長く候、その節の事、委細語り候えとかたらせ候。際限もなき落人にて候。某は在処の年寄にて候えば、落人を剝取、侍を軽しめ申事有るべからず、大形にいたし候えと在所の百姓共に下知仕候。……近所の山にてそこなる人来候えと御申候御方御座候。不入《いらざる》拙者へ御用と仰せられ候わんよりは、何方へなり共忍び御落候えと申しければ、是非共近く来候えと御申候。達って不入《いらざる》御事と申候え共、必近く来候え、頼候わんと御申候。近くへ参り何の御用と申しければ、吾は小西摂津守なり。内府へ連れて行き、褒美を取れと御申候。沙汰の限り勿体なき御事、少しなり共早く

落ちさせられ候えと申しければ、我等は自害するも易けれ共、根本吉利支丹なり。吉利支丹の法に自害はせずと様々仰せられ候。在所の百姓も聞候儘、さらば御供申すべしとて我宿へ御供申し、家康公様御本陣へ小西殿を御供申すに、自然道にて人に奪われ候ては如何あるべきと存じ、竹中丹後守殿家老を呼び……」

『卜斎記』によれば行長は林蔵主の家に連れていかれたのちに馬に乗せられ、草津の家康の家来である村越茂助の宿所まで連行されていった。村越茂助はここで行長に縄をかけ首に枷をはめた。林蔵主には黄金十枚が与えられ、竹中丹後守にも家康から感状が贈られた。イエスがユダに僅かな金で売られたように行長も林蔵主に黄金十枚で売られたのだった。

他方、石田三成も伊吹山をめざして逃げ、従う家臣とも別れて、ただ三人の従者のみつれ、近江浅井郡の草野谷と小谷山とに潜伏、その後三人に別れ古橋村（現在の木之本町）にある母の菩提寺の三珠院にかくれていた。やがてそれも村民の知るところとなり、身体も衰弱していたため進んで村民の一人に命じて東軍の田中吉政に連絡をさせている。

三成と行長とはこのように別々に捕縛されたが大津の家康の陣の矢倉に同じく京都六条で縛された安国寺恵瓊と共に留めおかれた。前記の『卜斎記』はこの時の行長の模様を次のように書いている。

「大津の矢倉に小西と安国寺を置申候。小西は座敷真中に首がねをはめられ、番の者と咄《はな》す。安国寺は脇に障子を立て、其中に置申候。某《それがし》（卜斎）参候えば、面目なく候、此仕合はと申され候。小西は首がねの扣《おさえ》、直《すぐ》にて寝起はアマリ不自由に候。迚《とて》も存命候わん身にてはなけれ共、一日も存命候内は身の安きように首がねの扣《おさえ》をくさりにと、番の衆へ口説き御申候。番衆申候は、町中焼け、鍛冶屋壱人もなく候と申候えば、京へ御申遣候わば、唯今の御威勢にては即時に出来申すべく候、ならぬ事は有間敷と申候」

鉄の首枷をはめられ、その辛さに耐えて死を待ちながら行長は何を思ったか。イエスは他人《ひとびと》のために十字架を背負った。思えば彼の一生は自分のために鉄の首枷をいつもはめられたようなものだった。彼は秀吉にその首枷をはめられて朝鮮で不本意な、長い戦いを行わねばならなかった。彼は自分の世俗的な野心のため我と我自らで首枷をはめてきたのである。右近のようにその首枷を投げ棄て信仰ひとすじに生きるにはあまりに弱すぎたからである。

だが今、死が確実に迫っている。行長がはじめておのれの信仰を孤独のなかで嚙みしめる。長い間、彼の信仰はその俗的な野心のため、必ずしも純粋とは言えなかった。右近追放後、彼は切支丹宣教師のために力を貸し、助けもしたがその気持には世俗的野心もまじっていた筈である。だが今、死刑を前にして信仰以外に何に頼り、何を支えとできるだろう。切支丹である彼がこの自分を十字架を背負わされゴルゴタの丘に歩かされるイエスと比べて、そこに慰めを見出さなかった筈はない。

この大津で彼が黒田長政に告白の秘蹟を受けたいので神父を呼んでほしいと頼んだ。これは当時日本についてのちに殉教したイエズス会のカルバーリュ神父の一六〇〇年の書簡に書かれている(註一)。告白の秘蹟とは基督教信者がおのれの罪を司祭に打ち明け、神の許しを求める行為である。

「『この死が決まった人生でただ一つだけ私のために取り計らって頂きたい。それは切支丹の教義に従って罪を告白するため司祭と面会する機会を与えてほしいことです』。甲斐守（長政）はその点、内府さまにできるだけお願いしてみようと約束されました。……」とカルバーリュ神父はのべている。「しかし内府さまはつめたい素振りをされ、不必要にアゴスティーニュ（行長）の請願を受けることにたいし不興の意を甲斐守に示されました。……数日後、アゴスティーニュは多くの人々に取りまかれて大坂に護送されましたが、彼はそこでもおのが魂の汚れを告白の秘蹟で浄めようとの意志を変えませんでした。この件について彼は我々の同僚に依頼の書簡を送りましたが、その数通は内府さまに抑えられました。……内府さまは立腹され、以前よりも監視をきびしくし我々司祭が彼に近づかぬよう見張番に厳命されました。そこで我々はあらゆる手段を講じてみましたが、彼の望みをかなえさせることができませんでした」。

彼はこの日々、領国の宇土が加藤清正の軍勢に包囲されていることを知っていただろうか。彼の生涯のライバルだった清正は八千五百余の兵をもって関ヶ原の戦いが終って五日後、隈本を発し、宇土に侵入、城をとりまいたのである(註二)。だがその知らせを受けたとしても囚われた行長にはもはやなすすべはない。彼はおそらく城兵のために祈るより仕方なかったであろう。

処刑は十月一日と決まった。「獄中で彼はおのが罪を辛い思いをもって反省し、聖母のとりなしを願いつつ、教義に従って祈りをとなえました」とカルバーリュは書いている。

九月二十八日になると、三成と行長と恵瓊との三人は、家康の家臣、柴田左近、松平重長に護られてまず大坂に連れていかれた。大坂と堺とで街で引きまわしの屈辱を受けるためである。当日、裸馬に乗せられ、首には鉄枷をはめられ、顔には蔽いがかけられ、三成、恵瓊、行長という順で決められた路を引きまわされている。辻にくると行列がとまり、罪状が大声で読みあげられる。

三成や恵瓊にとってはともかく、堺は行長にとっては小西一族の地盤とした都市である。彼がそこで育ち、父、隆佐が奉行格で豪商たちを支配した街である。さまざまな思い出がそこに残っている。そのさまざまな思い出の堺の街で今、敗者の姿で引き廻されたのである。

堺と大坂で引き廻されたのち、三人は京都に連れていかれた。所司代、奥平信昌が彼等を引きとってその邸に閉じこめた。

処刑当日の十月一日、記録によると快晴だった。馬の代りに三台の荷馬車に乗せられた三人は堀川出水の所司代邸から当時の慣例に従って一条の辻、室町通、寺町を経て刑場の六条河原に向った。この時も三成、恵瓊、行長の順番だった。群衆は沿道にも河原にも集まっていた。その数、数万人だったと言われる。

カルバーリュ神父は、この時の模様をかなり詳しく書いているが、それによると刑場の六条河原に近づいた時、群衆をかきわけて一人の切支丹信徒が行長のそばにそっと近づき、イエズス会の神父たちはあなたに面会するため、あらゆる方策をつくしたが、それは許されなかったと告げた。行長はそれにたいし、

「私は自分の罪を告悔の秘蹟（カトリックの罪のゆるしを与える秘蹟のこと）によって浄めることを拒まれたので、その罪を男らしく償おうと努めてきた。私は神父たちの勧めと助言の通り、おそらく神父たちが私に忠告してくれるであろう償いを獄中にあって果そうと努力した……ここ数日来、私は自分の罪のため、神からこの上ない苦しみを受けている。しかし救いの確信を持ち、慰めを受けながら、悦んでこの世を去ることができるのだ」

この時、仏僧たちが現われ彼等に説教しようとしたが、行長は大声をあげてこれを断わり、「私は基督教徒だから仏僧たちと何の関係もない。私も天上に憧れているが、彼等の望む天上の生活と一緒になりたくない」こう言ってロザリオを手にして大声で祈りを唱えた。

刑場についた時も一人の高僧（日本側記録によるとおそらく七条道場の遊行上人であろう）が供に囲まれて現われ、三成と恵瓊に経に接吻をさせ、ついで行長の頭にもこの経を戴かせようとしたが、この時も彼は体よく断わった。

今や鉄の首枷をはずす時が来た。彼はもうただ一つのことのほかは何も望まない。何も見ない。彼の鉄の首枷だった現世での野望も野心も消え去ったのである。今まで肌身から離さなかったキリストと聖母の絵（これはカロロ五世王の妹であるポルトガル王妃からの贈物だった）を行長は両手で捧げ、三度、頭上に頂き「晴朗なる顔をもってしばらく天上へ両眼を見据えてから御絵を眺め」（家入敏光訳）介錯人に首をさしだした。その首を介錯人は三太刀で前に落した。

カルバーリュは更に行長の遺体が信徒たちの手で絹の袍衣に包まれ、京都のイエズス会の住院に運ばれ、そこでカトリックの埋葬の儀式を受けたことを報告している。しかもその遺体を包んだ絹の袍衣には、行長が妻ドンナ・ジュスタと子供たちに宛てた次のような遺書が縫いこまれていた。

「今回、不意の事件に遭遇し、苦しみのほど書面では書き尽しえない。落涙おくあたわず、このはかなき人生で耐えられる限りの責苦をここ数日来、忍んできた。今や煉獄で受くべき諸々の罪を償うべく、苦しみぬいている。自分の今日までの罪科がこの辛い運命をもたらしたのは確かである。されど身にふりかかった不運は、とりもなおさず神の与えたもうた恩恵に由来すると考え、主に限りない感謝を捧げている。最後にとりわけ大切なことを申しのべる。今後はお前たちは心をつくし神に仕えるよう心がけてもらいたい。なぜなら、現世においては、すべては変転きわまりなく、恒常なるものは何一つとして見当らぬからである」(家入敏光訳)

「これが」とカルバーリュ神父は書いている。「アゴスティーニュ行長の最期でした」と。これがアゴスティーニュ行長の最期でした……。

「現世においては、すべては変転きわまりなく、恒常なるものは何一つとして見当らぬ」というこの遺書の一節は我々に行長の人生そのままを連想させる。彼を引きたてた秀吉は同じように「浪速のことも夢のまた夢」と辞世の句で呟いた。だが切支丹の行長にとってはすべて変転きわまりないのは彼がその眼で見た四十数年間の武将たちの栄枯盛衰や権力者の交替のみならず、彼自身の野心のむなしさ、はかなさであった。「恒常なるものは何一つ、見当らぬ」。彼はこの時、神のみが彼の頼るただ一つの存在であったことを妻と子に――自分の変転きわまりなかった人生の結論として――語ってきかせたのであろう。

四十数年間の彼の生涯はこうして幕を閉じた。彼はおそらく幼児洗礼によって神と関係を持ったが、その過半生ではその信仰はまだ右近のように本物と言えなかった。戦国の時代に生れた行長は他の英雄たちと同じように野心がありすぎた。野心は彼にとって神より大事だった。だが彼が神を問題にしない時でも、神は彼を問題にしたのである。「神は我々の人生のすべてを、我々の人生の善きことも悪も、悦びも挫折をも利用して、最後には救いの道に至らせたもう」。この聞きなれた言葉を行長の生涯のなかで我々も見つけることができる。神は野望という行長の首枷を使って、最後には「彼を捕えたもうた」からである。一度、神とまじわった者は、神から逃げることはできぬ。行長もまた、そうだったのである。

註一　彼の末期については松田毅一博士の御好意で天理大学助教授家入敏光氏の未発表の訳稿によるヴァリニャーノやカルバーリュの書簡を利用させて頂いたことを感謝したい。

註二　行長の死後の宇土城と、その遺族について簡単に記述しておきたい。
　十月一日、行長が斬首されたあともその居城宇土ではその死を知らなかった。行長の弟、小西隼人の守るこの城は関ヶ原の戦いが終って五日後の九月二十日から加藤清正の八千五百余の兵に包囲されたからである。この時、城内には五人のイエズス会員たちがいて傷病兵の看護や戦死者の埋葬にあたっていた。カルバーリュ神父によると、清正は長崎滞留中のイエズス会巡察使を通してこれら城内のイエズス会員に連絡し、開城を説得させようとしたが拒絶されたという。だが、この頃、宇土に帰還した行長の家臣によって城兵は関ヶ原の敗戦を知り、降伏せざるをえなかった。十月二十三日のことである。小西隼人は切腹し、また当時城内にいた内藤如安は清正に召しかかえられている。

行長の妻ドンナ・ジュスタについては確実な資料がない。カルバーリュは彼女が最後には家康の赦免を得て助かったと伝えている。カルバーリュは十二歳になる行長の息子が毛利家にあずけられ、広島近郊に移されたが、まもなく小姓一人、家臣一人と共に大坂に連れていかれて殺されたと言う。

行長の娘マリアは既にのべたように宗義智と結婚したが、関ヶ原の戦いののち、夫の義智は家康の怒りを怖れて彼女と離婚した。彼女は侍女と共に長崎に送られ、イエズス会員の手で「女子修道院」にかくまわれた。一説にはその五年後、没したとも言う。

小西行長および
文禄・慶長の役関係図
小西軍の進路（文禄の役）
小西軍の進路（慶長の役）
日本海
40°
36°
32°
134°
兵庫
尼ケ崎
高槻
大津
糟賀部
関ヶ原
京都
安土
草津
伏見
大坂
堺
根来
雑賀
淡路島
明石
小豆島
鞆
塩飽諸島
高松
冠山
岡山
上月
室津
三木
大矢野
津浦

オランカイ
会寧
豆満江
咸鏡道
鴨緑江
平安道
義州
寧辺
大同江
順安
平壌
竜泉
谷山
黄海道
鳳山
開城
白川
臨津江
江原道
碧蹄館
幸州
京城
京畿道
漢江
忠州
聞慶
洛東江
忠清道
鳥嶺
尚州
慶尚道
彦陽
蔚山
西生浦
黄海
慶州
大邱
密陽
全羅道
威安
梁山
南原
宜寧
東莱
釜山
晋州
順天
絶影
竹島
熊川
馬山
大浦
対馬
厳原
勝本
壱岐
右水営
露梁
泗川
麗水
南海
固城
鎮海
閑山島
名護屋
度島
平戸
唐津
博多
笘崎
大村
長崎
有馬
口ノ津
志岐
本渡
栖本
川内
鹿児島
0
200km
126°
130°

年譜

天文十九年（一五五〇）庚戌
前年、鹿児島に到着し、山口などで布教していたフランシスコ・ザビエルは上京に際し、京都在住の小西隆佐あて日比屋了珪の父の紹介状を持参したという〔松田毅一説〕。（小西家とキリスト教との接触のはじめ）

永禄元年（一五五八）戊午　行長一歳
小西弥九郎行長、堺に（？）誕生。堺の有力者・小西隆佐の次子か〔宣祖実録（巻60、f22a）よりの逆算。年齢は数え年〕。

永禄八年（一五六五）乙丑　八歳
七月五日、将軍足利義輝の殺害（五月十九日）の余波で、勅令により京都から追放されたルイス・フロイスは、小西隆佐の保護をうける〔フロイス『日本史』第1部67章〕。

永禄十二年（一五六九）己巳　十二歳
一月十日、織田信長、美濃より上洛。ついで堺市民が三好長逸らを援けたのを責める目的で、堺へ部将を派遣する。このとき十一歳の小西行長が茶の給仕に出て木下藤吉郎（のち豊臣秀吉）の面識を得たとする伝えがある〔絵本太閤記―同書による行長の年齢比定と本年表が依拠した宣祖実録とは一歳ちがう〕。六月一日、同日付のフロイス書簡によると、小西隆佐はすでにキリスト教徒である〔幸田成友所引〕。永禄八～十二年の間に隆佐とその一族は受洗か〔シュタイシェンは一五八三年受洗説〕。

元亀元年（一五七〇）庚午　十三歳
備前の宇喜多直家、麾下の岡山城主・金光宗高を殺す。

天正元年（一五七三）癸酉　十六歳
宇喜多直家は、この年、岡山城を修復して、国中の商人を城下へまねく。福岡の商人の手代、呉服商の魚屋九郎衛門（弥九郎とも）も、こうした商人の一人で、宇喜多直家とは密接なつながりがあった。のち小西隆佐の子・弥九郎行長を養子とする〔備前軍記〕。
天正三年（一五七五）乙亥　十八歳
長篠の戦い。織田、徳川の連合軍は鉄砲をもって武田の騎馬軍を破る。
天正四年（一五七六）丙子　十九歳
七月、毛利輝元麾下の水軍、織田信長の水軍を摂津木津川河口に破り、兵糧を石山本願寺に入れる（織田、毛利の戦争のはじまり）。信長は羽柴秀吉に西国経略を命ずる。小西行長はこのころ岡山城下で魚屋弥九郎の養子となる〔絵本太閤記〕。
天正五年（一五七七）丁丑　二十歳
十一月、羽柴秀吉らの軍、播磨を侵し、宇喜多直家と戦う。十二月三日、秀吉は、播磨上月城を陥れ、直家は備前に退く。直家は毛利と織田との間で去就に迷い、「秀吉をいまだ猿と人の呼し時竹馬の友にて」あったという小西弥九郎を使いにそえてさし出す〔備前軍記〕。
天正七年（一五七九）己卯　二十二歳
九月四日、秀吉は安土で信長に謁し、宇喜多直家の来降を報じたが、信長は認めず秀吉を播磨に下らせた。九月、魚屋弥九郎（小西行長）、宇喜多直家の使者として平山で秀吉と会見する〔絵本太閤記〕。十月三十日、信長は直家の降を容れる。
天正九年（一五八一）辛巳　二十四歳
二月十四日、宇喜多直家死去。秀吉をたのみ次男八郎を家督とする（のちの秀家）〔備前軍記〕。このころ宇喜多の兵はしばしば秀吉と協力して毛利軍と戦う。

天正十年（一五八二）壬午　二十五歳

三月、織田、徳川の兵、甲斐を攻略。武田氏ほろぶ。四月十四日、宇喜多の兵と共に備中に入って秀吉は宮路山、冠山の両城を囲む。同二十五日、毛利の将・清水宗治の一党のこもる冠山城を陥れる。行長は、はじめて軍人としてこの戦いに参加〔池永晃説〕。五月、秀吉の軍は清水宗治を備中高松城に囲む。六月二日、明智光秀、信長を京都本能寺に殺す。同三日、秀吉は京都の変報を知る。同四日、信長の訃を秘して毛利輝元と講和。兵をかえして明智と決戦を期す。清水宗治は自決する。同十三日、山崎の戦い。秀吉ら、明智の軍を破る。同二十七日、尾張清洲城の会議により、信長の嫡孫・三法師（秀信）を後嗣とする。十二月十四日、秀吉は、小西行長に材木運送の遅延を叱責する。すでに堺へ帰って秀吉のために運輸関係の業務にたずさわっていたものか〔豊田武説〕。

天正十一年（一五八三）癸未　二十六歳

三月、羽柴秀吉、柴田勝家と戦う。四月、近江賤ヶ岳の戦いに勝家を破り、秀吉は加賀、越前を平定する。六月、秀吉は京都大徳寺に信長一周忌の法会を修し、ついで大坂城に入る。このころ小西行長は高山右近と知りあい受洗した、とする説〔シュタイシェン〕がある。八月、イエズス会のオルガンティーノ師は大坂城に秀吉を訪問する。同席者はロレンソ修道士（日本人）のほか、小西隆佐、安威了佐であった〔フロイス、第2部47章〕。

天正十二年（一五八四）甲申　二十七歳

一月、紀伊根来《ねごろ》・雑賀《さいが》の一揆が岸和田に進出、羽柴秀吉の部将・中村一氏を襲う（秀吉と紀伊一揆との対立の開始）。一揆の出撃をきいた小西行長は約七十隻の舟を率いて来援し、和泉の海岸沿いに敵を攻撃した〔フロイス、第2部57章〕。フロイスによれば、行長はこのときすでに海軍総司令官《カピタン・モール・ド・マール》（船奉行のことか）である。三月、織田信雄は徳川家康と結び、秀吉と絶交する。四月、小牧・長久手の戦い。家康は秀吉軍の先鋒を破る。六月十六日、秀吉は讃岐十河城に兵糧を輸送するため仙石秀久を遣わし、小西行長、石井与次郎らに秀久の命を待つよう指令する。八月十四日、津田宗及の昼の茶席に小西行長は光明院康因を伴って出席〔天王寺屋会記〕。十一月、秀吉は信雄、家康と講和する。

天正十三年（一五八五）乙酉　　二十八歳

三月二十一日、羽柴秀吉は根来・雑賀一揆を降そうとし、兵をおこして和泉、紀伊に入る。小西行長はこのころ船奉行の一人であった〔紀州御発向之事〕。雑賀の太田城攻めでは、行長は水軍を率いて参加〔フロイス、第2部58章〕。六月、秀吉は四国攻めを開始（八月平定）。七月、朝廷は秀吉を関白とし、藤原の姓を賜う。行長は従五位下、摂津守に任ぜられる〔野史〕。八月、佐々成政、秀吉に降る（越中平定）。この秋、秀吉は中国征服（唐入り）の志をはじめて公表〔岩沢愿彦説〕。朝鮮経由であることも翌年明らかにされた。

天正十四年（一五八六）丙戌　　二十九歳

四月、大友宗麟は大坂に来て秀吉に謁し、島津氏の豊後侵入を訴える。秀吉は九州の諸将の国境を定め、従わぬものを討たんとする。六月十四日、秀吉は堺代官・松井友閑を罷免し、石田三成、小西隆佐を後任とする〔朝尾直弘説〕。七月、島津軍は大友氏の筑前岩屋城を陥れる。秀吉は島津征伐の軍をおこす。八月十四日、秀吉は黒田孝高、宮木宗賦、安国寺恵瓊に毛利軍の九州進攻を指示する。赤間関までの兵糧の運搬は小西弥九郎に命じてある、と書簡にみえる。このころ小西行長は小豆島、塩飽諸島、室津の支配をしていた。十二月十九日、秀吉を太政大臣に任じ、豊臣の姓を賜う。同二十六日、立春。千利休の朝の茶会に小西行長、古田織部、今井宗久、立石紹林が出席する〔南方録。ただし年度については疑いもある。南方録には、行長出席の利休の茶会で年度の確定できぬものが、他に二つ――五月四日と九月二日――ある〕。

天正十五年（一五八七）丁亥　　三十歳

一月、秀吉は自ら島津氏を討つことを決し、諸臣に布告、先鋒を送る。三月、秀吉、大坂を発して西下する。四月二十八日、小西行長、加藤嘉明、脇坂安治、九鬼嘉隆の率いる水軍は、秀吉の命で薩摩平佐城を攻撃する。五月、秀吉は薩摩川内に入り、島津義久は降伏する。秀吉はその所領薩摩を安堵する。また肥後一国を佐々成政に与う。六月七日、秀吉は筑前筥崎にかえり、九州諸大名の封域を定める。同十一日、秀吉は博多町の再興を命ず。行長は五人の委員の一人に選ばれる。同十五日、秀吉は対馬の宗義調に命じて、朝鮮国王の来朝を促し、遅滞ある場合は出兵する、と伝えさせる。同十九日、秀吉は日本副管区長コエリュを呼びつけてキリスト教の禁止、二十日以内を期して宣教師の国外追放を布告する。高山右近は棄教を肯んぜず、明石の所領を棄てる。六月下旬〜七月上旬、このころオルガンティーノ師は動揺した小西行長と室津で会う。信仰と権力の板ばさみになった行長は、面従腹背に生きる決意をする。八月、肥後の国衆は佐々成政に対して一揆を起す。秀吉は小早川秀包らを鎮圧のために動員する。九月、宗義調の臣・柚谷康広ら朝鮮に入って通信使の発遣をもとめる〔宣祖実録〕。十月、秀吉は北野大茶湯を催す。

天正十六年（一五八八）戊子　三十一歳

二月、このころ肥後一揆の発生をまねいた罪を自ら謝そうとして大坂に向った佐々成政は尼崎に幽閉される。閏五月十五日、肥後の一揆は鎮圧され、秀吉は加藤清正らに検地を命ず。この日、秀吉は肥後を二分し、加藤清正、小西行長に与える。清正は隈本、行長は宇土に鎮す。六月十三日、行長は大坂を発って宇土へ向う。「右近を伴う」〔フロイス〕。十二月、宗義智、その臣・柳川調信、僧玄蘇ら通信使発遣を乞う。翌年にも同前〔宣祖実録〕。

天正十七年（一五八九）己丑　三十二歳

九月（？）、志岐、天草ら天草五人衆の国衆は、宇土城普請の公役のことをもって行長に反逆する。行長の臣・伊知地文太夫は志岐麟仙を攻めて逆に敗れる。十月、行長は加藤清正の援軍を得て志岐城を囲む。十一月五日、清正は天草の将・木山弾正と志岐に近い仏木坂で戦い、これを殺す。同十日、志岐城開城。同二十五日、行長ら天草氏の本渡城を陥れ、天草一揆おわる。

天正十八年（一五九〇）庚寅　三十三歳

一月、秀吉は小田原の北条氏を攻撃することを決し、動員を行う。三月一日、秀吉は京都を発し小田原へむかう。朝鮮国王李昖（宣祖）は、しばしば宗義智から望まれていた通信使の発遣を前年九月に決定し、この月、正使・黄允吉、副使・金誠一を対馬の宗義智と共に来聘させた。八月、秀吉は駿府に小西行長、森吉成を招き明国出兵の準備を議す。十一月七日、東征からかえった秀吉は、京都聚楽第に朝鮮使を引見し、答書を与う。同十一日、千利休は朝の茶席に宇喜多秀家、住吉屋宗無と共に小西行長を招く〔利休百会記〕。

天正十九年（一五九一）辛卯　三十四歳

一月二十二日、羽柴秀長薨ず。二月二十八日、秀吉は千利休を自殺させる。六月、宗義智、釜山におもむく。九月、秀吉は諸将に翌年の朝鮮出兵を準備させる。十月十日、肥前名護屋の普請はじまる。

文禄元年（一五九二）壬辰　三十五歳

一月五日、秀吉は朝鮮を経て明国に出兵することに決し、諸将に出陣を命ず。同十八日、秀吉は小西行長および宗義智の献策により、これを朝鮮に遣わし帰伏を勧めさせる。この間、諸将を待機させる。三月四日、加藤清正は肥前名護屋から壱岐に渡る。同十二日、小西、宗、松浦鎮信、有馬晴信、大村喜前、五島純玄らは、対馬に渡り府浦（いまの厳原《いずはら》町）に着く。同十三日、秀吉は朝鮮の返報をまたずに進撃を命じ、諸将の部署を定める。同二十三日、行長は宗義智を対馬府中に訪い、ついで共に豊崎に陸行する。四月七日、宗義智が朝鮮に派遣した使船が対馬の大浦に帰着する。同十二日、小西、松浦、大村、五島、宗らは兵船七百余艘を率いて大浦を発し、朝鮮の釜山浦に入港する。宗義智は上陸して僉節制使・鄭撥に入明のため仮途を求めるがきかれず、帰船する。同十三日、行長らは釜山鎮城を攻めて陥れ、守将・鄭撥を殺す。同十四日、行長は東莱城を陥れる。守将・宋象賢は戦死する。同十六日、行長は梁山城を奪う。同十七日、行長は密陽府を陥れる。府使・朴晋は逃亡する。ついで清道、大邱、仁同などの諸城は戦わずして降る。この間、加藤清正は鍋島直茂、相良頼房と共に釜山に上陸し、東莱を経て梁山に着くが、行長が尚州にむかうと聞いて転じて彦陽を陥れる。他の諸将もつづいて釜山に上陸し各地を経略する。加藤らは東路、行長は中路、黒田長政、森吉成、大友義統らは西路から進む。同二十日、加藤清正らは慶州城を陥れる。同二十四日、行長は尚州城を陥れ、ついで咸昌、聞慶を陥れる。同二十五日、秀吉は名護屋の本営に着いた。同二十七日、行長は忠清道に入り、忠州に達する。翌二十八日、清正は忠州で行長らと会う。五月一日、忠州を発した行長らの軍はこの日、驪州を経て南漢江を渡る。朝鮮国王・李昖は京城（現在のソウル）を棄てて平壌にむかう。同二日、清正は京畿道の竹山、竜仁などを経て、この日、漢江を渡る。これより先、行長が尚州で和議を申し入れた同知中枢府事・李徳馨は、この日、竜仁に来て清正と会見し、懼れて逃げかえる。同三日、小西、宗ら京城に入る。清正も入城する。同十八日、行長は金命元と和を約す。朝鮮軍は臨津江を渡って京城に来襲するが敗退する。同二十七日、清正、行長、黒田長政、鍋島直茂らは申砝らの朝鮮軍の襲撃をしりぞけて臨津江を渡り、この日、開城を陥れる。これに先立って、京城にある諸将は攻撃する地方の分担をきめた（小西行長は平安道、加藤清正は咸鏡道、黒田長政は黄海道、森吉成は江原道、福島正則らは忠清道、小早川隆景は全羅道、毛利輝元は慶尚道。宇喜多秀家は京城でこれを総督する）。六月一日、小西、宗は朝鮮の三公に、日本に加担して明国を攻撃するよう勧告する。このころ秀吉は自ら朝鮮に渡ろうとして諫止され、かわりに軍の再編、民政の徹底、明国への侵攻などを指令する。同七日、小西、宗、黒田、大友などの軍は大同江に達する。同九日、行長は宗の家臣・柳川調信らを遣わして江上で李徳馨と和議を行わせるが不調におわる。同十五日、島津の将・梅北国兼は朝鮮出陣をこばんで背き、名護屋に進撃しようとしたが、この日、肥後佐敷城を襲って敗死する。この日、小西らの軍は大同江を渡り、戦わずして平壌城を陥れる。七月七日、これより先、日本水軍は朝鮮水軍節度使・李舜臣の軍と戦って敗北していたが、この日も全羅道見乃梁（閑山島沖）で戦って大敗する。同十六日、明の朝鮮派遣軍は平壌奪回をはかる。行長らこれを撃退する。同二十二日、秀吉の生母大政所、薨ず。同二十三日、咸鏡道を攻略中の加藤清正は会寧城にいたる。朝鮮の二王子これに降伏。八月一日、巡察使・李元翼の軍、平壌に来襲して敗退する。同三十日、明の遊撃・沈惟敬は平壌に来て和を求める。行長は五十日間の休戦を認める。十月二十日、豆満江をこえて深く兀良哈《オランカイ》にまで達した加藤清正は安辺に帰城して、この日、秀吉に戦況を報告する。十一月二十日、沈惟敬は平壌で行長と会見したが、和議は調わなかった。

文禄二年（一五九三）癸巳　三十六歳

一月三日、行長が順安に派遣した和議の使者・竹内吉兵衛らが、明の副総兵・査大受に捕えられる。同七日、明の提督・李如松によって平壌を包囲されていた行長は、この日、撤退して京城にむかう。同二十一日、平壌の敗報をきいた日本軍の三奉行（増田長盛、石田三成、大谷吉継）は京城で戦線撤退を決定する。同二十六日、追撃してきた明の李如松の軍を迎撃した小早川隆景、立花宗茂らの日本軍は、これを京城郊外の碧蹄館に破る。二月五日、明の参軍・馮仲纓らは安辺に来て加藤清正と会見、和平と二王子の返還をもとめるが拒絶される。このころ行長は釜山に帰着〔九日付の木下吉隆より駒井重勝あて書簡＝史料綜覧、二月九日条〕。同十六日、平壌の敗報をうけた秀吉は黒田孝高（如水）、浅野長政を派遣して善後策を指示する（加藤清正、鍋島直茂は咸鏡道を撤兵し京城・開城の間に。黒田長政、小西行長は開城に。小早川隆景は京城に。宇喜多秀家は遊軍を統轄。島津義弘は旧の通り金化に）。このころ兵糧が欠乏し、京城の日本軍は雑粥をすすっている状態であった。三月十五日、宇喜多秀家は三奉行らと会談し、講和の条件を定めた。これより先、明の李如松は沈惟敬を派遣して行長と竜山で会見している。四月十八日、宇喜多秀家ら、京城より撤兵。これに先立って秀家は小西、石田、小早川らと計って休戦していた。五月七日、朝鮮に在る諸将は釜山に集結し、南海岸の諸城に分屯することとなる。このころ石田三成、小西行長は明の使者・謝用梓、徐一貫を伴っていったん帰国、十五日に名護屋に着く。六月二十日、講和条件を提示する。同二十九日、秀吉の命によって攻撃を行っていた慶尚道の晋州城が陥落する。七月二十二日、京城に滞在中の内藤如安からの報により、行長は諸将と議して朝鮮の二王子を釜山から送還する。八月三日、淀君は秀吉の子・拾丸（秀頼）を産む。十月三日、和議を喜ばない加藤清正は、期日をすぎても明の返報がないことを怒って慶尚道の安康を攻略、明の劉綎の援軍を破って陥落させる。

文禄三年（一五九四）甲午　　三十七歳

一月二十日、小西行長と慶尚道の熊川に会見した沈惟敬は、共に謀って秀吉の降表を偽作し、この日これを持って遼東にむかう。四月十三日、朝鮮国王・李昖は僧惟政らを遣わして西生浦の加藤清正に講和を交渉させる。翌日、清正は五条件を呈示する（惟政はこれを行長と惟敬の相約と誤認した）。十一月一日、小西行長は、清正の講和条件は秀吉の意ではないことを慶尚道右兵使・金応瑞に告げる。十二月十四日、行長の使者・内藤如安はこの日、北京で明皇帝に謁す。同二十日、重ねて謁見があり、秀吉を日本国王に封ずることを定め、李宗城が冊封日本正使に任ぜられる。この年、行長の父・隆佐没す。享年七十〔シャルルボア『日本歴史』に基づく幸田成友説〕。

文禄四年（一五九五）乙未　三十八歳

一月十三日、明の遊撃・陳雲鴻らは熊川の小西行長の陣営に入り、講和のことを議す。同三十日、明の冊封日本正使・李宗城、副使・楊方亭は北京を出発する。二月七日、蒲生氏郷、京都で薨ず。同十一日、明兵部差官・婁国安、馮堂らは熊川の陣営に来て小西行長、柳川調信らと会見する。行長は明使が来るか否かが判明しないという理由で撤兵を拒む。四月二十七日、沈惟敬は釜山で小西行長と会見する。同二十九日、行長は諸将と議して、秀吉に撤兵の令を請うために帰国する。六月二十六日、行長は熊川の陣営に帰る。七月十五日、秀吉は秀次を自殺させる。（八月二日、その子女、妻妾三十余人を京都三条河原で斬る）。十月十日、明の副使・楊方亭は釜山の行長の陣営に入る。十一月二十一日、明の正使・李宗城は内藤如安と共に釜山の小西行長の陣営に入る。

慶長元年（一五九六）丙申　三十九歳

一月三日、行長は沈惟敬を伴って釜山を出発し、肥前名護屋にむかう。四月二日、明の正使・李宗城は釜山の小西行長の陣営から逃亡する。五月四日、都督僉事・楊方亭を冊封日本正使に沈惟敬を副使にする。六月二十七日、沈惟敬は伏見城で秀吉に謁す。閏七月四日、朝鮮通信使・黄慎、副使・朴弘長ら釜山を出発、日本にむかう。同十三日、畿内の大地震。加藤清正は帰国して秀吉の勘気をこうむり、伏見で謹慎中であったが伏見城にかけつけた。翌日、秀吉は清正を赦す。八月二十八日（グレゴリオ暦十月十九日）、スペイン船サン・フェリーペ号は嵐に遭って土佐浦戸に漂着〔日時は松田毅一『秀吉の南蛮外交』〕、秀吉によるフランシスコ会弾圧、「二十六聖人殉教」の原因となる。同二十九日、明の正使・楊方亭、朝鮮通信使・黄慎ら大坂に着く。秀吉は宗義智の臣・柳川調信に朝鮮使節を詰問させ、明使と共に謁見することを許さなかった。九月一日、秀吉は大坂城で明の使節を引見、誥命、勅諭、金印、冠服を受ける。翌日、これを饗応するが、相国寺承兌（西笑）に詔勅を読ませて明の意を知った秀吉は怒って冊封使を追い返し、朝鮮再征を決定する。十二月二十一日、朝鮮通信使は帰国して秀吉の出兵を報告する。

慶長二年（一五九七）丁酉　四十歳

一月十四日、加藤清正は朝鮮に上陸、西生浦に進む。小西行長はじめ先鋒の軍、つづいて上陸。六月十三日、秀吉は朝鮮国王が要求に応じないことに怒り、小早川秀秋を大将とし、小西、加藤を先鋒としてまず全羅道から北上させようと計る。同二十七日、沈惟敬は僧惟政を加藤清正に遣わして和平を策したが、清正が応じないため、行長を頼って脱走しようと計り、捕えられる。八月十三日、宇喜多秀家は諸軍を率いて南原城を攻略する。日本の諸軍は北上を開始する。十二月二日、小西行長が全羅道順天に築かせていた城が竣工する。同二十二日、明・朝鮮の軍が蔚山《ウルサン》城を囲む。急をきいて加藤清正は来援、城中に入る。翌年にかけて明軍はここを猛攻する。翌年一月四日、蔚山の包囲を解く。

慶長三年（一五九八）戊戌　四十一歳

三月、行長は明指揮・呉宗道に対し和をもとめる。八月五日、秀吉は死期を悟り、徳川家康、前田利家など五人の年寄衆に子・秀頼を托す。同十八日、秀吉薨ず。同二十五日、家康、利家は秀吉の喪を秘して朝鮮と和を講じ、撤兵するため使者を遣わす。九月十九日、小西行長は明の提督・劉綎と和約しようとし、順天城を出たところ伏兵に遭い、城にもどる。明軍は水陸よりこれを囲む。蔚山、泗川などの日本軍拠点に対しても明軍攻勢に出る。十月八日、前田玄以、増田長盛、長束正家は奉行として朝鮮の全軍に撤退を指令する。同二十五日、行長は劉綎と和す。十一月十日、行長らは順天を出て釜山に集結しようとする。泗川、蔚山の諸軍も撤退する。同十八日、島津、宗らの軍は、行長を迎えに南海島に着いたところ明の水軍の攻撃をうける。島津義弘は巨済島に退く。同十九日、南海島をめぐる海戦（露梁津の海戦）で李舜臣が戦死する。同二十六日、行長、大村喜前など釜山を発して帰国。翌日、清正も釜山を発す。十二月二十六日、五奉行は小西隆佐に河内・和泉両国の慶長二年分の蔵米算用状を与える（この時点で隆佐が河内・和泉の代官をつとめていたことがわかる。ただし、これは行長の父ではなく、兄か〔朝尾直弘説〕）。

慶長四年（一五九九）己亥　四十二歳

一月一日、豊臣秀頼は伏見城で諸大名の年賀をうける。同十日、秀吉の遺命によって大坂城に移る。このころ前田利家、宇喜多秀家、毛利輝元、上杉景勝らは、徳川家康に秀吉の遺命に背く行為があるとして責める。二月九日、夜、大坂城書院で開かれた石田三成の茶会に、行長は宇喜多秀家、伊達政宗、宗湛と共に出席する（宗湛日記）。三月二十三日、これより先、加藤清正、鍋島直茂、森吉政、黒田長政は小西行長と戦功を争って敗訴していたが、この日、清正らはこの件の糺明を豊臣家の年寄衆に請求した。閏三月三日、前田利家薨ず。加藤清正、黒田長政らの諸将は石田三成を除こうとし、翌四日、三成は大坂から伏見に逃れた。これを保護して調停したのは徳川家康であった。八月中旬、小西行長は領国肥後へかえる途上、長崎に寄りイエズス会士たちに会う（八月二十一日＝グレゴリオ暦一五九九年十月十日付のヴァリニャーノ書簡）。九月二十八日、家康は大坂城西丸に移る。

慶長五年（一六〇〇）庚子　四十三歳

一月一日、秀頼は大坂城で諸大名の参賀を受ける。諸大名は、同西丸で徳川家康に歳賀を行う。二月二十三日、小西行長、寺沢広高、宗義智らは朝鮮に講和をもとめ捕虜百六十名を送還する。三月、上杉景勝は石田三成と通謀して家康排斥を謀り、会津の防備を固める。五月三日、家康は諸大名に会津出征の令を下す。六月十六日、徳川家康は大坂を発し伏見城に入る。同十八日、北征にむかう。同二十日、石田三成はかねてから家康の不在に乗じ挙兵しようと計画しており、この日、上杉景勝の老臣・直江兼続に家康の出陣をつげ軍略を問う（家康はこの日、伊勢四日市に泊っている）。七月十七日、豊臣氏の奉行・長束正家、増田長盛、前田玄以は家康の罪科十三箇条を挙げ、諸大名にその討伐をつげる。同十九日、小西行長の軍を含む西軍は、伏見城を攻撃、守将・鳥居元忠は奮戦するが八月一日に落城。八月五日、行長は家臣・千東善右衛門らを遣わして肥前の松浦鎮信、有馬晴信、大村喜前らに西軍への参加をうながしたが、この日、松浦らは唐津の寺沢広高の領内に会して東軍への参加をきめた。同十日、石田三成、大垣城に入る。同二十三日、東軍の先鋒、岐阜城を陥れる。九月十五日、関ヶ原の戦い。西軍大敗し、行長は伊吹山中にのがれる。同十九日、行長は糟賀部村（現春日村中山）で縛につく（関ヶ原始末記）。竹中重門は、これを近江草津の家康のもとに送る。同二十日、家康、大津に着く。行長は安国寺恵瓊と共に矢倉に禁固される（慶長年中卜斎記）。処刑を前に告白の秘蹟を願うが許されなかった（カルバーリュ神父書簡）。同二十八日、行長は石田三成、安国寺恵瓊と共に大坂、堺をひきまわされる。十月一日、三成、恵瓊、行長はこの順で、六条河原で斬首される。行長はキリストと聖母の画像をかかげて太刀をうけ、カトリックの儀式にしたがって埋葬された。「これがアゴスティーニュ行長の最期であった」（カルバーリュ神父書簡）。同二十三日、加藤清正の軍に包囲された行長の領地・宇土の城は月余の攻撃に耐え、この日、開城した。守将・小西隼人（行長の弟）は切腹した（肥後宇土軍記）。

年譜後記

この年譜の綱文は『史料綜覧』（東京大学史料編纂所編）の月日を基礎にし、他の資料で補った。したがって同書から検索可能な典拠は註記しない。文中（　）で包んだ典拠は下に掲げる。中国・朝鮮と関係ある項目は日本暦へ換算した。

〔学説に関するもの〕

シュールハンメル＝フロイス『日本史』第一部のドイツ語訳（ライプチヒ、一九二六）に対する註（第四章。邦訳本は柳谷武夫訳『日本史』1（平凡社東洋文庫））／幸田成友＝「小西行長とその一族」（『幸田成友著作集』第三巻、中央公論社、一九七一）／シュタイシェン＝ミカエル・シュタイシェン『キリシタン大名』（吉田小五郎訳、乾元社、一九五二）。原著は英文で一九〇三年東京刊、翌年訂正増補版が香港から仏文で出た／池永晃『中世堺を代表する俊傑・小西行長』（福音社、一九三六）／豊田武『堺』増補版（至文堂、一九六六）／岩沢愿彦「秀吉の唐入りに関する文書」（『日本歴史』一六三号）。伊予一柳文書に基づく研究／朝尾直弘「織豊期の堺代官」（『赤松俊秀教授退官記念国史論集』、一誠堂、一九七二）

〔歴史文献〕

絵本太閤記＝有朋堂文庫版刊本／備前軍記＝「吉備群書集成」三、所収の刊本／フロイス＝『日本史』。第一部はシュールハンメルのドイツ語訳からの重訳（平凡社東洋文庫）がある。ほかにポルトガル原典からの抄訳が松田毅一・川崎桃太編訳『回想の織田信長』『秀吉と文禄の役』（いずれも中公新書）として公刊されている。中央公論社より刊行準備中の松田毅一氏による原典訳の訳稿を利用させていただいた／野史＝飯田忠彦『野史』巻二百九（吉川弘文館、洋装本、巻4）／天王寺屋会記・南方録・利休百会記・宗湛日記＝『茶道古典全集』巻4、6、8（淡交社、一九五六〜）／紀州御発向之事＝『太閤史料集』（人物往来社、一九六五）／宣祖実録＝太白山史庫本『宣祖昭敬大王実録』（学習院東洋文化研究所影印本）／肥後宇土軍記＝写本。「碩田叢史」の原本（大分県立図書館蔵）のコピイを熊本県立図書館熊本県資料室の蔵本によって閲覧した／一五九九年ヴァリニャーノ書簡、一六〇〇年カルバーリュ書簡（いずれもイエズス会総長クラウディオ・アクアヴィヴァ宛）＝ジョン・ヘイによるラテン語訳『書簡集』（一六〇五年、アントウェルプ）の家入敏光氏による未刊行訳稿を利用させていただいた。

あとがき

ほとんどその記録が日本側において抹殺され、その完全な伝記もない小西行長の生涯を書くことは至難である。にもかかわらず、この男の面従腹背の二重生活をわずかな文献によって断片的に読み、つなぎ合せているうち私の心のなかに彼のイメージが何時か形をつくるようになった。いつの日か彼の暗い孤独な一生を書きたいと思ううちに歳月が流れたが、機会をえて遂に多年の思いを果すことができた。この仕事にはあまたの資料を使ったが、特に堺や日本と朝鮮の関係については豊田武教授、中村栄孝教授、石原道博教授、池内宏教授、田中健夫教授の御労作に学ぶことが多かった。とりわけ、貴重なフロイスその他の未発表の訳稿を私のために見せてくださった松田毅一教授と直接さまざまな御教示を頂いた豊田武教授の御好意がなければ、この伝記は不完全なものになっていたであろう。

昭和五十一年師走

遠藤周作

解説

末國善己

二〇一六年は、一九九六年九月二十九日に亡くなった遠藤周作の没後二十年であり、イエズス会士のセバスチャン・ロドリゴらが、島原の乱終結直後の日本に潜入した顚末を描いた代表作『沈黙』（新潮社、一九六六年三月）の刊行五十年にもあたる。

これを記念して、フランス留学時代の恋人へ宛てた手紙を収録した『文藝別冊　遠藤周作〈増補新版〉』（河出書房新社、二〇一六年三月）、単行本初収録となる「アフリカの体臭──魔窟にいたコリンヌ・リュシェール」（伊達龍一郎名義、「オール讀物」一九五四年八月）を始め、『沈黙』と共通するテーマの短篇をまとめた加藤宗哉編『『沈黙』をめぐる短篇集』（慶應義塾大学出版会、二〇一六年六月）など、貴重な資料を収めた書籍が相次いで刊行された。また、朝日カルチャーセンター新宿教室で、加藤宗哉による講座「キリスト教文学として読む遠藤周作」、高橋千劒破による講座「歴史小説として読む遠藤周作」が開催され、八月には長崎で、遠藤周作文学館と遠藤周作学会の主催による国際シンポジウムの開催も予定されている。

没後二十年の一連の動きは、日本人とキリスト教の関係を問う重厚な文学作品から、ミステリー、ホラー、歴史時代小説といったエンターテインメント、さらに狐狸庵山人の雅号で書いたユーモラスなエッセイまで幅広いジャンルを手掛けた遠藤の残したメッセージが、世代を超えて受け継がれていることの証といえるだろう。

少し余談ながら、二〇一六年四月、東京都文京区小日向一丁目にある切支丹屋敷跡から二〇一四年七月に出土した三体の人骨の調査結果が発表され、ＤＮＡ鑑定や埋葬法などを総合的に判断し、その内の一体が、禁教時代の江戸初期に日本に来たイタリア人宣教師ジョバンニ・シドッチの可能性が高いことが判明した。小日向の切支丹屋敷では、『沈黙』の主人公ロドリゴのモデルとされるジュゼッペ・キアラも暮らしていた。これは単なる偶然だろうが、『沈黙』に連なる歴史の新発見が、遠藤の没後二十年をより印象深いものにしたのは間違いあるまい。

遠藤は『沈黙』以降、伊達政宗の家臣で、慶長遣欧使節団を率いてヨーロッパへ渡った支倉常長の生涯を題材にした『侍』（新潮社、一九八〇年四月）、アユタヤで活躍した山田長政と、キリシタンのペドロ岐部《きべ》の人生が交錯する『王国への道　山田長政』（平凡社、一九八一年四月）、謀叛を起こした荒木村重、明智光秀の視点で織田信長をとらえた『反逆』（「読売新聞」一九八八年一月〜一九八九年二月）、無名の若者だった木下藤吉郎（後の豊臣秀吉）に仕え、土豪から十二万石の大名になった前野将右衛門を主人公にした『男の一生』（「日本経済新聞」一九九〇年九月〜一九九一年九月）、己の力しか信じない若き日の信長を描く『決戦の時』（講談社、一九九一年十月）など、歴史的な事実をベースにした作品を数多く発表している。

商人から武将になったキリシタンで、秀吉麾下の同僚・加藤清正との確執でも知られる小西行長を描く本書『鉄の首枷　小西行長伝』（「歴史と人物」一九七六年一月〜一九七七年一月）も、『沈黙』から十年の時を経て発表された遠藤の長編歴史ものである。遠藤は、清正とのライバル関係をクローズアップした『宿敵』（角川書店、一九八五年十二月）でも行長を取り上げているので、行長への関心が深かったことがうかがえる。

本書は歴史ものではあるが、遠藤自身と思われる「我々」が、『吉備前鑑』『備前軍記』『茶湯書抜』などの史料を引用しながら史実と虚構を峻別し、定説の誤りや史料に記されていない行長の心情などは、根拠を示しながら仮説を述べていくので、初期の『沈黙』とも、後期の『反逆』などとも趣《おもむき》が異なっている。それは本書が、時代小説でも、歴史小説でもなく、史伝だからである。

過去を題材にした作品は、時代小説と歴史小説に大別される。この二つを明確に区別するのは難しいが、歴史上の事件や人物を史実に沿って描くのが歴史小説、歴史上の一時代を舞台に、そこで作者が自由にフィクションを紡ぐのが時代小説といえる。遠藤の作品でいえば、『沈黙』や『侍』、信長に仕えた黒人を描くユーモアもの『黒ん坊』（毎日新聞社、一九七一年五月）などは時代小説に近く、『反逆』や『男の一生』は歴史小説となる。歴史ものの中には、フィクションの要素を排し、より客観的で、より真実に近い歴史の実相に迫るジャンルがある。それが史伝なのだ。

史料は、過去の事件を正確に伝えていると思われがちだが、それは誤解である。史料を書いたのが第三者ならば、伝聞や推定という不確かな情報が記載されている可能性がある。当事者の記録なら間違いがないかといえば、記憶に誤りがあったり、手柄を誇張したり、あるいは失敗を隠蔽したりしているかもしれない。さらに歴史は、政争や戦争に勝利した側しか記述できないので、時の政権に不都合な事実は抹殺されることさえある。夾雑物《きょうざつぶつ》に満ちた史料を集め、その内容が正しいか、間違いかを判断し、正確な史料から歴史的事実と、事件にかかわった人物の心理を再構築していくのが史伝である。

史伝作家は、文学者としての能力だけでなく、歴史学者的な資質も要求されるため、日本文学史を振り返っても、圧倒的に数が少ない。それでも明治以降、徳富蘇峰《とくとみそほう》、山路愛山、福本日南、森鷗外らが優れた史伝を発表したが、太平洋戦争後になると書き手が減り、『武将列伝』（「オール讀物」一九五九年一月〜一九六〇年十二月）で史伝の復権を唱えた海音寺潮五郎、『堺港攘夷始末』（「中央公論文芸特集」一九八四年秋季号〜一九八八年冬季号）などの大岡昇平、『桜田門外ノ変』（「秋田魁新報」一九八八年十月十一日〜一九八九年八月十五日ほか、地方紙各紙に連載）などの吉村昭くらいしか手掛けていないように思える。

その意味で本書は、まず戦後に書かれた史伝として評価できるのだが、作中で描かれる斬新な歴史解釈にも驚かされる。遠藤は、キリシタン武将の行長と周囲で布教を続けるヨーロッパの宣教師、その背後にいるスペインの政治的な思惑などを最新の歴史研究を踏まえて掘り起こし、世界史の中に日本の戦国時代を位置づけようとしている。これは、信長の外交政策から、本能寺の変で明智光秀を操った黒幕の正体に迫った安倍龍太郎『天下布武　夢どの与一郎』（角川書店、二〇〇六年九月）に先駆けているので、遠藤の歴史を分析する確かな目がうかがえる。なお遠藤の史伝としては、本書のほかに、様々なイエス伝からイエスの実像を明らかにした『イエスの生涯』（「波」一九六八年春季号～一九七三年六月）、ペドロ岐部の波瀾に満ちた生涯を描く『銃と十字架』（「中央公論」一九七八年一月～十二月）などがある。

遠藤は、行長の生涯を虚構を交えない史伝として描いた。それは心の内側に抱えていた矛盾、キリスト教とは無縁の地である日本で、同じ信仰を持つクリスチャンとして直面している苦悩が似ていて、行長を正しく理解することは、自分とは何かを見つめ直すことになると考えたからではないだろうか。

本書は、海上貿易で財を築き、どの戦国大名にも屈しない自由都市として栄えた堺の歴史から書き起こされている。遠藤は、この堺で薬種商をしていた小西隆佐の子として生まれた行長が、海によって富を得る「水の人間」だったとする。武士は本来、主君から与えられた土地を守り、領民が収穫した農産物などから上がる収益で生計を立てる「土の人間」なので、根本的な思考法が異なる「水の人間」とは相容れなかった。遠藤は、典型的な「土の人間」だった清正が、「水の人間」として生まれ育った行長と敵対するのは必然だったとしており、この説は二人の関係を考える上で非常に興味深い。

当時の日本において「水の人間」は少数派だったが、行長は、父・隆佐の影響で幼い時にキリスト教の洗礼を受けており、信仰面でもマイノリティだった。遠藤は、隆佐が洗礼を受けたのは、南蛮貿易による利益を得るためであり、父と共に洗礼を受けた行長も信仰心は薄かったとしている。だが、そんな行長さえ、神は見放すことなく、次第に行長は、信仰と出世や名誉といった世俗の価値観との間で引き裂かれていくことになる。

行長が受けた最初の衝撃は、武士になって三年目、秀吉の水攻めで有名な備中高松城攻めで起きた。城主の清水宗治は、城に籠城した家臣を救うことを条件に、自刃して果てる。行長は、自殺が名誉とされる武士の論理と、自殺が禁じられたキリシタンの倫理が相反する現実を突き付けられてしまったのだ。

やがて、海外に兵を進める野心を持つ秀吉に、輜重《しちょう》部隊の指揮官に育つことを期待して抜擢された行長は、平和を愛するキリスト教徒でありながら前線で戦う矛盾にも直面する。行長は、一向一揆や根来《ねごろ》寺の僧兵などの異教徒との戦いは、「神の正義を具現する聖戦」と考え積極的になるが、文禄・慶長の役（いわゆる朝鮮出兵）では、何の敵意のない朝鮮の民衆に刃を向けることは気が進まないと考える。同じ戦争でも「聖戦」とそれ以外を区別することは、キリシタン武将の行長にとっては当然なのだが、信仰している宗教が少ないとされる日本人からすると、ダブルスタンダードに見える。「聖戦」になると普段よりも力を出す行長の姿は、神の名のもとで行われる戦争やテロが現代まで絶えない理由そのものなので、このような現実とどのように向き合うべきかも含め考えさせられる。

さらに行長は、出世欲や名誉欲が捨てきれなかったり、キリスト教への弾圧を始めた秀吉に逆らえなかったりと、様々な矛盾への対処も迫られる。そして、キリスト教の信仰のために、秀吉から与えられた領土も役職もすべて擲《なげう》ち、隠棲した高山右近の生きざまは、行長の人生に決定的な変化をもたらすことになる。

遠藤はエッセイ「私とキリスト教」（初出誌不詳）の中で、「私は子供の時、カトリック、つまり基督《キリスト》教の洗礼を受け」たが、「子供の頃ですから、深い思想の悩みも人生の悩みもあったのではありません」と告白。だが「自発的な改宗者でなかった私はやがて青年時代にはいり、本などを読みはじめてから、かえって動揺や悩みを持ち始めた」という。そしてカトリックは「自殺を大きな罪として禁じていた」ため、「人生や生活に疲れて自殺」した友人を羨ましいと思ったことさえあったとしている。

父の現世利益のために洗礼を受け、自殺にアンビバレントな感情を抱き、世俗の欲を捨て去った右近の選択に衝撃を受け、信仰の悩みを深くした行長の姿は、遠藤の人生と信仰上の苦悩と重なっている。行長が、この苦悩とどのように向き合ったかを調べることは、遠藤にとって最重要の課題だったのである。

何の〝義〟も存在しない朝鮮出兵を行った秀吉に対し、行長は商人にして「水の人間」の処世術である面従腹背で立ち向かう。行長が、同志たちと連携を取りながら、秀吉に黙って和平交渉を進める終盤は、露見すれば死が待ち受けているだけにスリリングで、国際謀略小説を読んでいるような興奮がある。この展開は、右近のように清冽に生きられない行長の弱さも露呈させるので、この葛藤が緊迫感を高めていることも間違いあるまい。

行長の苦悩は、忠誠を誓う主君が、キリスト教を弾圧したことから起こった。ただこれを戦国時代のキリシタンの特殊な事情と考えるのは、早急に過ぎる。

キリシタンの信仰を誰もが持つ倫理観、忠誠を誓う主君を、所属する組織のルールに置き換えてみたい。そうすると、自分の勤めている会社が、不正を行っていると知った時、自分の中の正義を貫いて不正を告発するのか、金や出世のため、あるいは生活を守るために、長いものに巻かれるかの選択を迫られる状況に近くなる。

競争原理を押し進めた現代の日本では、コンプライアンスを逸脱してでも、利益を上げるべきだとの風潮が強くなっている。このような時代だからこそ、誰もが行長のように面従腹背で生きざるを得ない確率が高くなっている。

遠藤は、現世での野望や野心が「鉄の首枷」となり、信仰心を持つ行長を苦しめ続けたとする。ただ形は違え、すべての人間は何らかの「鉄の首枷」を嵌めているので、いつ内なる倫理観との間で齟齬が生じるか分からない。

禁教令が出された戦国時代を生きたキリシタン武将・行長の苦悩を、遠藤自身の問題意識に結び付け、さらにより普遍的なテーマにまで昇華させた本書の意義は、これからますます重要になってくるはずだ。

（すえくに　よしみ／文芸評論家）

本文中で、今日では使われない「京城」（日本植民地統治時代のソウル）という地名が使用されていますが、著者が物故していることから、原文のままといたしました。

〈中公文庫編集部〉

『鉄の首枷―小西行長伝』
一九七七年四月　中央公論社刊
一九七九年四月　中公文庫

中公文庫

鉄《てつ》の首枷《くびかせ》
——小《こ》西《にし》行《ゆき》長《なが》伝《でん》

1979年4月10日　初版発行
2016年8月25日　改版発行

著　者　遠《えん》藤《どう》 周《しゅう》作《さく》

発行者　大 橋 善 光

発行所　中央公論新社
〒100-8152　東京都千代田区大手町1-7-1
電話　販売 03-5299-1730　編集 03-5299-1890
URL http://www.chuko.co.jp/

DTP　柳田麻里
印　刷　三晃印刷
製　本　小泉製本

Published by CHUOKORON-SHINSHA, INC.
Printed in Japan　ISBN978-4-12-206284-9 C1193

た-30-25

お艶殺し

谷崎潤一郎

駿河屋の一人娘お艶と奉公人新助は雪の夜駈落ちした。幸せを求めた道行きだった筈が……。芸術とは何かを探求した「金色の死」併載。〈解説〉佐伯彰一

202006-1

た-30-26

乱菊物語

谷崎潤一郎

戦乱の室町、播州の太守赤松家と執権浦上家の確執を史的背景に、谷崎が〝自由なる空想〟を繰り広げた伝奇ロマン（前篇のみで中断）。〈解説〉佐伯彰一

202335-2

た-30-27

陰翳礼讃

谷崎潤一郎

日本の伝統美の本質を、かげや隈の内に見出す「陰翳礼讃」「厠のいろいろ」を始め、「恋愛及び色情」「客ぎらい」など随想六篇を収む。〈解説〉吉行淳之介

202413-7

た-30-28

文章読本

谷崎潤一郎

正しく文学作品を鑑賞し、美しい文章を書こうと願うすべての人の必読書。文章入門としてだけでなく文豪の豊かな経験談でもある。〈解説〉吉行淳之介

202535-6

た-30-45

歌々《うたうた》板《はん》画《が》巻《かん》

谷崎潤一郎 歌
棟方志功 板

文豪谷崎の和歌に棟方志功が「板画」を彫った二十四点に、挿画をめぐる二人の愉快な対談をそえておくる。芸術家ふたりが互角にとりくんだ愉しい一冊である。

204383-1

た-30-46

武州公秘話

谷崎潤一郎

敵の首級を洗い清める美女の様子にみせられた少年——戦国時代に題材をとり、奔放な着想をもりこんで描かれた伝奇ロマン。木村荘八挿画収載。〈解説〉佐伯彰一

204518-7

た-30-47

聞《きき》書《がき》抄《しょう》

谷崎潤一郎

落魄した石田三成の娘の前にあらわれた盲目の法師。彼が語りはじめたこの世の地獄絵巻とは。菅楯彦による連載時の挿画七十三葉を完全収載。〈解説〉千葉俊二

204577-4

た-30-48

月と狂言師

谷崎潤一郎

昭和二十年代に発表された随筆に、「疎開日記」を加えた全七篇。空爆をさけ疎開していた日々のなかできれぎれに思いかえされる風雅なよろこび。〈解説〉千葉俊二

204615-3

各書目の下段の数字はISBNコードです。978－4－12が省略してあります。

た-30-49
谷崎潤一郎＝渡辺千萬子 往復書簡
谷崎潤一郎
渡辺千萬子
複雑な谷崎家の人間関係の中にあって、作家晩年の私生活と文学に最も影響を及ぼした女性との往復書簡。「文庫版のためのあとがき」を付す。〈解説〉千葉俊二
204634-4

た-30-50
少将滋幹《しげもと》の母
谷崎潤一郎
母を恋い慕う幼い滋幹は、宮中奥深く権力者に囲われた母の元に通う。平安文学に材をとった谷崎文学の傑作。小倉遊亀による挿画完全収載。〈解説〉千葉俊二
204664-1

た-30-51
谷崎潤一郎文学案内
千葉俊二編
生誕百二十年を記念しておくる、谷崎文学の読書案内。人と作品、年譜、愛読者によるエッセイ、名作ダイジェストなどをまじえ、その絢爛たる業績をひもとく。
204768-6

た-30-52
痴人の愛
谷崎潤一郎
美少女ナオミの若々しい肢体にひかれ、やがて成熟したその奔放な魅力のとりことなった譲治。女の魔性に跪く男の惑乱と陶酔を描く。〈解説〉河野多恵子
204767-9

た-30-53
卍（まんじ）
谷崎潤一郎
光子という美の奴隷となった柿内夫妻は、卍のように絡みあいながら破滅に向かう。官能的な愛のなかに心理的マゾヒズムを描いた傑作。〈解説〉千葉俊二
204766-2

た-30-54
夢の浮橋
谷崎潤一郎
夭折した母によく似た継母。主人公は継母への憧れと生母への思慕から二人を意識の中で混同させてゆく。谷崎文学における母恋物語の白眉。〈解説〉千葉俊二
204913-0

た-30-55
猫と庄造と二人のをんな
谷崎潤一郎
猫に嫉妬する妻と元妻、そして女より猫がかわいくてたまらない男が繰り広げる軽妙な心理コメディの傑作。安井曾太郎の挿画収載。〈解説〉千葉俊二
205815-6

た-87-1
忘れ得ぬ人々と谷崎潤一郎
辰野隆《ゆたか》
辰野金吾を父に持ち名文家として知られる仏文学者が同窓の谷崎、師として仰ぐ露伴、鷗外、漱石らとの交流から紡いだ自伝的文学随想集。〈解説〉中条省平
206085-2